dtv

Merlin Deschamps ist rundum zufrieden: Mit Mitte 50 hat sich der Zeichner den Traum vom Haus auf dem Land erfüllt. Und auch seine Comic-Reihe hat endlich den langersehnten Erfolg. Doch dann stirbt Merlins bester Freund Laurent, und dieser hinterlässt Merlin nicht nur eine übellaunige Katze, sondern auch einen letzten Willen, der es in sich hat: Merlins Comic-Held, für den Laurent das lebendige Vorbild war, soll im nächsten Band endlich die Liebe seines Lebens finden. Dieser Wunsch stürzt Merlin in eine schwere Schaffenskrise. Ihm will einfach nichts einfallen – bis Laurents Onkel sich mit 94 Jahren noch einmal verliebt und Merlin begreift, dass er ganz falsche Vorstellungen von der wahren Liebe hatte ...

Marie-Sabine Roger, 1957 nahe Bordeaux geboren, lebt nach längeren Aufenthalten in Québec, Madagaskar und La Réunion mit ihrer Familie im Département Charente/Westfrankreich. Ihre in zahlreiche Sprachen übersetzten Romane haben schon Hunderttausende Leser bezaubert und wurden teilweise fürs Kino verfilmt.

MARIE-SABINE ROGER

Ein Himmel voller Sterne

ROMAN

Aus dem Französischen von
Claudia Kalscheuer

Ausführliche Informationen über
unsere Autoren und Bücher
www.dtv.de

Von Marie-Sabine Roger
sind bei dtv außerdem erschienen:
Das Labyrinth der Wörter (21284)
Der Poet der kleinen Dinge (21432)
Das Leben ist ein listiger Kater (21582)
Heute beginnt der Rest des Lebens (21654)
Die Küche ist zum Tanzen da (21700)

Ungekürzte Ausgabe 2019
dtv Verlagsgesellschaft mbH & Co. KG, München
© 2016 Éditions du Rouergue
Titel der französischen Originalausgabe:
›Dans les prairies étoilées‹
(Éditions du Rouergue, Arles 2016)
© 2017 der deutschsprachigen Ausgabe:
Hoffmann und Campe Verlag, Hamburg
Umschlaggestaltung: dtv unter Verwendung
einer Illustration von Katja Maasböl
Satz: C.H.Beck.Media.Solutions, Nördlingen
nach einer Vorlage von Dörlemann Satz, Lemförde
Druck und Bindung: Druckerei C.H.Beck, Nördlingen
Gedruckt auf säurefreiem, chlorfrei gebleichtem Papier
Printed in Germany · isbn 978-3-423-21767-5

*Für die, die ich liebe und die das wissen,
dieses unter der Linde geschriebene Buch.*

*Diese Welt ist groß genug,
um darin unsere Träume zu finden, Phoebe.
Man muss sich nur auf die Suche machen.*

Jim Oregon
in *Wild Oregon*, Band 3
(Die Ballade der Phoebe Plum)

BAUSTELLE

Darauf in buntem Durcheinander:
ein Traumhaus, eine renovierungsbedürftige Scheune,
eine echte Engländerin, ein inkontinenter Marder,
Trüffel und zwei Spaßvögel.

Prune und ich hatten das Haus vor einem knappen halben Jahr gefunden.

DAS Haus.

Das Haus, nach dem wir tage- und nächtelang das Internet durchforscht hatten – vor allem Prune, um ehrlich zu sein, denn die perverse Lust auf ruinöse Gemeindesteuern war eher ihre als meine.

Unser Haus. Home Sweet Home. Das Bilderbuchlandhäuschen, für das wir mehrmals quer durch Frankreich gefahren waren, Richtung Südwesten, um nach acht Stunden Fahrt und einem schlechten Sandwich vor irgendeiner komplett uninteressanten Bruchbude zu stehen und enttäuscht, ernüchtert, mit stumpfem Fell und hängenden Ohren heimzukehren.

Bis zu jenem Tag im Mai, an dem wir nach zweistündiger Irrfahrt über verlassene Landstraßen und ausgefahrene Schotterwege – auf der Suche nach einer Abkürzung, die wir nie fanden, wie David Vincent in der Serie *Invasion von der Wega* – endlich am Ende einer Sackgasse die seltene Perle fanden.

Es war ein alter Bauernhof, ein langgezogenes Gebäude »mit viel Charakter«, wie es in der Annonce hieß, die außerdem ungeniert »ausbaufähige Nebengebäude« versprach (zwei Scheunen, deren Dächer tiefer eingesunken waren als der Rücken eines Lastesels nach einem harten Arbeitsleben). Das Ganze wurde als »bewohnbar« bezeichnet, was nicht gelogen war, wenn man beschloss, über selbstmörderische Stromanschlüsse ebenso hinwegzusehen wie über eigenwillige Rohrleitungen (wie eigenwillig sie waren, wussten wir damals noch nicht), antiquierte Sanitäranlagen, eine Klärgrube aus der Römerzeit, Tapeten aus den siebziger Jahren mit halluzinogenen Motiven und einen verschlammten Tümpel, den die Dame vom Maklerbüro beharrlich als »Weiher« bezeichnete.

Aber Häuser haben mit uns Menschen gemein, dass sie uns anziehen, abstoßen oder gleichgültig lassen. Und manchmal sind wir plötzlich Feuer und Flamme für etwas, das in keinem Punkt, oder fast keinem, unseren Kriterien entspricht. Dasselbe könnte man von Liebesgeschichten sagen.

Denn sonst hätte Prune keinen Cent auf mich gesetzt – wissenschaftlicher Illustrator, Comiczeichner in meinen Mußestunden, welche bei weitem die zahlreichsten und die einzig lohnenden sind. Und ich hätte meinerseits keinen einzigen Blick an diesen mageren komischen Vogel verschwendet, der seit dreißig Jahren auf Flohmärkten alten Plunder verkaufte und zu Pink-Floyd-Klängen Yoga übte.

Während sie uns im Stechschritt durch das Haus führte, überschüttete uns die Maklerin, eine resolute Engländerin, mit einem fröhlichen Wortschwall, um unsere Aufmerksamkeit von diversen nicht ordnungsgemäßen Details abzulenken, so wie eine Katze ihre Hinterlassenschaften diskret mit Streu überdeckt.

Das war völlig zwecklos. Wir sahen genau, was alles nicht in Ordnung war. Unser Blick war dank der dreiundsechzig vorangegangenen Besichtigungen geschärft. Nichts oder fast nichts entging uns mehr, von Feuchtigkeitsspuren über gesprungene Ziegel bis hin zu Kältebrücken, fehlender Isolierung, altertümlichen Heizkörpern, einfach verglasten Fenstern und kaum vorhandener Fugen. Dieses Haus war ein Fass ohne Boden, und wir würden sehenden Auges in den Abgrund springen.

Prune sah mich mit diesem Blick an, der bedeutet, dass man nicht mal darüber nachzudenken braucht, ihr ein Nein entgegenzusetzen. Sie lief kreuz und quer durch die Räume, drückte die Nase an die Fenster, drehte sich mit geschlossenen Augen im Kreis und öffnete sie mit einem Schlag wieder, um sich selbst zu überraschen.

Sie sog die Atmosphäre in sich auf, baute Luftschlösser, und ich saß dicht hinter ihr auf dem gleichen fliegenden Teppich. Was hätte ich tun können? Ihr sagen, dass mein Talent in Sachen Renovierung sich darauf beschränkte, Glühbirnen auszuwechseln?

Ich mag zwar Merlin heißen – besten Dank an meine Eltern und Herrn Disney für dieses wunderbare Geschenk, das mir die Kindheit versaut hat –, aber ob es meiner Liebsten, die mir ohne zu zögern Fähigkeiten zuschreibt, die ich nicht besitze, gefällt oder nicht: Mit meinen Zauberkräften ist es nicht weit her.

Die Dame vom Maklerbüro, die potenzielle Käufer witterte, pries uns mit einem Akzent à la Jane Birkin »den Reize des Landlebens« an, »das entzückende Terrasse, die große Garten, der herrliche Aussicht, die kleiner wilder Tieren« (und sogar die »großer«, denn in den Wäldern ringsum gab es jede Menge Wildschweine).

»Und auch die Schlehe, *Oh my …! So, so lovely!*«, schloss sie mit einer Begeisterung, die uns einigermaßen übertrieben erschien in Bezug auf eine Pflanze, deren zarte Blüten im Frühling gewiss lieblich duften, die aber in unseren ländlichen Gefilden nicht besonders selten ist.

Als sie zu unserer großen Überraschung noch hinzufügte, dass wir diese *lovely* Schlehen oft an unseren Fenstern vorbeilaufen sehen würden, *so cute*, weil sie »in das untere Garten essen gehen«, zweifelten wir einen Moment lang an ihrer geistigen Gesundheit, bis wir (nach einem surrealistischen Dialog) endlich begriffen, dass sie *Rehe* meinte, von denen es in der Gegend tatsächlich wimmelt.

Prune bekam sofort ihren Liebestod-mit-Pailletten-Blick – wie sollte man sich so etwas entgehen lassen: Rehe in unserem Garten.

So lovely. So cute.

Wir waren in einem Traum gelandet.

Dabei hatten wir nach ausgiebigen, monatelangen Beratungen gute Vorsätze gefasst, die eines Neujahrs würdig waren: Wir würden unser Projekt durchkalkulieren, realistisch bleiben, jede Etappe planen. Lauter lobenswerte Ziele, von denen wir genau wussten, dass wir sie nie einhalten könnten.

Unsere Kriterien waren folgende: ein ebenerdiges Haus, nicht zu klein, nicht zu groß, *ohne* Renovierungsbedarf, abgesehen – wenn es unbedingt sein musste – von Malerarbeiten, auf dem Land, aber ganz in der Nähe einer großen Stadt. Vier, fünf Kilometer, mehr nicht.

Wir wollten die Kuh schlachten und weiter Milch haben, das Huhn braten und trotzdem die Eier essen, mit den Hunden jagen und mit den Hasen rennen.

Nun standen wir vor einer etwa dreihundert Quadratmeter großen Ruine, mit mehr Treppen als ein Bergfried in den Corbières und der Aussicht auf eine pharaonische Baustelle – sozusagen eine Perspektive mit Fluchtpunkt im Unendlichen.

Und das Ganze natürlich mitten in der Pampa, 8,7 Kilometer bis Kleinkleckersdorf (kein einziger Laden) und 32 Kilometer bis Posemuckel (Bäckerei, Café, reizender kleiner Supermarkt, von Samstagmittag bis Dienstag vierzehn Uhr geschlossen). Der nächste Nachbar war fünfhundert Meter entfernt, er lebte in Paris und kam nur im Juli, und bis zur nächsten »echten« Stadt fuhr man eine Stunde mit dem Auto.

Wir nahmen uns vor, unsere Wochenenden dort zu verbringen, sobald die ersten Entzugserscheinungen von Feinstaub und großen Läden auftreten würden.

Das Haus war originell geschnitten. Es wirkte wie das Ergebnis einer idiotischen Wette eines Großmauls im Vollrausch: »Um wie viel wettet ihr, dass ich mein – *hicks* – Haus ganz alleine in drei Wochen baue, ganz ohne – *hicks* – Plan?«

Trotzdem (oder vielleicht gerade deswegen?) hatte es eine Menge Charme und insbesondere drei schöne, große, helle Räume, die nach Süden hinausgingen, darunter einer, der mir als Atelier dienen würde, und ich wusste schon genau, in welcher Ecke ich mein Zeichenbrett aufstellen würde.

Im zweiten Raum würden wir unser Liebesnest einrichten, mit Blick auf den Garten. Für den dritten, der bis über die Scheune reichte, stellte sich Prune ein riesiges Wohnzimmer auf mehreren Ebenen vor, mit großen Schieferplatten auf dem Boden, einem offenen Kamin mitten im Raum, in sanften Ockertönen gestrichenen Wänden. *Bauen & Renovieren* also.

Aber meisterlicher.

Der Garten wurde als »englisch« bezeichnet – im Gegensatz zu den »französischen Gärten«, die durch ihre strenge Symmetrie gekennzeichnet sind, ihren militärischen Schnitt, Nacken und Ohren frei, ihre Phantasielosigkeit und ihre leicht zwanghafte Ordnung.

Hier herrschte ein harmonisches, poetisches Chaos. Es gab eine wunderbare Aussicht, prachtvolle Bäume, und die Amseln sangen um die Wette, als wollten sie sich um die Aufnahme ins französische Nationalorchester bewerben. Ein laues Lüftchen ließ die Blätter der Linde und die Zweige der Weide im Chor säuseln, und entlang der alten Gemäuer wucherten schöne alte Rosenstöcke in allen Rottönen und Strauchpfingstrosen vom blassesten bis zum tiefsten Rosa.

Wir waren übermütig wie junge Fohlen, völlig aufgedreht.

Wir würden Fenster und Türen in die Mauern brechen, Gauben in die renovierten Dächer einfügen, Tauben fliegen lassen, wir würden Wände einreißen, eine Veranda bauen, Luft hereinlassen, Luft und Licht in Strömen. Die Nebengebäude würden die Wohnfläche verdoppeln, die sowieso mehr als ausreichend war.

In der ersten Scheune, keine Frage, würden wir einen Kinosaal einrichten, um endlich die zwei Reihen Klappsitze mit sternennachtblauem Samtbezug zu verwenden, die wir in einem Anfall von Wahnsinn bei einer Auktion ersteigert hatten und die seit über drei Jahren in der Garage eines Freundes lagerten, der nicht mehr lange unser Freund sein würde, wenn wir ihn nicht bald davon befreiten.

In die zweite Scheune käme ein Fitnessraum mit allem, was es braucht, um sich Muskeln zuzulegen, falls wir eines Tages durch irgendein Wunder sportlich werden sollten.

Darüber ein Halbgeschoss für Prunes Yogaübungen. In der Ecke ein kleines Appartement, um unsere Freunde unterzubringen.

Eine Sommerküche. Eine große Terrasse. Ein andalusischer Patio. Ein zisterziensischer Kreuzgang.

Die Maklerin nickte begeistert mit dem Kopf, dem Hals, dem ganzen Oberkörper, ein prothesenhaftes Lächeln schief über dem rosigen Gesicht, während sie uns mit beiden Händen auf die rutschige Bahn der Überschuldung schob.

Eine Sauna wäre gut. Oder vielleicht ein Schwimmbad? Kunden von ihr hätten »ein kleines Sache« in diesem Stil gemacht, und das Ergebnis war ... *Oh dear! Oh my ...!* Ihr fehlten die Worte.

Mit stockendem Atem, die Augen voller Sterne, glaubten wir es vor uns zu sehen, oh ja!, wir sahen es, das Überlaufschwimmbecken in der kleinen Scheune mit dem schönen neuen Dach, den weiß gekalkten Mauern, der riesigen Fensterfront, die auf die Landschaft, die Wälder und die Hügel hinausging.

Ein Schwimmbad, genau das war es, was uns fehlte.

Prune hatte sich auf den ersten Blick in die riesige Küche mit dem honigfarbenen Holzboden verliebt. Sie war während der Besichtigung zehnmal dorthin zurückgekehrt. Sie, die Spezialistin für Omeletts, Fischstäbchen und klebrigen Reis, plante eine große Kücheninsel zu erwerben, inklusive eines Profiherds mit einem ganzen Arsenal von Töpfen und Pfannen. Sie nahm mit der Handspanne ungefähre Maße, fotografierte mit ihrem Telefon jede Wand und jede Ecke. Sie tänzelte herum, zappelte vor Freude, sang vor sich hin, ohne es zu merken.

Um mir diskret zu verstehen zu geben, dass ihr Entschluss feststand (dieses Haus oder gar keins – wenn ich einverstanden wäre natürlich, aber ich täte wohl daran), vollführte sie die Zeichen, auf die wir uns vor dem Besuch verständigt hatten – ein Blick an die Decke, gefolgt von einem Zupfen am Ohrläppchen –, auf die ich so unauffällig wie möglich antwortete – ein Reiben an der Nase, ein unterdrücktes Gähnen –, während die Maklerin mit ihrer britischen Diskretion so tat, als bemerke sie unseren Spaßvogelzirkus nicht.

Das Haus gefiel mir, und es gefiel meiner Liebsten. Es versprach uns Jahre des Glücks. Und ich liebe es so sehr, meine Liebste voller Begeisterung zu sehen, mit diesem Körnchen

Salz und Pfeffer in ihrer Verrücktheit, wegen der ich sie brauche wie die Luft zum Trinken und das Wasser zum Atmen. In meinem persönlichen Atelier, gleich links neben dem Eingang in meiner Schädelhöhle, habe ich mindestens hundertfünfzehn Bände der Comicserie *Meine Prune* auf Lager, an der ich Tag für Tag, Nacht für Nacht weiterarbeite.

An jenem Morgen sah ich ihr zu, wie sie herumwirbelte, sich begeisterte, die Szenerie aufsog, bis sie sich in ihrem Kopf eingenistet hatte, ich hörte lauter Sätze im Konjunktiv, die eher wie Imperative klangen (hier würden wir den Geschirrschrank hinstellen, da kämen Regale hin). Ich war zugleich ganz nah und sehr weit von ihr weg, ich durchmaß mit großen Schritten die Zukunft und legte mir ein Flipbook zum persönlichen Gebrauch an.

Prune streift mit einem Weidenkorb am Arm
über die Märkte der Gegend,
um mit den Händlern mit stolzem Schnurrbart,
Hosen aus grobem blauem Tuch und Holzfällerhemden
um den Preis der Trüffeln zu feilschen.

Oder:

Prune in einer Schürze mit kleinen Vichy-Karos,
bewaffnet mit Schaumkelle und Holzlöffel,
rührt in einem Kupferkessel, der so groß ist wie sie.
Rings um sie herum riesige Regale
voller Gläser mit hausgemachter Marmelade,
auf denen, egal was für Früchte sie enthalten,
in alter Schreibschrift steht:
Confiture de Prune

Oder aber:

*Prune, ein Riesenschälmesser in der Hand,
schält wie wild alles, was ihr in die Hände fällt.
Vor ihr auf dem Tisch ein Haufen Gemüse und Abfälle.
Der Kater Pantoffel
versteckt sich mit frisch geschältem Schwanz
beleidigt hinter den Regalen.*

»Was meinst du?«

Prune schmiegte sich an meinen mächtigen Oberkörper und schaute zu mir auf (ich wüsste nicht, wie sie es mit ihrer lächerlichen Größe von eins siebenundfünfzig anders machen sollte, da ich es, als gutes Alpha-Männchen, mühelos auf eins achtundsechzig bringe). Sie kniff die Augen zusammen, lächelte mich an, flüsterte: »Es ist schön, nicht?«, während sie aus dem Augenwinkel die Dame vom Maklerbüro beobachtete, die gerade ganz nebenbei fallengelassen hatte, dass eine andere Interessentin dieses Haus sehr wunderbar finde und das kleine Garten *gorgeous, magnificent, superb*, aber dass sie uns natürlich nicht unter Druck setzen wolle.

»Ja, wirklich schön«, flüsterte ich meiner Liebsten sanft und seidenweich zu, und meine Worte glitten wie eine ersterbende Welle in die geliebte Muschel ihres rosigen Ohrs, gesäumt von Tragus, Antitragus und Helix. *(Vgl. Tafel 4 und 6 in »Abriss der Anatomie und Physiologie des Ohrs«, Kapitel 1, Außenohr, Illustrationen von Merlin Deschamps.)*

Am nächsten Morgen sahen wir uns das Haus ein zweites Mal an. Vielleicht könnten wir uns, wenn wir es noch einmal sahen, rechtzeitig davon überzeugen, dass es sich um eine schlechte Wahl handelte?

Aber nein. Der Garten war ein Feuerwerk von bunt zusammengewürfelten Blumen, von Amseln auf LSD und betörend summenden Bienen. Die Sonne durchflutete mein zukünftiges Atelier.

Als wir wieder gingen, schlossen wir das Gartentor mit dem dämlichen, beglückten Gesichtsausdruck junger Eltern im Kreißsaal, bevor wir in unsere vollkommen zweckmäßige Wohnung mit Aussicht auf das trübe, städtische Leben zurückkehrten.

Drei Monate später unterschrieben wir den Kaufvertrag. In der Zwischenzeit hatten wir versucht, die Renovierungskosten zu kalkulieren, die den Preis des Hauses, bei vorsichtiger Schätzung, verdreifachen würden, was ein Wahnsinn war: Nach Begleichung der Notarkosten bliebe uns nichts mehr, oder fast nichts.

Wir hatten uns mit philosophischem Gleichmut getröstet: Es würde eben langsam gehen, man muss warten können, um zu genießen, nur weniges ist unverzichtbar, und dazu zählt ein Fitnessraum oder ein Kinosaal sicher nicht.

Ein Schwimmbad, wozu? Prune schwamm lieber im Meer, und ich mochte sowieso kein Wasser.

Nachdem wir die Qualen des Umzugs hinter uns hatten – die ungeheure Menge an Kisten und Kartons, die etwas späte Entdeckung, dass das Haus keinerlei Stauraum oder Einbauschränke hatte, dafür aber das Internet katastrophal langsam war, ein Marder auf dem Dachboden wohnte, der immer an dieselbe Stelle pinkelte, und eine Kolonie von hysterischen Mäusen bei Einbruch der Dunkelheit durch den Flur rannte und im Garten gefundene Nüsse vor sich her rollte – ganz abgesehen von einer Brut von Spinnenläufern, gemeinhin Hundertfüßer genannt, die Prune mindestens zehnmal am Tag spitze Schreie entlockten und sie in meine muskulösen Arme flüchten ließen (das Adjektiv zu den Armen ist nicht ganz korrekt) –, nachdem wir also das alles und den Rest hinter uns hatten, verausgabten wir uns einige Wochen lang fröhlich, wir strichen wie besessen Türen und Fenster, schrubbten Böden und Wände – man hätte meinen können, dass wir ein freudiges Ereignis erwarteten.

Aber Prune ist neunundvierzig, und ich bin acht Jahre älter. Sieht nicht so aus, als würden wir uns noch fortpflanzen.

Ich liebte die Zukunft, die uns hier erwartete.

In der Ecke meines Schädels, die mir als Wandtafel dient, kritzelte ich schon eine Menge Bildchen davon:

Der Künstler (ich) sitzt unter Bäumen,
versonnen und zerzaust,
ein Glas kühlen Muscat neben sich,
bekleidet mit einem Netzunterhemd,
das seine Aquarellisten-Brustmuskulatur
gebührend zur Geltung bringt, und zeichnet.
Im Hintergrund Prune in weißen Shorts und Sonnenbrille,
die den Kunstkritikern Rede und Antwort steht,
welche in ganzen Busladungen gekommen sind
und sich hinter dem Gartentor drängen,
um einen Blick auf den Künstler (mich) zu erhaschen
und die universelle Tragweite des Werks zu erfassen,
das dort, unter ihren staunenden Augen,
im Entstehen begriffen ist.

Ja, zum Teufel mit der Bescheidenheit, ich spürte es, meine Hand würde präzise sein, mein Strich sicher, ich würde der Welt endlich zeigen, was sich in meinem tiefsten Inneren seit jeher verbarg: eine kunstvolle, mächtige Alchemie der Talente von Leonardo[1], Albrecht[2], Jean[3] und Michel[4], sublimiert durch meine persönliche Handschrift.

Zwischen zwei Tafeln für die *Große Enzyklopädie der Vögel Europas (Band 4: Die Sperlingsvögel – Meisen, Schwanzmeisen, Finken)*, an der ich seit fast zwei Jahren arbeitete, würde ich einen neuen Band meiner Comic-Serie *Wild Oregon* in Angriff nehmen.

Wild Oregon ist mein Hauptwerk. Es ist eine trostlose Utopie, oder eine fröhliche Dystopie, je nachdem, ob einem das Leben als ein halb volles oder halb leeres Glas erscheint. Eine völlig abgefahrene Welt zwischen traditionellem Western und reinster Fantasy, in der mein Held, Jim Oregon, unermüdlich alle möglichen Bösewichte jagt. In den Geschichten verbinden sich Burleskes und Krimielemente vor dem Hintergrund einer ökologisch angehauchten Science-Fiction. Es handelt sich um ein eigenständiges Genre, als dessen Erfinder ich mich ansehe und das ich ohne zu zögern als neu bezeichnen würde, ungeachtet einiger bequem urteilender Kritiker, die es als Mischgattung und alten Zopf betrachten, unter dem Vorwand, dass meine Arbeit hemmungslos Reales und Imaginäres mischt, ein wahrer Schmelztiegel, in dem man sogar Stoff zum Lachen und zum Weinen findet. Mir erscheint das im Gegenteil als stichhaltig und hellsichtig, ganz aus dem wirklichen Leben gegriffen, das uns, wie wir alle wissen, dabei ertappen kann, bei Beerdigungen zu lächeln und bei Hochzeiten und Taufen schwermütig zu werden.

---

1 da Vinci
2 Dürer
3 Giraud (alias Moebius)
4 -angelo

Ich verwende verschiedene Zeichenstile, verschiedene Techniken, ein paar anatomische Tafeln (ich bin vor allem wissenschaftlicher Illustrator, hinter mir verstaubt ein ganzes Leben in Enzyklopädien). Ich recherchiere stundenlang über Details, die ich am Ende nur grob andeute, und arbeite mit der größten Genauigkeit obskure imaginäre Welten aus.

Ich bin Spezialist der vagen Präzision und der genauen Unschärfe.

Ich heiße nicht umsonst Merlin, ich glaube an meinen Auftrag: die Wiederverzauberung der Welt.

Wie dem auch sei, meine Serie *Wild Oregon* ist zu einem nahezu weltweiten Erfolg geworden, da ich, jenseits des französischen Mutterlandes und seiner Überseegebiete, inzwischen ins Monegassische und ins Luxemburgische übersetzt bin, des weiteren in Quebec und neuerdings auch in der Schweiz gelesen werde, in den Kantonen Waadt, Genf, Neuchâtel und Jura, sowie von Lesern in Benin, Gabun, Andorra, Togo, Senegal, Burkina Faso, Mali, Elfenbeinküste, Ontario, New Brunswick, Nunavut, Mauretanien, Tunesien, Louisiana, Zentralafrikanische Republik, Haiti, Tschad, Algerien, Kambodscha, Burundi, Kongo (Brazzaville), Kongo (Kinshasa), Niger, Guinea-Conakry, Äquatorialguinea, auf den Seychellen, in Ruanda, Madagaskar, Mauritius, Dschibuti, auf den Komoren, in Laos, Marokko, im Aostatal, in Llívia, in den Nordwest-Territorien von Kanada, im Libanon, in Kamerun sowie in Vanuatu.

Wie viele französische Autoren können das von sich behaupten?

Wenn ich nicht gerade Bretter abschmirgelte, Regale anschraubte oder Estrich verlegte – immer angetrieben von der energischen Prune, die alsbald in die Rolle der Bauleiterin geschlüpft war –, wartete ich seit drei Wochen auf das Eintreffen meines letzten Opus, *Ein Lied für Jenny Pearl*, Band 13 von *Wild Oregon*. Ich will keine falsche Bescheidenheit vorschützen, ich war nicht unzufrieden damit.

Die Geschichte begann in Leaving Station, dem alten Weltraumbahnhof der Stadt Backwater für interstellare Reisen in die Entlegenen Welten. Jim Oregon, mein legendärer Held, sollte dort einen Gefangenentransport übernehmen und in die Straflager von Oblivion bringen, was eine mehrmonatige Expedition in die kalten Gefilde des Interstellarraums bedeutete, wie schon in Band 4, *Kein Erbarmen für Ruthless John*.

Wie immer hatte ich mich für englische Namen entschieden, in der geheimen Hoffnung auf eine Übersetzung, die auf sich warten ließ, und als Hommage an die zahllosen Western, die mich als Kind geprägt und die meine Phantasie genährt hatten.

In meinem letzten Album lernte man Jenny Pearl näher kennen, eine neue Frauenfigur, leicht psychopathisch angehaucht, die am Ende des vorigen Bandes schon mal kurz aufgetaucht war. Sie war sehr schön, Comic verpflichtet.

Sie überlistete den alten Jim Bear Oregon trotz all seiner Erfahrung und schaffte es, am Bahnhof von Nohope zu fliehen, nach nur sechs Seiten und der Ermordung dreier ihrer Mitgefangenen auf die allerabscheulichste Art – extra für die horrorlüsternen Leser, demnächst in jeder guten Buchhandlung.

Auf ihrer Flucht strandete sie im Farting Louse, einer zwielichtigen Bar, die auch als Puff diente, wo ihr Weg den des Sängers kreuzte, eines anderen Irren, der in Band 9, *Hinter dir singt der Tod*, aufgetaucht war und für seine Opfer nostalgische Balladen zu komponieren pflegte, ehe er sie mit einem Notenschlüssel erwürgte.

Ich war ungeduldig, die Farbqualität des Drucks zu sehen, wie immer. Die Farbe ist ein wesentlicher Bestandteil der Arbeit des Illustrators. Ein missratener Druck kann die Arbeit von Monaten zunichtemachen. Ich hatte es geschafft, zum Andruck vor Ort zu sein, und war recht zuversichtlich wieder abgereist, es waren Profis, die Einrichtung war perfekt, das Ergebnis sah gut aus.

Und trotzdem war ich besorgt. Das kommt bei Künstlern öfter vor.

In der Zwischenzeit übte ich mich in Geduld und begann nach Ende meines Renovierungstages mit meinem eigentlichen Arbeitstag – von nichts kommt nichts.

Ich vertiefte mich wieder in meine Finken und andere Sperlingsvögel, um mit meinem Beitrag zum vierten Band der *Großen Enzyklopädie der Vögel Europas* (geplant waren acht Bände) voranzukommen. Ich verbrachte Stunden am Zeichentisch, die Nase tief in den Federn, und feilte akribisch an Farbvarianten, Flecken und Tüpfeln der Schwung-, Deck- und anderen Federn, die sich an den Flügeln der Vögel überlappen.

Prune respektierte meinen Rhythmus, sie war es gewohnt, dass ich allein durch den Dschungel meines Gehirns kreuzte. In den fünfzehn Jahren – schon? – unseres gemeinsamen Lebens hat sie meine verschiedenen Gesichter kennengelernt. Sie weiß, wann ich in meine Illustratoren-Rolle schlüpfe, sie erkennt es an den Unmengen von Unterlagen und Enzyklopädien, die sich dann im Atelier, auf dem Küchentisch und im Bereich zwischen meiner Seite des Betts und der bemalten Holzkommode stapeln, und an den Stunden im Garten, in denen ich Skizzen oder Fotos einer Kralle oder eines Flügels mache, an den Stunden vor dem Bildschirm, in denen ich unermüdlich alle Videos und Fotos sichte, die mir genau den dreifarbigen Streifen (schwarz, weiß und rötlich) zeigen könnten, der den Latz des Blaukehlchens *(Luscinia svevica)* säumt.

Ganz zu schweigen von den Tagen, an denen ich in Wald und Flur auf der Lauer liege – nur dafür bin ich bereit, im Morgengrauen aufzustehen, um dann bis zur Abenddämmerung in meinem Tarnzelt auszuharren, das Gesicht dicker mit Tarnfarbe bemalt als ein junger Rekrut beim Manöver, behängt mit einem lächerlichen Wanderponcho, meine Fotoapparate mit diversen Objektiven und meine Notizbücher griffbereit.

Sobald ich am Zeichenbrett sitze, bin ich für niemanden mehr zu sprechen, vor allem nicht für mich selbst. Ich bin dann hochkonzentriert, mein Herz schlägt langsamer, die Gedanken sind weit weg, die Feinarbeit findet tief im Inneren statt. Ich bin nur eine Hand, die nicht zittern, ein Auge, das nicht blinzeln darf. Wenn ich Illustrator bin, geht es um Millimeter, um einen Federstrich, einen Schatten, eine Leerstelle, es geht um höchste Genauigkeit des Aquarells, Präzision des Strichs, unbedingte Treue in Farben, Formen und Proportionen, um die sorgfältige Wahl der Pigmente, um alles, was Glanz, Geschmeidigkeit, Bewegung, Leuchtkraft und schließlich die Illusion von Leben entstehen lässt, alles, was dem, was ich zeichne und was ich bin – denn das ist es, was letztlich auf dem Spiel steht –, Glaubwürdigkeit verleiht, damit der Betrachter den Eindruck hat, der Vogel wäre wirklich da, bebend und warm, und er würde, berührte man ihn mit dem Finger, vielleicht zusammenzucken. Ich trage nicht den Namen eines Zauberers, um Vögel zu zeichnen, die flach sind wie ein Blatt Papier. Ich muss die Tiefe zeigen, alle Dimensionen wiedergeben, den Atem, die Präsenz. Ich will keine Papiervögel ausmalen. Der Vogel muss atmen, er muss davonfliegen.

Ich muss Gott sein.

Meine Liebste weiß auch genau, in welchem Moment *Wild Oregon* wieder das Ruder übernimmt und anfängt, in mir zu arbeiten und unterschwellig Gestalt anzunehmen. Sie nimmt meine Erregung wahr, auf die bald Niedergeschlagenheit folgen wird, dann hysterische Heiterkeit, Bedürfnis nach Stille und Ruhe und schließlich eine neurotische Aufräumaktion in meinem Atelier, die stets die Geburt ankündigt.

Sie kennt das alles in- und auswendig, die Phasen, in denen ich verstumme, die langen Tragzeiten, in denen ich mich im Kreis drehe wie eine ängstliche Elefantenkuh, die Wochen, in denen ich wie eine Kuh endlos wiederkäue, vermutlich mit dem gleichen sanften, leicht abwesenden Blick.

Wenn ich an einem neuen Band meiner *Wild Oregon*-Serie (für die Eingeweihten einfach nur »*Wild*«) arbeite, ist die Herausforderung nicht weniger groß. Eine Fiktion erschaffen bedeutet nicht, dass man jeden Quatsch aufs Papier wirft. Der Preis der Freiheit ist ein hoher Anspruch und absolute Kohärenz. Der Wahn muss plausibel sein, und die Spinnerei glaubwürdig. Das Leben erlaubt sich viel mehr Extravaganzen, Übertreibungen und Merkwürdigkeiten, als ein Autor sie sich je erlauben kann, so durchgeknallt er auch sein mag. Das ist einfach so, und man muss es akzeptieren. Alles ist schon geschaffen, alles ist schon gesagt worden.

Meine Arbeit besteht darin, meine Stimme zu finden. Ich bin zugleich Autor und Zeichner meiner *Wild*-Serie, was in der Branche eher selten ist. Ich habe das Glück, nur auf mich selbst angewiesen zu sein, ich erschaffe eine Welt nach meinem eigenen Maß. Doch genau dieses Privileg macht mir Angst, denn so bin ich zugleich Bergarbeiter, Pickel und Bergwerk.

Ich kann mich nicht tragen lassen vom Text eines Autors, der meinen Illustrationen als Grundlage dienen würde.

Ich kann die Schwierigkeiten der Darstellung von dieser oder jener Figur oder Szenerie nicht umgehen, indem ich das Problem auf den Zeichner abwälze, der sich schon irgendetwas dazu wird einfallen lassen.

Ich säe und ernte, ich trage mein Korn selbst zum Mahlen, bin Wasser und Wind für die Mühle.

Monate der Arbeit.

Monate.

Skizzen, Entwürfe, Konzepte, die im Müll landen, der Kater Pantoffel, der einen ganzen Tag Arbeit zunichtemacht, wenn er im falschen Moment auf den Tisch springt, das Leben eines Buchmalers, der an seine Pergamente gekettet ist, ganz gleich ob schönes Wetter ist, ob Freunde anrufen, die ein Glas mit mir trinken wollen, ob das Leben ohne mich weitergeht. Und dann meine Verleger, Philippe für die Comics, Alice für die Enzyklopädie, die mich hin und wieder anrufen, ohne mir je Druck zu machen, deren Namen auf dem Telefondisplay aber jedes Mal schreckliche Schuldgefühle in mir wecken.

»Wie sieht's aus? Kommst du voran?«

Ich sage ja, ich lüge, mogle, schildere Seiten, die nicht einmal entworfen sind.

Ich möchte fertig sein, bevor ich auch nur angefangen habe. Ich mag es zu zeichnen, aber es ist so langwierig – eine Stunde Arbeit für eine einzige Feder eines meiner Sperlingsvögel. Ganze Tage für eine Seite, für manche Landschaften, für die Details eines Saloons oder eines Raumschiffs.

Ganz zu schweigen vom Cover, das alles sagen und alles verbergen soll, das sich prostituieren, sich an den Meistliebenden verkaufen soll. Damit sich die Hand des Lesers unwillkürlich nach dem Album ausstreckt, es unter all den anderen auf dem Büchertisch herausgreift.

Das ist der Teil, den ich nicht mag, der alle meine Kindheitsängste wieder aufleben lässt.

Und wenn niemand mich in seiner Clique haben und mitspielen lassen will?

Und wenn niemand mich liebt, was dann?

ERSTE SCHLÄGE INS KONTOR

Worunter sich verbergen:
zwei Comic-Helden, ein Brüllaffe (weiblich),
Schüsse aus dem Hinterhalt und ein Junggesellenabschied.
Und natürlich, nicht zu vergessen, ein Schwingelmörserling.

Wir hatten das Haus seit fast sechs Monaten. Prune sprühte vor lauter poetischen und verrückten Ideen.

Ich schwamm in Glückseligkeit wie eine Pflaume im Armagnac.

Und da ...

Man meint, den Hafen erreicht zu haben, man bereitet sich träge auf das Leben einer kleinen Jolle am Anlegeplatz vor, man überlasst sich endlich der Idee des Glücks, man akzeptiert die Aussicht darauf und freut sich insgeheim, und genau in dem Moment bricht der Sturm los. Ein Tsunami, der alle Dämme brechen lässt, oder ein bescheidenes Hochwasser, das die Kais überflutet, je nachdem. Jedem von uns seine eigene Katastrophe. Der Umfang des Schadens sagt nichts über das Ausmaß des Schmerzes aus. Ich habe Leute gekannt, die wegen des Verlusts eines Fotoalbums an Selbstmord dachten.

Aber das Seltsamste ist, dass uns die Prüfung oft genau dann ereilt, wenn uns das Glück sicher scheint. Mit der Präzision eines chirurgischen Angriffs.

Dabei würde man, wenn man sich die Zeit nähme, sich umzudrehen, die Welle schon von weitem anrollen sehen. Wie sie turmhoch auf uns zustürzt und anschwillt, wild entschlossen, über unsere Anlegerbrücken, die wackeligen kleinen Kais, auf die wir so stolz waren, hereinzubrechen und unsere Nussschalen mit einem Schlag zu zerschmettern, zu versenken oder auf ferne Inseln zuzutreiben.

Alles war in schönster Ordnung.
    Und da starb Laurent.

Das Leben ist ein derart vorhersehbarer Fortsetzungsroman. Man weiß genau, was einen in der letzten Folge der letzten Staffel erwartet. Woher nimmt man nur die Unschuld, sich darüber noch zu wundern?

Ich hätte mir denken müssen, dass Laurent eines Tages sterben würde. Dieser schlechte Scherz wird recht häufig gemacht, vor allem ab einem bestimmten Alter.

Aber alles Wissen nützte mir nichts, ich war nicht darauf gefasst.

Laurent und ich waren über zehn Jahre lang Nachbarn gewesen, bevor ich in die Hauptstadt zurückzog, um mich ein paar lange Jahre, denen unser Hauskauf glücklicherweise ein Ende gesetzt hat, wie ein Stück Lachs räuchern zu lassen.

Ich habe ihn kennengelernt, als ich bei ihm nebenan einzog. Ich hatte gerade die Hälfte einer ehemaligen Postkutschenstation gemietet, mitten in der Kleinstadt, in der ich aufgewachsen war und in die ich in einem trennungsbedingten Anfall nostalgiegetönter Regression zurückkehrte.

Dank frisierter Unterlagen konnte ich die Eigentümerin überzeugen, dass ich der ideale Mieter war. Wären ihr meine Bankprobleme bekannt gewesen, hätte sie mich mit dem Besen hinausgejagt. *Vade retro*, Illustrator. Ein Künstler? Nicht bei uns.

Als mich Laurent eines schönen Morgens aufkreuzen sah, lag genauso viel Liebe in seinem Blick wie in dem von Clint Eastwood, wenn er in *Gran Torino* seine Hmong-Nachbarn sichtet. Dabei hatte ich nicht vor, ihm sein Auto zu klauen, und außerdem hatte er gar keins.

Er war über fünfzig, und man spürte, dass er eine Menge erlebt hatte. Ich war Anfang dreißig, Prune hatte sich noch nicht mein Herz unter den Nagel gerissen und ihre Koffer in meinen Flur gestellt, und ich schlug mich seit über sieben Jahren mehr schlecht als recht durch, auch wenn ich schon zwei Comics veröffentlicht hatte.

Zwei hübsche kleine Achtungserfolge, wie man Bücher zu nennen pflegt, die sich nicht verkaufen.

Ich kleidete mich sehr schlicht, fast ein bisschen mormonisch. Ich trank nur Wasser, oder zumindest fast (ich stelle mich gern in einem günstigen Licht dar). Von uns beiden sah eher Laurent verwegen aus wie ein Comic-Zeichner: Pferdeschwanz, Stirnglatze, enge Lederhose um die langen, mageren Beine, Lederjacke, spitze Stiefel – beschlagen, wie es sich gehört – und Dreitagebart.

Ich hatte gerade einen ausbeuterischen Vertrag mit einer neuen Zeitschrift unterschrieben, die mich mit einem Comicstrip mit wiederkehrenden Helden beauftragt hatte, Zielgruppe: Jungs von acht bis dreizehn. Mit anderen Worten, von den letzten Chupa Chups bis zu den ersten Wichsorgien. Da würde ich breit streuen müssen.

Laurent und ich sahen uns manchmal durch die Gartenhecke hindurch. Ein Kopfnicken, wenn er auf der Treppe vor seiner Haustür Zeitung las, auf der Stufe unter sich ein Glas, und ich zu Vampirzeiten aus meiner Höhle kroch, um im einzigen verrauchten Pub der Stadt etwas Luft zu schnappen. Die übrige Zeit blieb ich zu Hause, zog die Vorhänge zu und schwitzte pausenlos über meinen Aquarellen und Tuschzeichnungen, um mich nicht ganz meinem Liebeskummer zu ergeben.

Eines windigen Morgens, als ich meinen Fiat 127 aufschloss, entglitten mir die letzten Seiten, die ich der Zeitschrift liefern wollte, und da stand er plötzlich vor mir. Er war lieber durch unsere Hecke geschlüpft, statt außenrum über die Straße zu gehen. Aber die Hecke war löchrig, und ich konnte seine Hilfe brauchen. Er half mir, meine Blätter aufzusammeln, die schon über den ganzen Weg verteilt waren, dann hockte er sich wortlos hin, die Lippen fest um eine gelbliche Kippe geschlossen, und legte sie zu willkürlichen Stapeln zusammen, wobei er sie in aller Ruhe studierte.

Schließlich stand er wieder auf, drückte mir seine Ausbeute in die Hand und fragte: »Machst du das alles?«

»Ja«, sagte ich mit einigem Stolz auf meine jüngste Produktion. »Gefällt es Ihnen?«

»Nicht besonders, nein. Fängst du gerade an?«

Laurent war immer mörderisch ehrlich.

Noch am selben Abend habe ich ihn gezeichnet, um mich abzureagieren.

So habe ich immer funktioniert: Die meisten meiner Helden habe ich aus der Wirklichkeit entführt, um sie in kleine Kästchen ohne Notausgang zu sperren, wie ein waschechter Psychopath.

Ich warf ihn mit ein paar raschen Strichen in eine Ecke meines Notizbuchs hin. Er erschien sofort – oder fast – in seiner etwas altmodischen Cowboy-Kluft.

Die zerknitterten Augen, die Kippe im Mundwinkel, die mageren Hände mit den gelben Fingern.

Eine echte Comicfigur, die aus der Seite heraustreten würde, wie Schauspieler manchmal von der Kinoleinwand herabzusteigen scheinen.

*Laurent, Cowboykluft, 22 Long Rifle über der Schulter,
bewaffnet mit einem Rotring Isograph 0,13⁵,
bemüht sich, ein meisterhaftes Porträt abzuzeichnen,
das sein begabter junger Nachbar (ich) angefertigt hat.
Ergebnis seiner Arbeit in Großaufnahme:
ein Kopffüßler. Der Cowboy ist gedemütigt.
Der Künstler (ich) kann sich ein spöttisches Lächeln nicht
   verkneifen.*

*Der Cowboy knallt ihn aus nächster Nähe ab.
Peng.*

Ich kann nicht anders, so ticke ich, ich produziere Skizzen, Entwürfe, Strich- oder Federzeichnungen am laufenden Band. Es hört nie auf. Ich stelle mir Sachen vor, erfinde, entwerfe, komponiere, entleihe, verwandle, gestalte um.
Ich erschaffe.
So gewissenhaft, detailgetreu, pedantisch und methodisch ich bei der Darstellung der Wirklichkeit in meinen Anatomie-Büchern und Enzyklopädien auch sein mag – Tiere mit Fell oder Federn, Fische, Insekten und Gliederfüßler mitsamt der dazugehörigen Flora –, in den Comics erfasse ich die Dinge im Flug, ich schnappe auf, erhasche Ideen, Blicke, Haltungen, alles was mir begegnet, wie ein großes Raubtier des Augenblicks.
Anfangs habe ich mich auch an Karikaturen versucht, ist lange her. Das lag mir durchaus, ich hatte einen guten Blick, aber ich war nicht böse genug. Daran sind meine Eltern schuld, und das nehme ich ihnen sehr übel: Wenn man Merlin Deschamps heißt, ist es nicht leicht, wild und grausam zu sein.

---

5   Meines Erachtens einer der besten Tuschefüller. (Und ich bin nicht am Verkauf beteiligt.)

Ich knabbere, ich mümmle, ich schnappe nach Waden, aber ich reiße selten ein Stück Fleisch heraus. Ich bin harmlos mit meinen Milchzähnen. Ich neige dazu, die Welt in hellem Licht erstrahlen lassen zu wollen, mit einer Spur Seltsamkeit und Magie.

Ich habe zwei Leben – wie alle Welt. Das des Alltags, der Taten, des Realen. Und das andere, geheime Leben, in dem ich bastle, umbaue, aufmöble, das Leben von Freunden und Nachbarn neu erfinde, auf Canson-Papier 250 Gramm extraweiß, ultraglatt.

In den zwanzig Jahren unserer Freundschaft war Laurent, der aussah wie eine Mischung von Clint Eastwood und Sean Connery, eines meiner Lieblingsopfer, so sehr, dass er bald zu meinem Haupthelden wurde, Jim Oregon, genannt Jimmy Bear – Jimmy Old Bear für seine Freunde –, ein großer Tresenabenteurer, Barpirat, mit seinem ewigen Boss-of-the-Plains-Stetson auf dem Kopf, in abgewetzten Jeans, Karohemd und Wolljacke, rotes Tuch um den Hals und alte braune Granger Boots an den Füßen, vorne eckig, wie es sich gehört.

Der gute alte Jim hat mein Glück gemacht: Weltraumkonvoiführer und schneller Schütze, großer Pokerspieler und Whiskytrinker, Reisender durch die kosmischen Wüsten des abgefahrenen Universums meiner *Wild-Oregon*-Serie – zwölf bereits erschienene Bände, der dreizehnte in Vorbereitung –, die gut genug läuft, um mir zu erlauben, in einen Bauernhof ohne Warmwasser zu investieren.

Prune dient mir ebenfalls als Modell, was sonst? Arbeiten bedeutet, fern von ihr zu sein, und fern von ihr bin ich fern von allem. Also muss sie mich begleiten.

Wenn Laurent immer mein erster echter Kritiker war, denn Prune liebt mich zu sehr, als dass sie mich verletzen würde, so ist sie stets die erste Zeugin auf dem Schauplatz meiner Verbrechen.

Vor Erscheinen zeige ich ihr meine Arbeit nie in Gänze, genauso wenig wie Laurent, ich habe meine Künstlerscheu und will dem Leser auch die Überraschung nicht nehmen – aber sie ist meine Lebensgefährtin, also begleitet sie mich und interessiert sich für meine Arbeit.

Als ich mit der Serie angefangen habe, war Prune noch nicht bei mir. Ich habe sie kennengelernt, während ich am zweiten Band arbeitete.

Alles, was in meinem Leben wichtig ist, alles, was in meinen Augen zählt, Freundschaften, Enttäuschungen, Freuden oder Mühsal, findet sich am Ende auf irgendeine Art in meinen Comics wieder, als Umriss oder Einschluss, so wie das bunte Glas das Herz des Kirchenfensters bildet und die Schwärze des Bleis dessen Leuchtkraft steigert. Nach ein paar zu brav geratenen Versuchen habe ich meine Liebste endlich als Miss Plum vor meinen Augen und unter meiner Feder erstehen sehen – Phoebe Plum, Wirtin des Blue Rooster, einer Spelunke mit lauter zwielichtigen Gästen in der verrufensten Gegend von Backwater, der Stadt, die allen Aufständischen und übelsten Schurken der Galaxie als Rückzugsort dient. Phoebe Plum, Aktivistin gegen den Großen Rat der uneinigen Nationen, Powerfrau mit bisweilen mafiösem Geschäftssinn und großartige Liebhaberin.

Sie ist zu einer wiederkehrenden Figur von *Wild Oregon* geworden, und sie hat sich ihren Status als Heldin gleich zu Beginn des dritten Bandes verdient, *Die Ballade der Phoebe Plum* (in jeder guten Buchhandlung).

Sie begegnet Jim oft, wenn er zwischen zwei Expeditionen nach Backwater zurückkommt. Sie sind wie Hund und Katze unter ein und demselben Dach. Zwischen ihnen herrscht eine Mischung aus Misstrauen und Hochachtung – gewetzte Krallen, hochgezogene Lefzen –, das Ganze gut befeuchtet mit schwarzgebranntem Whisky und gründlich geschüttelt im Shaker des Lebens.

Die Art von Beziehung, die man in Filmen liebt, wenn man von Anfang an ahnt, dass die beiden Helden, die sich auf den ersten Blick hassen, am Ende die besten Freunde der Welt sein werden.

Seit Beginn der Serie – vor bald neunzehn Jahren – läuft Prune in einem engen Mieder und mit dem letzten Desintegratormodell herum, dazu Netzstrümpfe und hohe Absätze.

Um den alten phallokratischen Standards des Comics gerecht zu werden, nach denen jede Frau ein Konzentrat von Kurven zu sein hat, habe ich sie mit einem Hintern versehen, so rund und prall wie ein kleingeschriebenes Omega[6], und mit Brüsten in der Form großkalibriger Granaten.

Ich bin fast so sehr in Phoebe verliebt wie in Prune. Das ist keine Übertreibung.

Ich zeichne ihre Rundungen mit der größten Behutsamkeit, die Spitze meiner Feder streichelt das Papier zärtlicher, als je eine Hand einen Körper gestreichelt hat. Prune sagt, sie sei eifersüchtig. Dazu hat sie allen Grund. Phoebe bekommt keine Falten, sie bleibt für immer fünfunddreißig, im schönsten Alter einer Frau. Sie widerspricht mir nie. Und an manchen Tagen, muss ich gestehen, würde ich meine Prune gern mit ihren Brüsten sehen. Dabei gefällt mir meine Flunder, meine Seezunge, so sehr, wie sie ist.

Das ist das Problem des Künstlers mit seinem Werk. Wir sind finstere Frankensteins, wir hängen neurotisch an unseren Sprechblasen, an unseren Panels und Kreaturen. Wir werden illegal besetzt von diesem fröhlichen kleinen Volk, das durch irgendeine Geheimtür aus unserem kranken Hirn ausbricht,

---

6 ω

ob wir es wollen oder nicht. Eine Tür in der Mauer des Irrenhauses, die auf einen Hinterhof hinausgeht und von dort, über den Bretterzaun, in die *wirkliche* Welt hinausführt, die ich für meinen Teil manchmal so wenig glaubwürdig finde.

Künstler sind durchlässig, sie kennen keine Grenzen, ihre Phantasie schäumt ständig über. Ihre Welt sickert hervor, materialisiert sich, wird wirklich, beginnt ein Eigenleben zu entwickeln. Manchmal überlebt sie ihre Schöpfer.

Manchmal sogar sehr lange.

Und Laurent ist also tot.

Seit wir, meine Liebste und ich, das Haus gekauft hatten, besuchte ich ihn nur noch ein- bis zweimal im Monat, denn der Weg war weit geworden, über neun Stunden Autofahrt, und mein Terminkalender war gut gefüllt dank Prune, die mir überall Klebzettel mit hübsch kalligraphierten Botschaften hinterließ:

Herzensallerliebster of my life 4ever, man müsste:

* Die Dichtung am Waschbecken austauschen
* Den Estrich im Eingang fertig ausgleichen
* Die dicken Dachbalken abschleifen (soll ich sie blau streichen oder lieber nicht?)
* Mich küssen

Worauf ich meistens mit Sprechblasen und Panels antwortete.
Die Küchenwände bedeckten sich nach und nach mit unserem Fortsetzungsroman, dessen Seiten Prune liebevoll sammelte, denn, so sagte sie, das sei so gut wie Baustellenfotos, um uns später, wenn wir endlich alt wären, zu erinnern.

Merlin schwitzt unter der Last
der Balken und Bausteine auf seinem Rücken.
Prune und der Kater schlafen eng umschlungen
auf einem Riesenkissen, das des Harun Al Pussah würdig wäre,
dem Kalifen von Isnogud.

Oder:

Merlin kniet unter dem Waschbecken,
aus dessen Leck sich ein Wasserfall ergießt,
und schnappt nach Luft.
Prune sitzt splitternackt auf einem Schwimmring mit
    Entenkopf
und liest inmitten des Pools, der einst unser Wohnzimmer war,
eine Schöner-Wohnen-Zeitschrift.

Oder aber:

Merlin, kleinlaut und mit betretener Miene,
steckt mit beiden Füßen im Estrich fest,
während Prune ihn zornesrot,
die Arme über der flachen Brust verschränkt,
mit vernichtenden Blicken bedenkt.

Ich zeigte Laurent meine Arbeit gern, manchmal setzte ich ihn als ironischen Beobachter in eine Ecke meiner Panels, wie den Marienkäfer in den Comics von Gotlib. Oder ich versteckte ihn diskret im Hintergrund: ein vergilbtes Porträt des Old Bear in einem verschnörkelten Bilderrahmen über dem Kamin; ein Filmplakat für einen Western mit Jim Oregon in der Hauptrolle; eine Preistrophäe für den Comic des Jahrhunderts in Gestalt des sturzbesoffenen Laurents irgendwo im Regal.

Laurent war für diese Zeichen der Respektlosigkeit nicht unempfänglich. Das konnte ich an der Zahl der Porträts ablesen, die er sorgfältig an seine Wände gepinnt hatte.

Unter all meinen Unehrerbietigkeiten war ihm die liebste wohl eine großformatige Federzeichnung, die Prune schlafend in unserem Zimmer darstellte, in einem hohen Himmelbett. (Ich stelle sie gern so dar, ich finde, sie schläft mit bewundernswertem Talent.)

Die Besonderheit der Zeichnung lag in der Tapete an den Wänden, im reinsten Toile-de-Jouy-Stil. Wenn man etwas aufmerksamer hinschaute, konnte man inmitten der zarten Schäfermotive Jim Oregon erkennen, die Jeans bis auf die Waden heruntergerutscht, wie er emsig Schafe, Hirten, Schäferinnen besprang, umgeben von einer ländlichen Idylle mit Wäldchen, Vögeln, Blümchen und gemeinen Stinkmorcheln *(Phallus impudicus, Ständerpilz aus der Familie der Phallaceae, Ill.: Merlin Deschamps)*.

Die Nachricht von Laurents Tod überbrachte mir Lolie an einem Sonntag um dreiundzwanzig Uhr fünfzehn. Warum habe ich mir die genaue Uhrzeit gemerkt? Woher kommt dieses Bedürfnis nach Orientierungspunkten, nach Wegmarken?

Sie redete zu schnell, mit rauer Stimme voller *Wenn-ich-bloß-gewusst-hätte* und absurden, unsinnigen, fruchtlosen Schuldgefühlen, die sie, gleich einer Boa constrictor, fest im Griff hatten, sie fast schon erstickten.

Sie hatte mehrere Jahre lang mit Laurent zusammengelebt, sie hatten sich weiter sehr nahgestanden. Zwischen zwei Weinkrämpfen erklärte sie mir, dass sie ihn genau an diesem Tag besuchen sollte, er hatte sie am Tag zuvor angerufen und sie gebeten vorbeizukommen. Sie hatte nicht gekonnt. Sie hatte sich nicht einmal die Zeit genommen, ihm abzusagen. Sie hatte ihn am Abend anrufen wollen, um sich nachträglich zu entschuldigen. Und jetzt fragte sie sich, was er ihr hatte sagen wollen. Sie würde es nie erfahren. War es vielleicht wichtig gewesen? Hatte er auf sie gewartet?

»Man hat ihn auf den Stufen sitzend gefunden, wie immer, weißt du?«

Ja, wusste ich genau.

Ich hatte ihn so oft dort vorgefunden, an diesem Platz, von dem aus er mit seinem wachsamen Blick die Straße betrachten konnte, die Bäume in den Gärten und dahinter, über den Antennen und Dächern, den gesamten Himmel.

Laurent hatte die Höflichkeit besessen, vor den Augen des ganzen Viertels zu sterben, auf seiner Türschwelle sitzend, statt ganz allein hinter geschlossenen Fensterläden in seinem Wohnzimmer abzuschrammen.

In solchen Fällen gibt es nicht viele Worte. Nicht viele Zeichnungen, die sich aufdrängen, oder witzige Ideen für Skizzen, um sich einen abzulachen, nein. Der Humor kommt später, wenn die Wunde heilt.

Wenn der Dolch herausgezogen ist.

Der Tod eines Freundes, oder eines Geliebten, eines Kindes, bedeutet das unwiederbringliche Ende eines ganzen Lebensabschnitts. Wir müssen diese Abgründe akzeptieren, die ins lebendige Fleisch unseres Gedächtnisses gerissen werden, uns eine Weile an ihren Rand setzen und weinen, und dann weitergehen, für immer erloschene Landschaften hinter uns lassen, die nur noch in unseren Erinnerungen leben werden.

So gehen wir dann weiter durchs Leben, zwischen Löchern und Leerstellen, über Brücken, die wir über Abgründe werfen, blindlings der Zukunft entgegen.

Man mag glauben, dass die Zeit vorüberzieht. Aber wir sind es, die vorüberziehen und nicht mehr wiederkommen.

Ich werde Lolies Stimme an jenem Abend nie vergessen. Ihren Schmerz.

Ich habe die kleinen Brüche mitten in ihren Sätzen noch im Ohr, wie lauter noch nicht abgeschliffene Splitter, die aus der Maserung des Holzes ragen.

Schon ihre ersten Worte hatten mich hellhörig gemacht.

»*Merlin*, ich bin es. Lolie.«

Das brauchte sie nicht dazuzusagen, ich hätte ihre Stimme unter Tausenden erkannt, diese unnachahmliche Mischung von Jazzsängerin und Marktverkäuferin, kraftvoll, mit einer leichten Heiserkeit zwischen Rost und Samt, die ich immer unglaublich sinnlich gefunden habe. Laurent übrigens auch, er hatte einmal gesagt: »Wie soll man eine Frau mit so einer Stimme nicht lieben? Ich kriege schon einen Ständer, wenn sie mich nur um das Salz bittet!«

Dabei mussten ihre Liebesspiele damals schon weit hinter seinem Horizont liegen, aber das war unwichtig. Wenn er Lolie ansah, auch nach ihrer Trennung, hatte er immer einen Blick, wie ich ihn kaum je bei einem anderen Mann gesehen habe. Nichts Besitzergreifendes, nein, vielmehr ein beglücktes Staunen, wie im Blick eines versierten Ästheten angesichts einer Skulptur von vollkommener Anmut.

Wo ich eine etwas rundliche, noch recht hübsche, doch alles

in allem gewöhnliche Frau sah, betrachtete Laurent die Kartographie eines verlorenen Kontinents, erinnerte sich bewegt an seine große Fahrten, an die Stunden der Zärtlichkeit und die Nächte der Lust.

Der Körper mag uns im Stich lassen, doch die Erinnerung an das Verlangen erlischt nie.

Jeder hat seine eigene Art, schlechte Nachrichten zu überbringen, je nach Grad des Schmerzes und der Nähe. Manche sind schroff, andere behutsam. Wieder andere unbestimmt.

Ganz am Anfang unserer Geschichte erzählte mir Prune einmal, wie ihr Vater sie an dem Tag, an dem ihre Mutter bei einem Motorradunfall gestorben war, angerufen und gesagt hatte: »Deine Mutter hat uns verlassen.«

Da ihre Eltern kurz vor der Scheidung standen, hatte sie nicht verstanden. Sie hatte gedacht, ihre Mutter hätte gerade ihre Koffer gepackt, und war erleichtert gewesen, denn das war das Beste, was ihren Eltern passieren konnte. Aber als sie ihren Vater gefragt hatte, ob er wisse, wo sie sei, hatte er mit tonloser Stimme geantwortet: »Bei der Autopsie. Sie geben den Leichnam übermorgen heraus.«

Seitdem sagt Prune von jemandem, der gestorben ist, nie, er habe uns verlassen. Sie sagt: Er ist tot. Das ist klar.

An dem Sonntag, an dem Lolie mich anrief, erstaunten mich ihre ersten Worte: »*Merlin*, ich bin es.«

Lolie hat mich nie Merlin genannt. Niemals. Nicht einmal zur Begrüßung. Sie sagt: »Hallo Künstler!«, nennt mich den Kleckser oder aber Johnny, ich habe nie herausgefunden, warum. »He, Johnny! Willst du einen Kaffee?«

Wenn wir mit Laurent und Genaro zusammen waren, nannte sie uns einfach »Jungs«. »Jungs, fahren wir ans Meer?« Aber »Merlin«? Nie.

Allein daran, dass sie mich bei meinen Namen nannte, erkannte ich, dass es etwas Schlimmes war, dass das Leben nach diesem Gespräch nicht mehr so sein würde wie zuvor.

Nachdem ich lange mit ihr gesprochen und dann Prune die Nachricht überbracht hatte, ging ich in die Nacht hinaus und setzte mich passenderweise unter die Trauerweide.

Prune brachte mir meine Jacke. Sie war am Boden zerstört. Jeder Todesfall in unserem Umfeld wirft sie auf den Bahnsteig ihrer eigenen Abschiede zurück. Prune hat zu viele Menschen abtreten, zu viele Züge vor der Zeit abfahren sehen. Sie hat schon mit zu vielen Taschentüchern winken müssen.

Sie mochte Laurent sehr. Ihr Verhältnis war nicht einfach, ein echtes Verhältnis à la Phoebe/Jim, wobei sie sich insgeheim gegenseitig schätzten. Sie war einer der wenigen Menschen, die ihn nicht mit Samthandschuhen anfassten und ihm, wenn er zu weit ging, den Kopf zurechtrückten. Meine Prune ist eine Verfechterin der Gerechtigkeit, eine Superwoman ohne Minirock und Strumpfhosen, sie hat immer einen Kampf zu führen, einen Schurken festzunageln oder einen Freund wachzurütteln, wenn er nicht mehr aus den Federn kommt.

Prune setzte sich im Dunkeln neben mich auf die Bank. Ohne etwas zu sagen. Die Nase in ihrem Schal vergraben, leise schniefend vor Kummer und Kälte, hielt sie mit einer Hand den Kragen um ihren zarten Hals geschlossen und trocknete sich ab und zu mit dem Taschentuch die Augen, ihre andere Hand lang auf meiner.

Keine Fragen, keine Kommentare. Die Zeit dafür würde später kommen. Eines Tages würden wir die Monate und Jahre an uns vorbeiziehen lassen, uns erinnern und ermessen, was verloren war. Aber nicht jetzt. Wir waren in der Phase der Fassungslosigkeit, der Schreckstarre, unfähig, ein einfaches Gefühl zu empfinden, ganz zu schweigen von echtem Schmerz.

Denn es tat nicht weh. Laurent war gestorben, und es tat nicht weh.

Was mich erfüllte, war eine zugleich diffuse und kompakte Traurigkeit, weich wie eine Daunendecke. Nichts ragte hervor, keine tückische Schneide verbarg sich in der Fülle des Federbetts.

Vor ein paar Jahren habe ich mich einmal tief in die rechte Hand geschnitten, als unbeholfener Bastler, der ich bin. Zu meinem Erstaunen, denn die Verletzung war breit und tief, spürte ich nichts. Ich erinnere mich, dass mir der Arzt, der mich im Krankenhaus nähte, erklärte, manchmal seien die Leute so schwer verletzt, dass die Information nicht gleich zu ihrem Gehirn vordringe, weil es zu sehr mit anderen Problemen beschäftigt sei.

Ich fragte ihn, wann der Schmerz denn dann komme.

Er knotete den zehnten Stich akkurat zu, betrachtete sein Werk zufrieden und antwortete mir dann leichthin: »Tja! Es tut weh, wenn es besser geht. Sie werden es schon merken.«

Tatsächlich habe ich es dann gemerkt, noch am selben Abend – und zwar deutlich.

Da Laurent sonst keine Familie hatte, würde sich sein alter Onkel Albert, der bei ihm um die Ecke wohnte, mit dem Bestattungsinstitut um die Organisation der Trauerfeier kümmern.

Der Onkel rief mich am nächsten Morgen um sechs an.

Ich war gerade erst eingeschlafen. Ich erinnere mich, von einem schrillen, anhaltenden, hartnäckigen Klingeln geträumt zu haben, das aus unbestimmter Ferne zu mir drang.

An meinen Rücken geschmiegt, die Nase zwischen meinen Schulterblättern, den Arm um meinen Bauch geschlungen, brummte Prune ein paar unverständliche Worte in einem klar verständlichen Ton, wobei sie mich heftig in die Waden trat, was immer ihr erster Reflex ist, wenn man es wagt, sie zur Unzeit zu wecken.

Das Telefon klingelte wirklich.

Ich tastete danach und hob ab, begriff, dass es der Onkel war, und stand wie ferngesteuert auf, um mit meinen Kleidern unterm Arm aus dem Zimmer zu gehen, nackt wie ein Liebhaber, der fürchtet, vom Ehemann ertappt zu werden, während ich »Hallo? Hallo, bleib dran ...« flüsterte, um mein wütendes Murmeltier nicht zu stören, denn das schätzt es gar nicht.

In der Küche war es kalt.

Das Telefon zwischen Schulter und Ohr geklemmt, auf die Gefahr hin, meinen chronisch steifen Nacken zu verschlimmern, versuchte ich, meine Unterhose anzuziehen, ohne auf die Nase zu fallen, und gleichzeitig den Ofen von der Asche des Vortags zu reinigen, wobei ich vergaß, dass ich ein Mann und folglich unfähig bin, mehr als eine Sache auf einmal zu erledigen.

»Ich wecke dich doch hoffentlich nicht?«, fragte Albert mit zittriger Stimme, die Kehle fester zugeschnürt als seine gepunktete Krawatte.

»Natürlich nicht«, antwortete ich. »Ich komme vom Angeln.«

»Ah, gut, sehr gut!«, sagte er. »Du bist also auch Frühaufsteher! Weißt du, dass ich jeden Tag um halb sechs aufstehe? Zwanzig Minuten Gymnastik, eine Dusche, zwei weiche Eier, ein paar Seiten Augustinus. Was auch in der Welt passieren mag, das mache ich seit über sechzig Jahren jeden Morgen. *Mens sana in corpore sano*, ein gesunder Geist in einem gesunden Körper, das ist das ganze Geheimnis eines langen Lebens.«

Ich stimmte in einem Ton zu, der munter genug war, um den Eindruck zu erwecken, dass ich es genauso machte, obwohl die Dusche die einzige Gemeinsamkeit unser beider Morgenrituale war.

Dann fragte ich Onkel Albert, ob er Näheres über Laurents Tod wisse, um ihn sanft wieder aufs Gleis zu setzen, denn er hatte den Grund seines Anrufs anscheinend aus dem Blick verloren.

Seine Stimme brach mit einem Schlag. Es war ein plötzlicher Tod gewesen. Wahrscheinlich das Herz.

Ich sandte Laurent im Geiste meine schönsten posthumen Komplimente dafür, bei dieser großen Lotterie, die keine Verlierer kennt, ein so gutes Los gezogen zu haben.

»Ja, ja! Traurig ist das … Ein noch so junger Mann! Und kerngesund! Nie irgendwelche Exzesse, kein Tabak, kein Alkohol ...«, fuhr Onkel Albert fort, dessen Scharfblick schon lange nicht mehr ganz ungetrübt ist.

Ich ließ ihn in seinem Glauben, wozu widersprechen. Ich widmete den gängigen Floskeln die nötige Zeit – »Ja, das Schicksal ist wirklich ungerecht! Unser Leben hängt an einem Faden ... So schnell kann es gehen ... Wer hätte das gedacht ...« –, während ich mir insgeheim sagte, dass das Schicksal sich großzügig und wohlwollend gezeigt hatte, indem es einem Typen, der so wenig auf sein Kapital achtete, fünfundsiebzig Jahre Kredit gab.

Wir vereinbarten, dass wir uns am Mittwoch um zehn Uhr auf dem Platz vor der Basilika treffen würden.

»Ich werde mit der Tante da sein«, fügte Onkel Albert noch hinzu.

Das hätte ich mir denken können. Eine schlechte Nachricht kommt selten allein.

»Die Arme ist tief erschüttert!«, fügte er mit lauter Stimme noch hinzu, wie jemand, der weiß, dass er belauscht wird.

Ich lachte.

»Glaubst du wirklich, was du gerade gesagt hast?«

Albert hüstelte. Er sagte: »Ach! Ich bin so froh, dich bald wiederzusehen, Merlin!«

Und nach einer etwas verlegenen Pause, bevor er auflegte: »Auch wenn ich es bei weitem vorgezogen hätte, wenn die Umstände andere gewesen wären.«

Ich ging zurück und warf einen Blick ins Schlafzimmer, Prune schlief immer noch. Diese Frau hat eine unglaubliche Schlafkapazität. Mich rührt dieser Fleiß immer.

Prune in einem Federnest
lutscht im Schlaf am Daumen.
Der Illustrator sitzt auf einem Ast über ihr
und betrachtet sie mit verliebtem Blick.

Ich ließ sie schlafen. Ich wollte diesen Moment lieber für mich allein behalten, ganz egoistisch. Ich machte mir einen Kaffee ohne Zucker, brachte ein Feuer in Gang. Diese althergebrachte Kunst, die ich nicht wirklich beherrsche, zusammengeknülltes Papier, Anzünder, Reisig, kleine und größere Scheite, raffiniert zu stapeln und anzuzünden. Als die Flammen im Gussofen hochschlugen, stopfte ich ihn mit Holz voll, und er begann freundlich zu bullern.

Ich zog meinen Korbsessel heran, setzte mich hinein, die Hände schon ausgestreckt, und wartete auf die Wärme, die unser alter Godin-Ofen mit dem angeschlagenen grünen Emaille bald ausstrahlen würde.

Das wenigstens änderte sich nicht.

Die Menschen mochten sterben, die Tiere auch. Die Jahreszeiten konnten einander ablösen bis an die Schwelle des Vergessens, Liebespaare hörten eines Tages vielleicht auf, sich zu lieben, Generationen von Mardern würden aufeinander folgen, um auf unseren Dachboden zu pinkeln, und ich konnte in Pulli und Unterhose deprimiert in meiner großen Küche sitzen – doch das Feuer im Ofen würde immer dasselbe Lied von Glut und züngelnden Flammen singen, ein fröhliches Lied mit seinem Duft nach Harz, seinem Geschmack nach verbranntem Holz.

Die Tage nach einem Todesfall haben etwas Eigenartiges. Die Kälte wirkt kälter, das Licht milchiger. Die Katze klingt nicht wie sonst, ihr verstohlenes Miauen versackt in der dumpfen Stille, ohne widerzuhallen. Alles wirkt verfälscht. Wie eine schlechte Kopie der vorangegangenen Tage. Die Zeit fließt nicht mehr, sie tröpfelt höchstens. Und diese schmerzliche Enge in der Kehle. Und diese eisige Leere im Magen.

Ich suchte nach einer Zugverbindung. Diesmal würde ich nicht mit dem Auto fahren, dazu fehlte mir die Kraft. Außerdem sehe ich nachts nicht gut. Aber es war gar nicht so einfach. Nachtzüge. Ein paar gibt es noch, die die Landschaft durchziehen, Dinosaurier aus einer gar nicht so fernen Zeit, in der man im Liegewagen durchs ganze Land fahren konnte, kreuz und quer und zu jeder Jahreszeit. Abfahrt 20 Uhr 54, Ankunft 6 Uhr 57 (einmal umsteigen, zweiundvierzig Minuten Wartezeit).

Die Fahrplanmacher der SNCF – ich bin mir sicher, dass das ein Beruf ist – müssen perverse Zwangscharaktere sein. Kein einziger Zug in Frankreich fährt um Punkt x Uhr ab oder kommt um Schlag y Uhr an.

Ich rief Lolie noch einmal an, um sie zu fragen, ob sie oder Genaro mich am Bahnhof abholen würden. Ich könne bis neun Uhr oder länger warten, kein Problem, wirklich, ich würde einen Kaffee trinken und die Zeitung lesen. Sie sollten sich meinetwegen keine Umstände machen. Sonst würde ich zu Fuß zur Basilika gehen (drei Kilometer, verdammt …), das würde mir gar nichts ausmachen, überhaupt nicht, ich gehe gerne zu Fuß. Sie beschimpfte mich als alten Spinner und sagte: »Genug, das reicht, bist du fertig mit deiner Litanei? Glaubst du wirklich, wir würden dich allein in der Bahnhofskneipe sitzen lassen? Wir werden pünktlich da sein, Dummkopf, und gehen dann irgendwo ein Croissant essen.«

Ich seufzte vor Erleichterung und schlug vor, wir könnten im Etna einen Kaffee trinken, zur Abwechslung. Da war ich lange nicht mehr gewesen. Es würde uns an weit zurückliegende Zeiten erinnern, Genaro und mich.

»Er lässt dir ausrichten, dass du enttäuscht sein wirst. Es hat sich ziemlich verändert, wirst du sehen!«, sagte Lolie in missmutigem Ton.

Wir verabschiedeten uns mit den üblichen Floskeln: Sei schön brav, benimm dich. Sprich nicht mit fremden Leuten.

Dann holte ich mir im Chaos meines Ateliers Papier und Stifte.

Ich setzte mich im Schneidersitz wieder vors Feuer, ein Schneidebrett auf den Knien, die Blätter darauf. Zeichnen ist das Einzige, was ich kann, wenn ich schlecht drauf bin. Laurent war sofort da, als alter Freund, der es versteht, nie auf sich warten zu lassen, wenn man ihn braucht.

Ich sah ihn Gestalt annehmen, ein Strich, zwei Striche, ein Auge, eine Falte.

Laurent rittlings auf einem Stuhl,
die Arme auf der Lehne verschränkt,
Kinn auf den Unterarmen, spöttische Miene,
wie der gute alte Jim Oregon.

Dann:

*Laurent, auf der Treppenstufe vor seiner Tür,
füttert seine Katze Zirrhose,
die auf seiner Schulter sitzt,
mit kleinen Häppchen.*

Zirrhose. Der schwarze Panther, das eifersüchtige Raubtier. Wer würde sich dieser grässlichen Bestie annehmen, die einem mit den Hinterpfoten die Hände zerfetzte, wenn man versuchte, sie am Bauch zu kraulen? Ich kannte Prunes Antwort schon: Eine Katze zu viel ist besser als eine Katze zu wenig. Sie würde gleich morgen ein Körbchen für sie kaufen.

Ich konnte meinen Gedanken freien Lauf lassen oder sogar gar nicht denken, der Stift arbeitete allein, er wusste, was zu tun war. Ich brauchte ihn nur laufen zu lassen, um Laurent noch etwas Leben zu schenken und an meine bescheidene Demiurgenmacht zu glauben.

*Laurent in seinem ollen grünen Sessel,
der an einem Glas steinaltem Single Malt nippt.*

Und auch:

*Jim Oregon zu Pferd, von hinten,
der zum Abschied winkt ...*

Ich korrigierte das Bild mit einem Radiergummi. Deshalb ziehe ich das Zeichnen oft dem Leben vor. Man kann etwas machen und dann wieder rückgängig machen, endlos verändern, oder fast, jedenfalls so oft wie nötig. Ich setzte neu an:

Jim Oregon zu Pferd, von hinten ...
... der zum Zeichen, man möge ihm folgen,
mit der Handkante nach vorne durch die Luft schlägt.

Eine echte Western-Schlusseinstellung, wenn der einsame Cowboy dem Konvoi, den er unter seine Fittiche genommen hat, das Startsignal gibt, die verwaschenen blauen Augen auf den Horizont gerichtet, nachdem er seinen Kautabaksaft ausgespuckt hat und bevor die Indianer die Planwagen angreifen. Mein alter Jimmy Old Bear, wie er langsam in eine endlose, unscharfe Weite hineinreitet, mit einem Flachmann voll Whisky, der aus seiner Tasche ragt.

Mein alter Freund, der in ferne Gefilde aufgebrochen war, während ich zurückblieb und ihm mit tränennassen Augen eine Szenerie erschuf, um seinen Tod zu vergessen.

Nachdem wir unser Auto aus der Werkstatt geholt hatten, da wir notfallmäßig die Rückholfeder des Ventilgehäuses (oder so was Ähnliches) hatten auswechseln lassen müssen – der Mechaniker war da nicht ganz eindeutig gewesen, hatte uns aber gewarnt, dass es teuer werden würde, und er ist ein Mann von Wort –, brachen wir, meine schöne Prune und ich, an diesem Mittwochabend im strömenden Regen aus unserem ländlichen Idyll auf.

Prune würde mich zum Bahnhof bringen und dann zurück nach Hause fahren. Wir hatten keine Wahl, am nächsten Tag zwischen acht und zwölf Uhr sollte ihr Profiherd geliefert werden. Ein prächtiges Instrument, fünf Flammen, zwei Backöfen, tuaregblau emailliertes Gusseisen – um es ihr zum Geburtstag schenken zu können, hatte ich, ohne mit der Wimper zu zucken, mein gesamtes Autorenhonorar für die drei bereits erschienenen Bände der *Großen Enzyklopädie über die Vögel Europas* hingeblättert *(Die Sperlingsvögel – Band 1: Stare und Rabenvögel / Band 2: Lerchen, Grasmücken und Webervögel / Band 3: Stelzen und Drosseln, Ill.: Merlin Deschamps)*. Das heißt etwa acht Jahre Arbeit.

Prune hatte von diesem »Küchenklavier« geträumt, und es hatte mich glücklich gemacht, ihr beim Träumen zuzusehen. Sie plante, große Symphonien für Nase und Gaumen zu komponieren. Ich schwor mir, ihr den Glauben daran nicht zu nehmen und ihr vor allem freie Hand zu lassen, denn ich bin da noch weniger begabt als sie, was eine bemerkenswerte Leistung ist.

Außerdem hatte auch Herr Tjalsodann, der Klempner, der seit über drei Monaten versprach, »Montag früh« vorbeizukommen, sich für den nächsten Tag, Donnerstag, angekündigt. Diese Änderung war wahrscheinlich ein Wink des Schicksals. Undenkbar jedenfalls, diese Chance zu verschenken, da wir seit unserem Einzug nur von Viertel vor neun bis elf Uhr vierzig warmes Wasser hatten, bevor es wieder eiskalt wurde wie ein Gebirgsbach, bis zum nächsten Morgen um Viertel vor neun, wo es wieder ...

In Wirklichkeit hieß Herr Tjalsodann Monnerey, aber der Spitzname hatte sich aufgedrängt: »Tja, also, dann, meiner Meinung nach ist das nicht weiter kompliziert ... Tja, also, dann komme ich mal am Montag vor zwölf, zwischen zwei Terminen, wenn's recht ist. Tja, also, dann will ich mal, jetzt habe ich keine Zeit, aber nächste Woche sicher.«

Um sich darüber hinwegzutrösten, dass sie nicht mitkommen konnte, hatte Prune im Flur einen kleinen Ahnenaltar zusammengebastelt, mit ein paar Fotos von Laurent und hübschen Kerzen in allen Farben. Bei ihr haben alle Dinge, ob sie leben oder nicht, eine Seele.

Und sogar oft auch ein Herz.

Und schließlich sind die Toten tot, der ganze Trauerfirlefanz und der zur Schau getragene Schmerz kümmert sie wenig. Selbst wenn man annimmt, dass sie noch ein paar Tage lang unsichtbar um uns herum schweben und sich nach ihrem Ableben weiter um die Gefühle sorgen, die wir ihnen entgegenbringen, sind Beerdigungen sicher nicht der beste Ort, um das herauszufinden.

Wir fuhren kurz vor zwanzig Uhr los, um etwas Puffer zu haben, falls wir hinter ein im Schneckentempo kriechendes Gefährt geraten sollten. Auf dem Land weiß man nie.

Prune saß am Steuer.

Wenn jemand anderes fährt – vor allem, wenn ich es bin –, zuckt sie die ganze Zeit zusammen, klammert sich an die Tür oder tritt im vergeblichen Versuch zu bremsen mit dem linken Fuß auf die Fußmatte. Also spielt sie meinen Chauffeur. Wir gewinnen dabei beide, sie an Lebenserwartung, ich an Gemütsruhe. Und ich kann sie in Ruhe beobachten, still und leise. Prune verdient ihren Vornamen. Wie eine Pflaume hat sie eine sehr zarte, dunkle Haut, weiches, duftendes Fleisch um einen harten Stein aus Verletzungen aus der Kindheit herum, den scheinbar nichts angreifen kann.

Ich bin der Einzige, der weiß, wie empfindlich der Kern ist, wie unendlich weich, wenn die Schale einmal aufgebrochen ist.

Ihr Gesicht ist ein See. Die flüchtigsten Gefühle lassen Licht und Schatten darüberziehen. Ich sehe, wie sich hinter dieser sturen, gewölbten Stirn, gleich der eines Zickleins, Wolken bilden und wieder auflösen. Ich mustere sie in Nahaufnahme, ich zoome ihre zarten Lippen heran, ihre wilden braunen Locken – an den Schläfen mischen sich seit kurzem schneeweiße Haare hinein. Sie legt Wert darauf, sie zu behalten, sie meint, sie verliehen ihr den Charme des Antiken, dieser »historische« Charakter gefalle ihr sehr. Da bin ich ganz ihrer Meinung. Ich mag Pflaumen noch viel lieber, wenn sie reif sind. Da schmecken sie viel saftiger.

Während ich auf der schmalen Straße zum Bahnhof gerührt beim Saum ihrer Ohrmuschel und dem Flaum in ihrem Nacken verweilte, wandte sie mir den Kopf leicht zu, ohne die Straße aus den Augen zu lassen. Seit ich sie kenne, habe ich nie aufgehört, unsterblich in sie verliebt zu sein, und ich glaube fast, es wird schlimmer, wie jedes chronische Leiden. Ich legte meine Hand an ihren angestammten Platz, auf die Mitte ihres schmalen Oberschenkels. Das beruhigt mich immer, es gibt mir das Gefühl, lebendig zu sein. Sie lächelte und legte ihre Hand auf meine.

Wir redeten die ganze Fahrt lang kein Wort. Mit ihr ist es nie anstrengend, nichts zu sagen. Das ist das Privileg von Liebenden: nicht gezwungen zu sein, die Pausen zu füllen wie einen zu großen Raum, in dem man friert.

Wenn man sich liebt, ist Schweigen Einklang.

Auf dem Bahnsteig küsste ich meine Herzallerliebste. Ich sagte ihr, ich würde ihr am nächsten Morgen eine Nachricht schicken, sobald ich angekommen wäre. Sie antwortete, das liege in meinem eigenen Interesse, zumal es ihr Geburtstag sei, und wenn ich ihn noch einmal vergäße, würde sie sich gezwungen sehen, mich zu verlassen. Ich glaube nicht, dass sie dazu wirklich fähig wäre, aber man weiß ja nie. Sie fügte hinzu: »Pass auf dich auf, ja?«

Dann ging sie, wobei sie noch versprach, sie würde sich sehr bald melden – und kaum saß sie im Auto, schickte sie mir eine pruneske SMS: *suessekuessemeinsuesser*.

Prune telefoniert nicht gerne. Reden ja, aber von Angesicht zu Angesicht, nicht über irgendwelche dazwischengeschaltete Wellen. Skype, FaceTime und andere Substitute des wirklichen Lebens lähmen sie. Sie braucht nicht nur den Blick der Leute, sondern ihre gesamte Präsenz, inklusive Wärme, Geruch, Relief, Farbe. Wenn sie von ihrem Gesprächspartner getrennt ist, wird, Notfälle ausgenommen, das SMS zu ihrem einzigen Kommunikationsmittel, unter bewusstem Ausschluss aller anderen, denn E-Mails, tut mir leid, dauert zu lang, keine Zeit. Aber sie benutzt keine Satzzeichen, keine Zwischenräume, für sie ist Atmen verlorene Zeit. Sie schreibt, wie sie lebt, und sicher auch, wie sie denkt.

Als ich ihre ersten Liebes-SMS bekam, diesen Buchstabensalat ohne Punkt und Komma, war ich erschrocken. War diese Frau verrückt oder nur komplett unkonventionell, wie sie mir so ihre »ichliebedich« und dergleichen hinwarf, ohne sich im geringsten um die Form zu scheren? Eines Abends fragte ich sie bei einem damals noch nicht modischen Mojito direkt danach. Sie schaute mich ernst an, ohne zu antworten, und ich bekam Angst vor einer roten Karte.

Schließlich lächelte sie und sagte: »Ich schreibe dir so, wie ich dich liebe, ohne Luft zu holen. Du brauchst es nur genauso zu machen, lies mich mit geschlossenen Augen.«

Von einer Zwölfjährigen hätte ich das romantisch und sentimental gefunden. Ganz niedlich, ein bisschen rührend. Aber Prune war vierunddreißig. Sie war einfach quietschverrückt. Ich musste abhauen, und zwar schnell. *Mayday! Mayday! Mayday!*

Es war nur schon zu spät.

Prune hatte mich schon mit Haut und Haar, mitsamt meiner Stifte und meines Zeichenbretts, in ihre kleine Tasche gesteckt und mit ihrem schönen Blick gefangen genommen.

Wie könnte man Züge nicht lieben, wenn man Geschichtenerfinder ist? Die Welt der Eisenbahn ist eine großzügige Goldmine, man kann sich bedienen, soviel man will, und wird auf immer weitere Goldadern stoßen. Bahnhofshallen, Schalter, Schaffner, Eisenbahner, Verkäufer von schlechten Sandwichs, Obdachlose, Dealer, Reisende und all die Klischees, die ich wie lauter Perlen auf meine Kette fädeln kann – Stoff für ein ganzes Lebenswerk.

Leider hatte ich mein Notizbuch und meine Stifte vergessen. Die Reise würde endlos werden. Mir blieb nichts anderes übrig, als mir vorzustellen, dass ich in einer alten Lokomotive saß, die ihren makellosen weißen Rauch in einen schlumpfblauen Himmel spuckte, während ein Boogie-Woogie erklang. Zum Beispiel *Honky Tonk Train Blues*, dieses großartige Stück, das, wie es heißt, extra geschrieben worden ist, um das Geräusch der Kolben, der Pleuelstangen und der Räder auf den Schienen nachzuahmen.

Ich könnte mich einlullen lassen, mir rhythmische Tschu-Tschu-Synkopen ausdenken, wie es die Kinder auf Schulhöfen noch heute tun, um einen fahrenden Zug zu imitieren, auch wenn dieses Geräusch schon seit der Kindheit ihrer Großeltern verschwunden ist.

Aber an diesem Tag bewegte sich meine persönliche kleine

Eisenbahn, die mich normalerweise recht schnell und weit davonträgt, auf einer armseligen Rundstrecke, wie ein Kinderspielzeug, das sich immer nur im Kreis dreht. Meine Gedanken kreisen von Laurent zurück zu Laurent. Die ehemalige Postkutschenstation, unsere beiden Haushälften, meine ersten Skizzen des alten Jim Oregon, diese wunderbare Figur des leicht versoffenen einsamen Cowboys, die immer deutlicher Gestalt angenommen hatte, je enger unsere Freundschaft wurde. Lolie, die in Laurents Leben auftauchte, und Prune, die eines Tages in meines hereinpurzelte, um die Vorhänge aufzureißen, mich hinauszuschleifen und mir zu zeigen, wie schön das Leben ist, auch ohne Bleistift und Radiergummi.

Prune ist die schönste Sache, die mir je passiert ist.

Ich bin nicht sicher, ob ich ihr das schon einmal gesagt habe, auf jeden Fall höre ich sie schon ihre Antwort brummeln, sie sei ein menschliches Wesen weiblichen Geschlechts, keine »Sache«, kein Ding, das man auf dem Flohmarkt findet. Genau da, wo ich sie gefunden habe.

Ich begleitete Laurent auf seiner Runde über die Frühlingströdelmärkte, denn er war immer auf der Suche nach altem Schreinerwerkzeug, er hatte eine Sammleradresse.

Prunes Stand war von weitem zu sehen. Er sah aus wie ein Nomadenlager, begrenzt durch Wimpel, die wie tibetanische Gebetsfahnen im Wind flatterten, und durch kunterbunte verschlissene Teppiche auf dem Boden.

Darauf ausgebreitet lag eine wilde Ansammlung von undefinierbarem Zeug und Krempel, dessen einzige Gemeinsamkeit darin bestand, dass es alt und in leuchtenden Farben frisch bemalt war.

»Komm«, hatte Laurent gesagt, »ich stelle sie dir vor. Sie ist ulkig, wirst du sehen.«

Was aus seinem Mund ein großes Kompliment war.

Prune hatte ihren ganzen Krimskrams mit verlockenden Etiketten und regenbogenfabenen Klebezetteln gespickt, auf denen in Großbuchstaben Werbeslogans prangten.

MITTELALTERLICHES GESCHWUNGEL.
EINZIGARTIG!

PRÜMMEISEN ZUM PRÜMMEN. EINMALIG!

TAGESANGEBOT: FÜR JEDEN GEKAUFTEN KREMENZPASSIERER BEKOMMEN SIE EINEN REISEKLINGELBRACK GRATIS DAZU!

Es war viel los. Hinter der Auslage pries Prune ihre Ware an. Kein einziger der Namen auf den Schildern stand in irgendeinem Wörterbuch. Genau das war es, was ihren Erfolg ausmachte. Prune hatte das Verkaufstalent eines Schwarzhändlers und eine poetische Ader dazu.

Sie handelte mit Luft und Träumen, alles nicht teuer, und es lief sehr gut. Die Leute klatschten, sie ließen sich beschwatzen und gingen lachend wieder, mit einem Parpilierer mit multitorischer Dichtung oder einem Stangenbrückenverkeiler unterm Arm, echte Schnäppchen für zwei oder drei Euro.

Laurent begrüßte sie mit Küsschen und stellte uns einander vor.

»Prune, Merlin.«

Sie schenkte mir ein 180°-Lächeln.

Sie hatte eine Lücke zwischen den Schneidezähnen. Das habe ich immer sehr hässlich gefunden.

»Merlin? Wie der Zauberer?«

»Tja, leider.«

»Beweis es mir.«

Ich zog ein Notizbuch aus meiner Tasche und porträtierte sie in drei Minuten.

*Prune als gotische Prinzessin
auf einem umgekehrten Blechmülleimer sitzend,
ihr ganzer Krimskrams in einen Schatz verwandelt,
Edelsteine, Gold und Geschmeide,
bewacht von einem Drachen, der Laurent gleicht,
nur nicht so mager und schuppiger.*

Sie nahm sich Zeit, um mein Werk zu betrachten, dann kramte sie in einer Plastikkiste herum, holte eine alte Kaffeemühle hervor, ein Peugeot-Modell mit Kurbel, aber ohne Schubfach. Sie war in einem schönen Pflaumenblau gestrichen und mit roten Pünktchen übersät.

Prune hielt sie mir hin und sagte: »Für dich!«

Und für den unwahrscheinlichen Fall, dass ich es nicht wüsste, fügte sie hinzu: »Das ist ein Schwingelmörserling.« Ein zahnlückiges Lächeln. »Antik.«

Ich verzichtete darauf zu fragen, aus welcher Epoche.

»Hatte ich schon erkannt«, antwortete ich.

Manchmal habe ich eine geniale Ader. Ich sah Prunes Augen aufleuchten. Ich fügte hinzu: »Meine Großmutter hatte fast den gleichen. Aber dieser hier kommt mir älter vor. Die Ausführung ist etwas anders, da, bei dem Toggelsplint.«

Sie nickte, als wäre das, was ich gesagt hatte, absolut vernünftig. Und um mich vollends von der Seltenheit ihres Geschenks zu überzeugen, schloss sie: »Das hier ist ein original angevinischer Mörserling.«

»Na also, da haben wir's! Ihrer kam aus dem Quercy.«

Prune schaute mich an wie ein gezähmtes Tier.

Ich war froh, auch wenn ich nicht genau wusste, warum. Aber wenn man gerade einen Schwingelmörserling geschenkt bekommen hat, kann man ja eigentlich nur froh sein.

Nach einer kurzen Fahrt in einem leeren Regionalzug mit widerspenstiger Heizung und fünfundfünfzig langen Warteminuten – einschließlich der von der SNCF unentgeltlich geschenkten Verspätung – in einer menschenleeren Bahnhofshalle sah ich endlich und erleichtert meinen zweiten Zug einfahren.

Während ich wartete, hatte ich ausgerechnet, dass ich, um quer durch Frankreich zu fahren, genauso lange brauchen würde, um nach Madagaskar zu reisen, wo ich, das traf sich gut, nichts zu tun hatte.

Meine Sitznachbarin war eine aufgebrachte dicke junge Frau mit blutroten Lippen und einer kräftigen Stimme, die offenbar beschlossen hatte, per Telefon mit ihrem Freund Schluss zu machen und uns die ganze Reise lang mit ihren Tiraden zu beglücken: »Du mieses Schwein, du dreckiges Arschloch, du kannst mich mal, hörst du?«

Wir leben in sehr poetischen Zeiten.

Der Zug war proppenvoll, mir blieb nichts anderes übrig, als mich in der schwierigen Kunst der Geduld zu üben.

In dieser verregneten Nacht sah ich trüb beleuchtete Provinzbahnhöfe vorbeiziehen, gewiegt von der melodischen Stimme der furchtbaren Zicke, die ihren Kerl mit Beschimpfungen überschüttete, auflegte, dann eine Freundin anrief, um ihr zwischen zwei Netzausfällen die neuesten Episoden ihres Fortsetzungsromans zu erzählen, bevor sie zu einem neuen Angriff auf ihren Ex überging, von dem wir jetzt wussten, dass er »fickte wie ein Clown«, was zu kühnen Phantasien Anlass gab.

Da ich Angst hatte, taub zu werden, bat ich sie schließlich sehr höflich, ihre Lautstärke etwas zu dämpfen. Die Leute auf den Plätzen ringsherum schauten mich an wie den Messias und nickten im Chor, gleich einem Kongress von Metronomen, um mir gleichzeitig ihren stummen Ärger und ihre unbedingte, wenn auch äußerst zurückhaltende Unterstützung zu verstehen zu geben.

Das Mädchen richtete einen Blick voll unendlicher Leere auf mich und antwortete mit 110 Dezibel: »Wir leben in einer Gemeinschaft, da darf man nicht so intolerant sein!«

Dann, nachdem sie in ihrem Satz das einzige viersilbige Wort untergebracht hatte, das sie sich hatte merken können, wedelte sie mit der Hand, als wollte sie mich wie eine lästige Fliege verscheuchen.

Laurent nannte solche Leute Pulpitiden, nach den Zahnmarkentzündungen, unter denen er früher einmal gelitten hatte und die für ihn der Gipfel des Unerträglichen waren.

Die Pulpitis stieg in Toulouse-Matabiau aus.

Ich sah sie in die Menge eintauchen, sie kreischte wie ein Brüllaffe in ihr rosa Telefon, rempelte die Passanten an, ohne sie auch nur anzusehen, dumm wie Brot.

Ich versprach ihr einen Ehrenplatz im Farting Louse, dem schäbigen Bordell des Doktors Archibald Rotter, am Rand von Morons' Lair – vgl. *Wild Oregon*, Bd. 3, 7, 11 und 13 (erscheint in Kürze).

Ich fragte mich, ob sich das arme Geschöpf nicht eine ordentliche Syphilis zuziehen sollte. O Drama, O Tragödie …!
Ich beschloss es.
Und auch, sie mit einer Kolonie Filzläuse zu bedenken, wenn ich schon mal dabei war.

Eine dicke Prostituierte mit knallrot bemaltem Mund
und zerlaufenem Lidstrich wartet, sich heftig kratzend,
vor der lausigen Fassade des Farting Louse auf Kundschaft.
Neben ihr kratzt sich ein klapperdürrer Schakal.

Plötzlich erblickt sie mich und zeigt mir den Mittelfinger …

… Ich muss lachen.
Ich liebe diesen Beruf immer mehr, der es mir erlaubt, mich mit perfider Raffinesse an Idioten zu rächen, ohne dass sie es wissen oder darunter leiden, was mir vor Gericht totale Straffreiheit garantiert.

So hatte etwa einer meiner früheren Briefträger die Angewohnheit, mir Benachrichtigungen in den Briefkasten zu werfen, statt sich die Mühe zu machen, am Gartentor zu klingeln, wenn ich ein Paket bekam – obwohl er genau wusste, dass ich zu Hause arbeite, weil ich es ihm nämlich gesagt hatte, sogar mehrmals.
Dadurch zwang er mich, etwa einmal in der Woche zur Post zu gehen, um dort in der langen Schlange der vor dem Schalter auf der Stelle tretenden Opfer Zeit und Geduld zu verlieren.
Ohne es zu wissen, fand sich dieser Briefzusteller geteert und gefedert wieder, dann bis zum Hals in einem Ameisenhaufen eingegraben, in Backwater eingelocht, in einer Spielhölle verprügelt und an den Füßen an einem Kaktus aufgehängt, den kahlen Schädel auf einen Grill gelegt.

Schließlich verwandelte ich ihn in einen beinlosen Krüppel auf einem Brett mit vier Rollen – das war an dem Tag, an dem er mir zum x-ten Mal eine Benachrichtigung eingeworfen hatte und vor meinen Augen Vollgas gab, als ich in Unterhose aus dem Haus gerannt kam und schrie: »Ich bin daaa!«

Nachdem die Irre ausgestiegen war, fühlte ich mich sehr erleichtert. Stille senkte sich nieder, weicher als ein kostbarer Mantel, eine leichte Daunendecke, unter der man den Kopf vergraben konnte.

Es gibt Leute, deren hysterisches Getue meine Lebensqualität erheblich mindert. Prune würde sagen, ich sei ein Eigenbrötler und selbst ein Einsiedlerleben noch zu belebt für mich. Sie übertreibt, aber es stimmt schon, dass Ruhe für mich so lebenswichtig ist wie Luft und Licht. Ich bin damit sicher nicht allein, man braucht sich nur die immer häufigeren Dramen anzuschauen, die durch lärmende und respektlose Nachbarn ausgelöst werden.

Laute Menschen sind wie diese ungenierten Raucher, die einem ihren Qualm ins Gesicht blasen. Es sind Umweltverschmutzer, die ihrer Umgebung skrupellos Schaden zufügen.

In den folgenden Stunden konnte ich in der endlich wieder eingekehrten Ruhe etwas dösen. Vor allem dachte ich an Laurent. Ich versuchte, noch die kleinsten Erinnerungen wachzurufen, den unendlichen Verlust zu ermessen. Keine Träne, keine einzige.

Ich fühlte mich so kalt wie ein Fisch vom Vortag und genauso bar jeden Gefühls.

Das war trügerisch, das war mir klar. Ob ich wollte oder nicht, irgendwann würde ich weinen müssen. Der Schmerz versteckte sich, wartete an der nächsten Ecke, ich würde nicht um ihn herumkommen. Ihn vermeiden zu wollen, war das beste Mittel, ihn tiefer zu verwurzeln.

Es war sinnlos, den Schlaumeier zu spielen.

Man kann den Schmerz in seiner Seele ebenso wenig vergraben wie einen Maulwurf im Garten.

Genaro und Lolie warteten am Bahnsteig auf mich, sie standen eng umschlungen da und sahen nicht besonders ausgeschlafen aus. Sie waren es nicht gewohnt, vor sieben Uhr aufzustehen, gelinde gesagt. Nach den Umarmungen, den »Bist du aber gewachsen«-Sprüchen und ähnlichen hilflosen Scherzen gingen wir zum Kaffeetrinken ins Etna, diese alte Kneipe aus der prädigitalen Ära, in der wir, mein Kumpel Genaro und ich, früher oft die Zeit totgeschlagen hatten.

»Der Besitzer hat gewechselt. Du wirst sehen, sie haben alles neu gemacht, es ist total verdorben!«, meinte Genaro, als er die Tür aufstieß.

Ich sah sofort, was er meinte. Das Lokal hatte sich verändert, kein Zweifel.

Verschwunden waren die karierten Tischdecken, die blank polierten Fußballpokale und -medaillen hinter der Theke, die mit Fliegendreck gesprenkelten Starfotos und der schöne alte rote Automat mit ranzigen Erdnüssen, der früher auf dem Tresen gethront hatte. Alles war mit der größten Geschmacklosigkeit neu gestylt worden, wahrscheinlich genauso wie das Tagesmenü. Die Wände waren braun und grün lackiert. Auf den großen Fernsehbildschirmen ringsherum lief in Endlosschleife Sport, untermalt mit Schrottmusik. Die launischen alten Neonröhren an der Decke, die immer leise flackerten, waren durch scheußliche »Lounge«-Lampen ersetzt worden, die den Gästen den Teint frisch ausgegrabener Leichen verliehen. Die Bistrotische, die zusammengewürfelten Stühle, die Ricard-Aschenbecher aus schönem gelbem Plastik mit Brandmalen auf dem Grund, dieses Auktionslokalambiente, das wir geliebt hatten – alles weg. Aus und vorbei. Alles war sauber und neu, pseudoamerikanisch, dröge und unbequem. Die Hintern quollen über winzige, stelzenhohe Hocker, zwei depressive Fernfahrer nippten an ihrem Kaffee und verfolgten leidenschaftslos einen Ultimate-Fighting-Kampf. Die griesgrämige Wirtin, die ihr Küchentuch trug wie eine Schulterschnur und roch wie ein Ziegenbock, war nicht mehr da und durch eine junge Kellnerin ersetzt worden, eine hübsche Brünette, die wesentlich dekorativer und aseptischer wirkte.

Wir gingen nach hinten durch, setzten uns an unseren alten Platz, so weit weg wie möglich von den Lautsprechern, und aßen ein fettiges Croissant, das wir in die Brühe tunkten, die sie uns als Kaffee servierten.

»Wann waren wir zuletzt zusammen hier?«, fragte ich.

»O je! Ich würde sagen … vor zehn Jahren?«, meinte Genaro.

Wir ließen dieser nicht weiter überraschenden Feststellung eine nachdenkliche Pause folgen: Die Jahre fliegen in Windeseile dahin. Genaro schaute durchs Fenster, er wirkte niedergeschlagen. Er deutete auf das Gewerbegebiet, die Läden für Bettwaren, Fernseher und allen möglichen Ramsch.

Er seufzte schwer.

»Es wird hier immer hässlicher, findest du nicht?«

»Es ist wie überall«, sagte ich.

»Das ist mir kein Trost.«

Wir tranken zwei Kaffees und aßen drei Croissants. Wir redeten natürlich über Laurent. Über diesen unerwarteten Tod, um den wir ihn fast beneideten, über den wir uns zu freuen wagten, denn wenn man schon gehen muss, dann doch am besten so, ein Seufzer, und es ist vorbei.

Genaro hatte Laurent in Lolies Herzen abgelöst, eine Weile nach ihrer Trennung, aber er hatte die Glanzleistung vollbracht, ihn als Freund zu gewinnen. Er war genauso betroffen wie wir.

Die Tiefe einer Freundschaft hängt nicht immer von ihrem Alter ab.

Dann pilgerten wir zum Fußballstadion, unserer Lieblingsstation auf dem Kreuzweg, der das Leben hier war, in diesem trüben, trägen Kaff, in dem wir unsere Jugend mühsam hinter uns gebracht hatten. Dort blieben wir eine Weile stehen, vor dem löchrigen Rasen mit den vom letzten Regen verwischten weißen Streifen und den leeren Toren, da die Jugendlichen heutzutage vor ihren Spielkonsolen leben, mit roten Augen, gebeugtem Rücken und zwei flachen Daumen.

Zusammen standen wir da, wie in der guten alten Zeit, in dieser Zeit, in der Lolie noch keinen Platz hatte in unserem Lotterleben, in der Genaro und ich aber schon ein hübsches Doppel bildeten, schließlich sind wir Kindergartenfreunde.

Wir drängten uns alle drei auf die Rückbank von Lolies Taxi und tranken lauwarmes Gueuze-Bier. Unser Termin, um Laurents Junggesellenleben zu begraben, war um Punkt zehn Uhr. Das ließ uns mehr Zeit, als wir Mut hatten.

Draußen war es eiskalt, doch der Soundtrack aus den schönsten Musikstücken unserer Traumjahre hielt uns warm, wir lauschten andächtig und nuckelten an unseren Bierflaschen.

Wir sprachen keine zehn Worte.

Keines von ihnen war notwendig.

Alles Gute zum Geburtstag, mein Spatz!
dankemeinsuesser ... wiegehtsdir
Mir geht es gut, mein Herz. Ich bin mit Lolie und Genaro zusammen. Wir sitzen vorm Stadion im Taxi und bechern zum Gedenken an Laurent einen ekelhaften Whisky. Ich hoffe, er kann von da, wo er jetzt ist, das Etikett nicht entziffern, sonst hätten wir einen Anschiss zu befürchten. Ist dein Küchenklavier gut angekommen?
jaaaaa
Und?
großartig ... dankemeinsuesser
Gern geschehen, mein Spatz. Ist Tjalsodann da?
neiiiin ...
Was hast du heute Morgen gemacht?
gestrichen ... badbodeninblau
Du streichst den Badezimmerboden blau? Bist du sicher? Sollten wir nicht abwarten, ob Tjalsodann vorher an die Leitungen muss?
doch ... mist ... zuspaet
Ich liebe dich trotzdem, Prinzessin. Schöne Grüße von Lolie und Genaro, sie wünschen dir alles Gute zum Geburtstag.
kuesschenkuesschen
Sei schön brav. Sprich nicht mit Fremden.

Ichliebedich
Das will ich hoffen.

Prune, rittlings auf einem Farbeimer,
paddelt inmitten eines entfesselten Meeres
mit einem großen Pinsel durchs Badezimmer.

Gegen Viertel vor zehn legte Lolie den Kopf zärtlich auf Genaros Schulter. Sie schloss die Augen und maunzte sanft: »Wir sollten vielleicht los, meint ihr nicht, Jungs?«

Dann lauter, ohne die Augen zu öffnen: »Ich glaube, ich bin ein bisschen betrunken.«

Ich fühlte mich blau wie ein Veilchen.

Gueuze am frühen Morgen verlangt ein Training, das ich nie absolviert habe. Lolie und Genaro auch nicht. Aber wie sollte man einen so lieben Freund gehen lassen, ohne ihm diese bescheidene Ehre zu erweisen, ihm, der sein Leben lang mit schöner Beständigkeit getrunken hatte, ohne je zu murren? Um uns nicht lumpen zu lassen, hatten wir unsere Zecherei, wie ich es Prune geschrieben hatte, mit einem magenzersetzenden Whisky fortgesetzt, den ein Kumpel von Genaro aus Russland mitgebracht hatte. Er musste aus Holzalkohol und Klebstoffresten fabriziert worden sein, er hatte mindestens sechzig Prozent, darunter sicher reichlich Methanol.

»Könntest du vielleicht fahren, Genaro?«, stöhnte Lolie.

Genaro ist ein hilfsbereiter Kerl. Man könnte von ihm verlangen, auf dem Kopf zu gehen, es käme ihm nicht übertrieben vor. Er ist immer freundlich und lächelt, geizt nie mit seiner Zeit. Ein Guter von der schlimmsten Sorte, von der Sorte, die von den Bösen genüsslich verachtet wird.

Er setzte sich ans Steuer, drehte sich zu mir um und zog fragend eine Augenbraue hoch.

Er fragte mich wie eine Glucke: »Wird es gehen? Bist du sicher?«

»Aber ja!«

Er wiegte den Kopf hin und her, nicht besonders überzeugt.

»Wenn ich es doch sage!«, lallte ich.

Wir parkten neben dem Markt – prachtvolle Hallen aus dem dreizehnten Jahrhundert, wunderbares Gebälk und ehrwürdige Steine, gesprungene, glattgewetzte alte Bodenplatten …

Ich kenne das auswendig. Als Student habe ich ein paar Sommer lang für das Fremdenverkehrsamt Jukebox gespielt. Man steckte mir eine Münze in die Hand, und ich spulte die Geschichte ab, ohne je ein Komma auszulassen, drei Schiffe mit jeweils fünf Jochen, halbkreisförmige Apsis, »bewundern Sie über Ihren Köpfen dieses kleine Flachrelief ganz oben am Eckpfeiler. Ja, Madame, es ist ein brünstiger Teufel, der auf dem Rücken eines Bischofs hockt. Beachten Sie, dass er sich gegenüber des Kirchenportals befindet, welches ebenfalls mit phantastischen Szenen geschmückt ist, in denen Tiere und Menschen in merkwürdigen oder obszönen Stellungen dargestellt sind.«

Wir überquerten den Platz, neuerdings geschmückt mit der monströsen Statue einer kallipygischen Riesin mit weit aufgerissenen Augen, deren Kopf in einem riesigen Fangnetz steckte.

Die Erschöpfte hatte der Künstler sein Werk betitelt, womit er sicher seine Inspiration meinte.

Vor uns erhob sich in ihrer vollen Pracht – »beachten Sie die Vierung und ihre Trompenkuppel« – die Saint-Chrone-Basilika, die, ich weiß nicht warum, unser Treffpunkt war.

Tante Musch stand als sizilianische Witwe verkleidet oben auf der Treppe, gefasst, Schleier im Wind, am Arm von Onkel Albert, der immer wackeliger wurde.

Hinter ihnen warteten die wenigen zu der kleinen Feier geladenen Gäste, unter dem Portal zusammengedrängt wie eine ängstliche Herde, um sich vor dem eisigen Wind zu schützen, der ihnen Staub ins Gesicht wehte.

»Also dann, auf geht's! Da müssen wir jetzt durch!«, sagte Lolie, als wären wir auf dem Weg zu einer Impfung.

Sie nahm mich fest am Ellenbogen, um mir zu helfen, gerade zu gehen. Ich stützte mich auf sie wie eine Mauer auf ihren Strebebogen und nahm so viel Haltung an, wie ich konnte, den Rücken stocksteif, dem Anlass angemessene Miene, nicht zu viel und nicht zu wenig Ausdruck, beide Augen auf dasselbe Ziel gerichtet.

Als er uns sah, breitete Onkel Albert die Arme weit aus, was ihm einen guten Vorwand bot, Tante Musch loszulassen, dann kam er allen Risiken zum Trotz die Treppe herunter, denn seine Prothese hält nicht gut, und seine Augen werden auch nicht besser. Er drückte mich lange an sich.

»Was für ein Elend, was für ein Elend ... Ein noch so junger Mann, im besten Alter ...«

Für Onkel Albert betrachtet sind alle, die zwanzig Jahre jünger sind als er, die reinsten Kinder.

»Sein Ableben kam so plötzlich ...«, fuhr Albert fort.

»Wenigstens hat er nicht gelitten«, sagte ich.

Ich versuchte mich an solchen abgedroschenen Sätzen festzuhalten, an der billigen Tresenphilosophie, mit der sich die vor Angst halb toten Lebenden beruhigen, »Er hat nicht einmal gemerkt, dass er stirbt. Da, wo er jetzt ist, leidet er nicht mehr ...« und andere Behauptungen, die niemand beweisen kann. Denn was wissen wir Lebenden schon?

Du, mein Kumpel, der du endlich den Schlüssel des großen Geheimnisses in den Händen hältst, hättest mir wenigstens ins Ohr flüstern können, wie es aussieht, das Leben nach dem Tod oder was auch immer dann kommt.

Wenn es denn etwas darüber zu sagen gibt und du nicht nur in einer großen menschenleeren Halle oder in einem Wartezimmer herumsitzt, bis endlich eine näselnde Stimme aus dem Jenseits über einen alten Lautsprecher an der Decke deine Nummer aufruft.

»Nummer 79 415 873 097 wird im Aufnahmebüro erwartet, zwölfter Stock, Tür 7.«

Ich tastete unwillkürlich die Taschen meiner Jacke ab. Ich bedauerte, nichts bei mir zu haben, um die Szene zu zeichnen. Weder Paradies noch Fegefeuer. Nicht einmal die Hölle, um sich ein bisschen zu wärmen. Nein ...

Ein graues Gebäude im sowjetischen Stil,
monumental und kalt.
Leere Stühle, undurchsichtige Fenster.
Kachelboden wie in einer Metzgerei.
Wände in der Farbe von Pisse oder ausgekotztem Gulasch,
fünf Meter hohe Decken und alte Plakate
mit einem Gottvater in Gestalt von Uncle Sam,
I want YOU for Heaven army.

Eine stotternde Heizung, Raumtemperatur etwa 15 Grad. Totenstille. Und du, mein alter Laurent ...

Schlecht rasiert, ungekämmt, abgelatschte Pantoffeln,
schlackernde Schlafanzugjacke um dein mageres Gerippe,
ausgebeulte Hose, Brille schief auf der Nase,
total genervt, seit Freitagabend um acht

*– der Stunde deines Todes –
untätig dazusitzen und zu warten,
die schönen Hände auf den knochigen Knien,
der linke Fuß schwach im Takt wippend.*

Bei deiner Ankunft warst du kühl empfangen worden von einer griesgrämigen Sekretärin, die deinen Namen in ein riesiges Verzeichnis schrieb, dir ein blaues Zettelchen mit leicht verschmierten Zahlen gab und in säuerlichem Ton sagte, ohne aufzublicken: »Gehen Sie ins Wartezimmer, Sie werden aufgerufen.«

»Nummer 79 415 873 098 wird im Aufnahmebüro erwartet, zwölfter St…«

»Was für ein Elend!«, sagte Onkel Alberts Stimme noch einmal, von irgendwo weither.

Ich sah dich deine Nummer prüfen, zögern, mühsam aufstehen, schon ganz kalt, ganz weiß und etwas steif, und dann auf die Tür im Hintergrund zugehen, die sich gerade geöffnet hatte und in eine eisige Leere führte. Ich wiederholte unwillkürlich: »Was für ein Elend, ja …«

Dann wurdest du von dichtem Nebel verschluckt. Albert sah mich mit feuchten Augen an. Er schien auf eine Antwort zu warten, ich wusste aber nicht, auf welche Frage.

»Übrigens«, sagte ich (ohne erkennbaren Zusammenhang), »warum eigentlich dieser Treffpunkt vor der Basilika? Fährt der Trauerzug zum Krematorium von hier los?«

Albert hüstelte: »Ja, äh, das heißt … also … nun ja … Wie soll ich sagen …«

Er brach ab.

Ich tätschelte seine Schulter. Er nahm einen neuen Anlauf und beendete seinen Satz auf etwas konfuse Art.

»Tja, also, es ist nämlich so … Ich weiß nicht, ob ich es dir gesagt habe ... Tante hat beschlossen, ein paar ... Vorkehrungen zu treffen.«

»*Vorkehrungen?* Im Hinblick worauf?«

»Im Hinblick auf die Trauerfeier ...«

Ich spürte, dass er verlegen war, und ich wusste nur zu gut, dass er allen Grund dazu hatte. Ich seufzte: »Nun sag schon.«

Er starrte auf seine Schuhspitzen.

»Tante hat sich letztlich nicht für die Option einer Einäscherung entschieden. Sie ...«

»Was soll das heißen, die ›Option einer Einäscherung‹? Das war keine *Option*. Laurent hat sich sehr klar dazu geäußert!«

»Werd nicht böse. Tante ist mit Mathias zu ihm nach Hause gegangen, sie haben überall gesucht und keine Anweisungen gefunden.«

Mathias. Der liebe Mathias. Dieser eingebildete, dämliche Heuchler. Tante Muschs Neffe, ihr *Hampelmann*, wie Laurent sagte.

»Sie haben nur einen Umschlag gefunden, der gerade mal genug enthielt, um die Bestattungskosten zu decken«, fügte Albert mit betrübter Stimme hinzu. »Ach, ich weiß schon, ich hätte mich besser selber um die Trauerfeier gekümmert. Und dich vorher angerufen. Denn tatsächlich, jetzt wo du es sagst, meine ich mich zu erinnern, wie er einmal gesagt hat, dass er gern eingeäschert werden würde ...«

Er warf einen verstohlenen Blick in Tante Muschs Richtung.

»Aber du kennst *sie* ja ... Und du weißt, wie ich bin ...«

Feige und gut erzogen, das Rezept des Unglücks.

»Also gut«, sagte ich, »jetzt ist es zu spät, um noch etwas daran zu ändern.«

Doch dann wurde mir bewusst, dass wir vor der Basilika standen, und mir kam ein böser Verdacht. Ich fragte: »Aber es gibt doch wohl wenigstens keine Messe?«

»Nun … Sie … Sie hat gedacht, es wäre besser …«

Das war zu viel.

Ich legte auf die Tante an, ich nahm sie ins Visier, hielt den Atem an.

»Wenn ich recht verstehe«, presste ich sehr ruhig, sehr konzentriert hervor, ohne mein Ziel aus den Augen zu lassen, »dann soll Laurent – der eingefleischte Atheist, der eingeäschert und in den Fluss gestreut werden wollte – mit dem Segen eines Pfaffen auf einem katholischen Friedhof begraben werden? Ist es das, was du mir zu sagen versuchst?«

»Ja, na ja, nun … In groben Zügen …«

Ich drückte mit dem Zeigefinger ganz leicht auf den Abzug.

»Ich habe das Gefühl, du bist verstimmt«, hörte ich Albert von weiter sagen.

Dort drüben auf dem Kirchenvorplatz
fällt Tante Musch in Zeitlupe zu Boden,
von meinem unerbittlichen Schuss getroffen,
musikalisch untermalt von Barbers Agnus Dei,
fliegende Fleischfetzen, spritzendes Blut,
stumme Schreie der Zeugen der Szene.

»… handelt manchmal etwas eigenmächtig …«, fuhr Albert fort, kaum hörbar unter dem schrillen Pfeifen der mörderischen Kugeln, das von meinem Lärmschutzhelm gedämpft wurde.

Tante Musch rollt von Stufe zu Stufe
langsam bis an den Fuß der Treppe.
Dann kriecht sie auf uns zu,
einen Arm in vergeblichem Flehen ausgestreckt,
die Strumpfhose über den Knien zerrissen,

*ein Auge aus der Höhle hängend, die Backe zerfetzt,
der Hutschleier verrutscht.*

.

Ich kürzte ihre Leiden mit einem präzisen Schuss mitten ins Scheitelbein ab, begleitet vom ergreifenden Choreinsatz des *Hallelujas* von Händel.

Auf dem Platz hielten sich Lolie und Genaro in den Armen und trösteten einander, ohne jeden Respekt an das pralle Hinterteil des sogenannten Kunstwerks gelehnt.

Das lauwarme Gueuze und der Holz-Whisky dämpften die Welt um mich herum etwas. Albert schaute mich verlegen und unbehaglich an. Ich umarmte ihn und tätschelte ihm den Rücken, um ihm zu verstehen zu geben, dass ich ihm nicht böse war. Ich spürte, wie er erleichtert aufseufzte. Laurent hätte ihn auch getröstet, auf seine Art, mit seinem schiefen kleinen Lächeln. Ich meinte beinahe, seine spöttische, etwas schleppende Stimme zu hören: »Was willst du machen, Onkel, es muss nicht immer zum Schlimmsten kommen ... außer mit Tante Musch.«

Während sie ein paar Gästen das Ohr abquatschte, warf uns besagte Tante seit unserer Ankunft gereizte Blicke zu. Durch einen merkwürdigen Perspektiveneffekt bildete, von uns aus gesehen, der Heiligenreigen über dem Portal einen Glorienschein um ihren Kopf, eingerahmt von Wasserspeiern mit abscheulichen Visagen, die ihren reptilartigen Charme schön zur Geltung brachten.

Sobald sie uns anschaute, zog sie das Kinn in ihren Kropf ein, kniff den verbitterten Mund zusammen, ließ beleidigt die Backen hängen und rümpfte die Nase.

Seit sie uns kennt, bringt sie Genaro, Lolie und vor allem mir eine sehr mäßige Liebe entgegen. Das beruht auf Gegenseitigkeit, aber als gute Schurken lächeln wir und legen eine Höflichkeit an den Tag, die an Beleidigung grenzt, ohne uns je ertappen zu lassen. Sie ist Alberts zweite Frau, gut zehn Jahre jünger als er, was in Anbetracht ihres ehrwürdigen Alters keinen großen Unterschied mehr macht.

Albert war Laurents Onkel. Aber Genaro, Prune und ich hatten ihn adoptiert. Er ist ein reizender Mann. Jetzt, da Laurent nicht mehr da war, würden wir ihn als Onkel erben. Was dagegen Tante Musch betraf, da brauchten wir uns nicht einmal abzusprechen, dieses Erbe würden wir ausschlagen. Sie ist geizig, engherzig, eigennützig und obendrein eine Giftspritze. Abgesehen von dem Bild, das sie im Spiegel sieht, findet vor ihren Augen niemand Gnade. Für sie ist die ganze Welt mit Perversen, Schlampen und Verrätern bevölkert.

Aber wie Genaro sagt, dieser Sänger der Schönheit und des Feingefühls: »Wenn man Scheiße auf den Augen hat, meint man, von Kothaufen umgeben zu sein.«

Der Lieferwagen des Blumengeschäfts kam angerast und parkte neben dem großen Westportal.

»Sie hat doch wenigstens keine Blumen bestellt?«, fragte ich.

Onkel Albert breitete ohnmächtig die Arme aus.

Dann senkte er die Stimme, als könne die Tante uns auf die Entfernung hören: »Was ich dir sagen werde, ist vielleicht nicht sehr zartfühlend, aber ich frage mich, ob Tante sich nicht einen Spaß daraus gemacht hat, diese Feier auf ihre Art zu organisieren. Sie hat sich jedenfalls viel Mühe gegeben. Sie ist eine erstaunlich tatkräftige Frau, für ihr Alter ...«

»Sie geht dir wohl ganz schön auf den Geist, wie?«

Er nickte kaum merklich und murmelte: »Schon ein bisschen.« Dann fügte er hinzu: »Übrigens, wenn es dir nichts ausmacht, dachte ich an einen kleinen Schwächeanfall.«

»Kein Problem«, antwortete ich. »Pass auf deine Hüfte auf, ja?«

Albert zählte leise: »Eins, zwei, drei!«, dann ließ er sich ganz langsam fallen, seine Nase rutschte an meiner Jacke herunter, und ich fing ihn in meinen starken Armen auf.

Als Tante Musch ihn zusammenbrechen sah, quietschte sie tragisch auf, und alle anderen drehten sich zu uns um.

»Es ist nichts weiter!«, rief ich. »Sicher die Aufregung. Wir setzen ihn ins Auto, ins Warme.«

Onkel Albert zwinkerte mir zu: »Ich werde dich in meinem Testament bedenken.«

»Du bist noch abgebrannter als ich. Keine leeren Versprechungen.«

Genaro nahm den Onkel unter einer Achsel, ich unter der anderen, und so stützten wir ihn bis zum Taxi. Er schleppte sich dahin wie ein angeschossenes Reh. Wenn er gekonnt hätte, hätte er eine Blutspur hinter sich hergezogen, er hat eine theatralische Ader.

Onkel Albert praktiziert die Kunst des Kreislaufzusammenbruchs schon seit langem, um sich aus der Affäre zu ziehen, wenn er Tante Musch nicht mehr erträgt. Er leidet an diplomatischer Hypotonie. Ein harmloses, aber wiederkehrendes Leiden.

Wir halfen ihm auf den Vordersitz, wobei wir jede Etappe sorgfältig planten: Knie beugen, Kopf einklappen, Rücken und Lehne zusammenführen, ohne die Ware zu beschädigen, alles einwandfrei, wie Profis.

Mit dreiundneunzig ist man aus Porzellan.

Lolie deckte ihn sorgfältig mit der karierten Wolldecke aus dem Kofferraum ihres Taxis zu. Sie kümmert sich immer sehr mütterlich um ältere Leute.

Als er im Warmen saß, fing Onkel Albert sofort an herumzuschnüffeln. Dann flüsterte er ohne nähere Angaben: »Habt ihr vielleicht etwas übrig?«

»Ein Tröpfchen«, sagte Lolie, die ihre Pappenheimer kennt.

»Jedes Tröpfchen trägt das Versprechen eines Flusses in sich!«, antwortete Onkel Albert. »Ein Tröpfchen wird reichen, um mich aufzumöbeln, wenn das nicht zu viel verlangt ist.«

Lolie kramte unter dem Sitz herum, zog die Flasche Whisky hervor und goss selbst den Deckel voll, denn Onkel Alberts Hände zittern, und nicht nur, wenn es kalt ist.

Sie nahm auch noch einen Schluck, hielt dann mir die Flasche hin, doch ich lehnte dankend ab. Ihr Feuerwasser war mir zu Kopf gestiegen, umso mehr, als ich seit achtundvierzig Stunden kaum etwas gegessen hatte – seit dem Schock und dem Schmerz der Nachricht deines Todes.

Albert streckte die Beine aus, zog die Decke hoch und hielt Lolie den Deckel mit Unschuldsmiene wieder hin. Lolie schüttelte den Kopf und erklärte, man müsse vernünftig sein.

»Vernünftig? Warum denn?«, protestierte Onkel Albert.

Lolie zuckte mit den Schultern, für rhetorische Fragen hatte sie keinen Sinn.

»Warum sollte ich in meinem Alter *vernünftig* sein?«, beharrte Albert empört.

Er zeigte auf das Portal der Kirche, den davor geparkten Leichenwagen.

»Seht ihr nicht, wohin uns das alles führt?«

Was ihn betraf, so führte es ihn sehr langsam hin.

Ich füllte den Deckel noch einmal, reichte ihn ihm wortlos, er griff mit seiner Raubvogelklaue danach. Ab einem gewissen Alter sind da nur noch spröde, brüchige Knochen.

»Du bist mein Lieblingssohn.«

»Hör auf mit deinem Unsinn!«, sagte ich.

»Sie haben nie ein Kind gehabt, Onkel Albert, wissen Sie?«, fügte Lolie mit sanfter, leicht zögernder Stimme hinzu, als fürchte sie, diese Enthüllung würde ihm einen fatalen Schock versetzen.
Er nickte.
»Kann schon sein … Kann schon sein … Trotzdem, wenn ich mit Sprösslingen geschlagen gewesen wäre, dann wärst du mir bei weitem der liebste gewesen, Merlin, da bin ich mir absolut sicher. Lächle nicht, bitte, ich weiß noch, was ich sage, was du auch denken m…«
Ffffrrr…
Onkel Albert war eingeschlafen.
Lolie biss sich auf die Lippe, um nicht laut loszulachen.

Genaro hatte das kleine Zwischenspiel genutzt, um Tante Musch begrüßen zu gehen. Er musste gerade dabei sein, ihr sein tiefes Beileid auszusprechen, »Ach Gott, ach Gott«, und sie nach jedem Punkt oder Komma »Tante Musch« zu nennen.
Wir putzten die beschlagenen Fenster und ließen ihn nicht aus den Augen.
Draußen kalt, drinnen warm, ich hinten und Lolie vorne. Und Albert im Tran des hohen Alters.
Lolie und ich wetteten. Sie tippte auf acht, ich auf zwölf.
Ein paar Minuten später kam Genaro mit einem triumphierenden Lächeln zurück, beide Daumen hochgereckt.
Lolie ließ das Fenster herunter.
»Und?«
»Und? Vierzehn!«, sagte er.
Lolie pfiff leise durch die Zähne.
Vierzehn, das war wahrscheinlich sein nationaler Rekord.

Genaros große Herausforderung, seit er sie kennt, besteht darin, den Spitznamen von Alberts Frau so oft wie möglich auszusprechen, wenn er mit ihr redet.

Musch hier, Musch da, liebe Musch, verehrte Musch …

Er lehnte sich an die Autotür, beugte sich zu uns herunter, steckte seinen großen Lockenkopf fast vollständig zum Fenster herein. Er roch leicht nach Alte-Tanten-Parfüm.

»Ich bin mir sicher, dass ich noch mehr hätte schaffen können, ich war echt gut drauf, aber dann ist der Pfaffe aufgekreuzt. Schade!«

»Hast du nicht langsam die Nase voll davon?«, fragte ich.

»Spinnst du? Wie könnte man sich so eine Chance entgehen lassen! Musch!«

Er sagte es noch einmal lauter, genießerisch, um der reinen Lust willen, sich selbst zu hören: »*Musch!*«

Albert fuhr zusammen, er öffnete die Augen und blickte verstört und leicht verängstigt um sich.

Genaro wandte sich an ihn.

»Sagen Sie, Onkel Albert, das habe ich Sie noch nie gefragt: Wie heißt Ihre Frau eigentlich wirklich?«

»Jacqueline«, stammelte Albert, noch nicht ganz wach.

»Jacqueline …? Und wie kommt man da auf Musch?«, fragte Genaro.

Onkel Albert lächelte, den Blick in der Ferne verloren, in lang vergangenen Zeiten. Und in seinem Lächeln lagen lauter Sommer in den Farben alter Fotoalben, Betten mit zerwühlten Laken, verliebte Seufzer und eine begehrenswerte, hingebungsvolle, sechsundfünfzig Jahre jüngere Jacqueline.

Ohne jede Ähnlichkeit mit dem steifen, vertrockneten Staubwedel, der mit dem jungen Pfaffen ins Gespräch vertieft war. Zwei Krähen, denen der tosende Wind ins kümmerliche Gefieder fuhr.

Schließlich antwortete Albert mit verständnisinnigem, leicht anzüglichem Blick: »Diesen Sobriquet hat sie von mir, muss ich gestehen. Ich war siebenunddreißig, sie gerade mal sechsundzwanzig. Ich hatte mich kurz zuvor von meiner ersten Frau, Lucie, scheiden lassen. Jacqueline und ich waren noch nicht verheiratet, auch wenn wir uns schon kannten, ich meine, ähem, *im biblischen Sinne* ... Ach! Die Jugend ... Wie auch immer, eines Tages hörte einer unserer Freunde – zumindest gab er sich als solcher aus –, wie ich Jacqueline ›meine kleine Musch‹ nannte. Er war ein ungeschliffener Mensch, er hat es kolportiert, und der Spitzname ist geblieben ...«

Es trat tiefes Schweigen ein. Genaro und Lolie waren über »Sobriquet« gestolpert, bei »im biblischen Sinne« ins Schleudern geraten und schließlich bei »kolportiert« ausgestiegen.

Um Onkel Albert richtig zu verstehen, muss man das Fremdwörterbuch auswendig kennen.

Ich übersetzte: »Am Anfang war es ein privater Kosename, weil Onkel Albert und sie miteinander ins Bett gingen. Aber sie hatten Pech, einer ihrer Kumpel hat gehört, wie er die Tante so nannte, er hat es überall austrompetet, und der Spitzname ist geblieben.«

»Ach so, okay, ziemlich uncool!«, meinte Genaro.

»Aber ...«, sagte Lolie, »sie weiß doch, was das heißt, oder?«

»Ich bin mir sicher, dass sie es nicht weiß. Sie muss diesen Kosenamen damals charmant gefunden haben. Aber solche gewagten Wörter gehörten nicht zu ihrem Wortschatz. Und ich wüsste nicht, wie sie diesen seitdem hätte erweitern sollen, ich kenne ja die Kreise, in denen wir verkehren.«

»Trotzdem, Onkel Albert, in all den Jahren – meinen Sie nicht, dass sie draufgekommen ist?«, fragte Lolie nicht sonderlich überzeugt nach. »Wir leben schließlich im 21. Jahrhundert.«

»Nein, ich denke nicht.«

»Doch, doch, Albert, natürlich! Schon seit über …«

»Nein, meine teure Lolita: Ich denke nicht, dass Tante diesen Spitznamen versteht, das meinte ich. Und glauben Sie mir, ich bete darum, dass es so bleibt … Sie würde mir sonst die Augen auskratzen …«, fügte Albert hinzu.

»Na ja, verständlich … *Musch!*«, meinte Genaro lachend.

»Echt nicht schlecht. Warum nicht gleich Pussy? Oder was weiß ich … Schnecke? Mumu? Puderdöschen?«

»Mooshöhle, Busch, Zaubergarten …«, fügte Lolie hinzu, die nie etwas schuldig blieb.

»Honigtöpfchen, Blüte, Goldmine …«, schloss Albert, verträumt an seinem Deckel nippend.

Ein Engel in Strapsen floh schweigend.
Ich befand es nicht für nötig, meinen Senf dazuzugeben.

Feige
Brötchen
Schatulle
Miezekatze
Wundertüte

saglaurentvonmir ... sagihmdass ...
Was denn, mein Herz?
ichweissnicht
Wird gemacht, Liebste. Ich werde ihm von uns beiden alles sagen, wozu wir vorher nie gekommen sind, und noch viel mehr. Versprochen.
ichhabihngeliebt ... sagihmdas
Das wusste er. Weine nicht.
ichweinenicht ...
Ich bin mir sicher, dass du weinst.
ja ... doch ... einbisschen
Siehst du? Ich kenne dich doch.
kuesschen
Trockne deine Tränen. Ich liebe dich.
ja
Du bist hier bei mir. Wir sind beide da, weißt du?
ja
Ich liebe dich.
ichliebedich

Phoebe sitzt ganz allein an einem Tisch
in ihrer Spelunke und weint ...

Nein.

*Phoebe steht am Canyon von Farewell
und streut weinend Asche in den Wind ...*

Nein.

Prune weint ...

Nein.

Scheiße.

Um zehn Uhr siebzehn waren wir etwa zwanzig, wenn man den Pfaffen mitzählte,

Onkel Albert, Tante Musch, ein paar so entfernte Freunde von dir, dass ich mich nicht erinnerte, sie jemals gesehen zu haben, Lolie und Genaro, die Angestellten des Bestattungsinstituts – *ein paar Geier, die den Kadaver belauern* –, dazu drei oder vier alte Damen, schlafend oder vielleicht tot, die zur Zierde in der letzten Reihe saßen.

Onkel Albert legte Wert darauf, mich, als des Verstorbenen nächsten Freund, dem frischgebackenen Jungpriester vorzustellen.

»Ehrwürdiger Vater, das ist Merlin.«

»Wie der Zauberer? Sehr erfreut«, antwortete der Priester.

Dann platzierte er uns in der richtigen Reihenfolge, wie bei der Dreierwette: Erst kam Onkel Albert, dann Tante Musch, die sich mit Patschuli übergossen hatte, und schließlich ich selbst, in dieser giftigen Wolke nach Luft ringend.

Der Sarg stand vor dem Altar, geschmückt mit einem Kruzifix von ansehnlicher Größe und umgeben von Kränzen der prätentiösesten Sorte. Auf dem imposantesten von ihnen prangte zu meiner Überraschung eine Schleife mit der Aufschrift: *Unserem Freund Laurent, vom Verein der fröhlichen Boulespieler.*

Der Priester bemerkte meine gerunzelten Augenbrauen und

flüsterte mir ins Ohr: »Dem Blumengeschäft ist leider ein bedauerlicher Fehler unterlaufen, der Bestatter hat es erst vor ein paar Minuten bemerkt. Es tut ihm sehr leid. Er wollte die Feier nicht stören, aber machen Sie sich keine Sorgen, die Blumen für den Verstorbenen werden rechtzeitig auf den Friedhof geliefert. Die Verwechslung beruht auf dem Vornamen, scheint es. Der andere Herr ist für heute Nachmittag vorgesehen.«

Und tatsächlich konnte ich von meinem Platz aus erkennen, dass dein Sarg von lauter Kränzen für einen anderen Laurent umringt war:

Unserem allseits betrauerten Kollegen, seine Freunde von der Postbank. Für Lolo, der Radsportverein Stramme Ketten. Für Laurent, seine mehr oder weniger untröstliche Familie.

»Ihre Tante hat nichts bemerkt«, flüsterte der Pfaffe. »Ich habe es auf meine Kappe genommen, ihr nichts zu sagen, ich wollte sie nicht noch mehr aus der Fassung bringen, sie ist ohnehin so erschüttert ...«

So erschüttert, wie es eine Frau nur sein konnte, die in fünfzig Jahren höchstens zehnmal das Wort an dich gerichtet hat, ohne je etwas anderes in dir zu sehen als ein »Original«, ein Wort, das in ihrem Mund schlimmer schmeckte als ein Löffel voll Brechwurzelsirup.

Aber nach außen hin legte sie eine bewundernswerte Trauer an den Tag.

Gleich zu Beginn der Messe begann sie, mir krampfhaft den Arm zu drücken. Ich nutzte einen Moment, in dem wir standen, um meine Jacke auszuziehen und einen Ärmel mit meinem Pulli auszustopfen, und Tante Musch fuhr den Rest der Feier lang fort, ihm in regelmäßigen Abständen den Blutdruck zu messen.

Der ganze Zirkus entging Lolie nicht, die sich wieder auf die Lippen beißen musste.

Der kleine Pfaffe fing stark an, indem er zur Einleitung wagte: »Mein lieber Laurent, wir freuen uns, dich in unserer Mitte zu sehen.« Dann, wahrscheinlich von der Stimmung mitgerissen, legte er richtig los, offenbar hielt er sich für einen Prediger. Er ließ seine Stimme anschwellen, reckte den Hals, spielte mit dem Echo, duzte dich, als wärt ihr alte Kumpel, und versicherte mit löblicher Überzeugung, der heutige Tag sei für dich ein Tag der Fülle, ja sogar »der glücklichste Tag deines Le-ebens, Laurent, denn Unser Erlö-öser hat dir, indem Er dich zu sich ri-ief, endlich die To-ore des Grabes geöffnet«.

Tante Musch begann sich leise hin und her zu wiegen.

Nicht mehr lange, und sie würde ein Gospel anstimmen.

Oooh, Lord ...

Etwas nachdenklich betrachtete ich deine Kiste, Kiefer massiv mit Buchenfurnier, Deckel mit Karnieskehlung, Innenausschlag aus Polyester-Satin, Kunststoffgriffe Versailles bronziert.

Du zogst da drinnen sicher ein langes Gesicht, bei deiner Platzangst.

Plötzlich bemerkte ich aus dem Augenwinkel eine flüchtige Bewegung zu Lolies Rechten. Der Kopf von Genaro – der eingeschlafen war – war plötzlich nach hinten gerollt. Lolie stieß Genaro diskret mit der Schulter an. Er sackte noch weiter zusammen und begann zu schnarchen. Lolie zuckte wie ein Presslufthammer. Schließlich presste sie sich ein Taschentuch unter die Nase und eilte aus der Kirche hinaus. Die Anwesenden schauten ihr mit bedauernden Blicken nach, die Arme, welch ein Schmerz, welch eine schwere Prüfung ...

Tante Musch drückte immer noch fieberhaft meinen Ärmel. An Steuerbord richtete sich Genaros Kopf kurz wieder auf, um gleich wieder schlaff herunterzusacken, diesmal nach vorne, während sein ganzer Körper sich immer mehr in Richtung des leeren Stuhls neigte, auf dem vor fünf Minuten noch Lolie gesessen hatte, und gefährlich gen Boden sank wie ein Fesselballon voller Ballast.

Er wurde durch das *Ite, missa est* gerettet.

Weit hinter meinem Rücken, auf dem Kirchenvorplatz, hörte ich Lolie, die vor Lachen schier erstickte.

ABSCHLUSSBILANZ VOR GESCHÄFTSAUFGABE

Eine bösartige Katze, eine Plünderung,
ein paar unaussprechliche schottische Namen,
ein Liebesleben in drei Bänden und drei Frauen.

Sperlingsvögel.
Ein Testament.

Nach der Beerdigung versammelte sich die ganze fröhliche Gesellschaft bei Onkel Albert zu Hause, auf seine ausdrückliche Einladung hin und zu Tante Muschs großem Missfallen.

Wir teilten ein trübseliges Schweigen, einen schlechten, fettigen Fertigkuchen, die Seufzer der Tante und zwei Flaschen lauwarmen Sekt, die Onkel Albert ihr wohl in letzter Minute in der Speisekammer hatte abschwatzen können.

Tante Musch nahm uns die Gläser ab, kaum dass sie leer waren, und wiederholte mit ihrer schrillen Stimme, es werde spät, die Straßen würden sicher voll sein, und wer weiter weg wohne, solle sich nicht aufhalten lassen, wenn er hoffe, irgendwo noch ein offenes Restaurant zum Mittagessen zu finden …

Die paar alten Jugendfreunde von Laurent hatten sich schnell verdrückt, darauf bedacht, die Gastfreundschaft der Tante nicht überzustrapazieren. Zurück blieben: Onkel Albert, der keine Wahl hatte, sich aber gerne auch davongemacht hätte, Lolie, die ungeniert ihr Glas wieder aus dem Spülbecken geholt hatte, um die Flaschen vollends zu leeren, ohne sich um Tante Muschs mordlustige Blicke zu kümmern, Genaro, der sich sehr weltmännisch mit ebendieser unterhielt, um sein Ergebnis noch zu verbessern (Liebe Musch, Verehrte Musch, meine beste Musch, wissen Sie, dass …), und ich, der ich auf dem Sofa mit den Spitzenschondeckchen lag und meiner Liebsten per SMS von der unvorhergesehenen kirchlichen Bestattung erzählte sowie von der Exekution der alten Schlunze auf den ausgetretenen Stufen der Basilika (und von ihrer Wiederauferstehung, sie ist zäh).

Um halb eins schoben Lolie und Genaro einen dringenden Termin vor – »Ja, es ist jammerschade! Wenn wir gekonnt hätten, wären wir gern länger geblieben!«

Während Genaro noch ein paar letzte »Muschs« unterzubringen suchte, flüsterte Lolie mir ins Ohr, sie würden sich ins Petit Marrakech setzen, hinter dem Rathaus, und fügte hinzu: »Wir bestellen ein Couscous Royal und warten auf dich, keine Sorge!«

Onkel Albert schlug mir vor, zum Mittagessen zu bleiben, glaubte aber selbst nicht daran.

Tante Musch war schon dabei, den Tisch für zwei Personen zu decken, wobei sie mir gegenüber einen Sicherheitsabstand einhielt, als wäre ich mit Ebola infiziert.

Ich lehnte seine Nicht-Einladung unter angemessenen Dankesbezeugungen ab.

Dann sagte ich dem Onkel, ich würde bei Laurent vorbeigehen, bevor ich wieder abreiste. Die Tante stellte die Ohren auf, gleich dem Hasen, der die Schritte des Jägers hört, da ihr wohl gerade eben einfiel, dass Onkel Albert Laurents einzige Familie und folglich sein einziger Erbe war.

Sie fragte misstrauisch:

»Bei Laurent vorbeigehen? Wozu?«

»Ich will mir seine Schatzanweisungen holen. Ich weiß, dass er jede Menge davon hatte, und ich möchte sie zum Andenken an ihn behalten, ich sammle sie …«, sagte ich, gerade noch freundlich.

Onkel Albert unterdrückte ein nervöses Lachen. Die Tante lächelte gezwungen – sie war ganz grün im Gesicht – und ließ mich wissen, es wäre ihr nicht so recht, wenn ich dort hinginge. Als ich sie fragte, warum, schüttelte sie nur ihren Kropf.

Der Onkel stützte sich mit seinem ganzen Federgewicht auf meinen Arm. Er seufzte schwach. Alt werden ist an sich schon nicht einfach, aber in Gesellschaft dieser alten Ziege musste es sich anfühlen wie ein nicht enden wollender Einlauf.

Ich erklärte dem Onkel – der mich nichts gefragt hatte, er ist die Diskretion selbst –, ich wolle nur meine Zeichnungen abholen, bevor sie im Müll landeten, sowie die Fotos von unseren gemeinsamen Abenden und ein Buch, das Laurent Prune schenken wollte, und das ich bei meinem letzten Besuch bei ihm vergessen hatte.

»Was erzählt er?«, fragte die Tante, während sie geschäftig hin und her lief.

Ich liebe Leute, die in der dritten Person von einem reden, wenn man direkt neben ihnen steht.

Der Onkel schaute mich lange wortlos an. Es fiel mir nicht schwer, seinen Blick zu deuten, ich kann in seinen müden Augen fließend lesen.

Er gab mir die Schlüssel von Laurents Haus und bat mich zu nehmen, was mir Freude machen würde, schließlich sei ich Laurents nächster und treuester Freund gewesen.

»Wirklich, zögere nicht, nimm alles, was du möchtest!«

»Na ja, also, ich weiß ja nicht …«, wagte Tante Musch.

»ALLES, was du möchtest!«, wiederholte Onkel Albert noch einmal, diesmal lauter.

Dann fügte er zu meinem größten Erstaunen noch hinzu: »Und da gibt es nichts zu diskutieren.«

So viel Mut hätte ich ihm nie zugetraut, aber Freundschaft ist für ihn etwas Heiliges, und die Gelegenheit, die Tante zu ärgern, ergab sich viel zu selten.

»Wirf uns die Schlüssel dann in den Briefkasten, bitte. Ich

werde dich im Laufe der Woche anrufen. Ich glaube, heute Abend gehe ich früh ins Bett«, schloss er murmelnd.

Er umarmte und drückte mich, so wie es sehr alte Leute tun, mit überraschender Kraft, etwas steif und etwas zittrig.

Hinter seinem Rücken brummte die Tante unfreundlich und argwöhnisch vor sich hin, während sie unter lautem Besteckklappern den Salat servierte.

Ich fand Lolie und Genaro im Petit Marrakech, wo wir ein Couscous Royal aßen, das seinem Namen alle Ehre machte. Wir versuchten, über diese klägliche Beerdigung zu scherzen, die Laurents unwürdig gewesen war – ein Lebemann, der gern feierte und am Ende der Gelage grölte, was das Zeug hielt, wenn er mit seiner gewaltigen Zweieinhalb-Promille-Stimme *Alphonse du Gros Caillou* oder *Le pou et l'araignée*, sein Lieblingslied über die Laus und die Spinne, anstimmte.

Wir sangen es ihm zu Ehren, begleitet von den virtuosen Klängen der Gimbri und der Darbouka von Osmane und Raïf, den beiden Wirten, und unterstützt von einem süffigen Guerrouane-Wein, der den Schmerz betäubte und das Vergessen förderte.

Da strömten die Läuse von nah und fern
Auf den Friedhof von Champerret,
Um ihn zu begraben, um ihn zu begraben
Wie eine bedeutende Persönlichkeit.
Ach was für eine traurige Angelegenheit,
All diese Läuse im schwarzen Kleid.

Es war schön wie eine Verdi-Arie.

Das war die echte Trauerfeier, im kleinsten Kreis, ohne Kränze und Weihwedel, ohne falsche Tränen. Wir drei. Lolie, seine langjährige Lebensgefährtin, Genaro, der es verstanden hatte, ihre Freundschaft zu pflegen, und ich, der geistige Sohn, der nicht immer geistreich war, der gewissenhafte Schüler, der Schöpfer von Jim. Der Karikaturist.

Der »Gaukler«, hätte Tante Musch gesagt.

Ich riss die weiße Papiertischdecke in vier Stücke und zeichnete vier Porträts von Laurent, eins für Lolie und Genaro, eins für Prune, eins für die beiden Wirte, deren Stammgast er gewesen war. Und das letzte für Onkel Albert, der sich zu uns gesellt hätte, wenn er nicht so eine schlechte Partie gemacht hätte.

Dann unternahm ich einen langen Spaziergang, um meinen Alkoholpegel abzubauen, allein, am Ufer der Tourzelle entlang. Ich habe Flüsse, Seen, Wasserspiegel immer geliebt. Ich bin dankbar für meinen Beruf als Illustrator, der mir Gelegenheit bietet, an Ufern und Böschungen auf der Lauer zu liegen, um Vögel zu beobachten, von Seeschwalben, Graureihern, Haubentauchern und Fischadlern bis zu den wunderbaren Schwimm- und Tauchenten mit ihren klingenden Namen – *Tadorna tadorna, Aythya fuligula*.

Ich ging langsam am Ufer entlang. Die Böschung wurde immer unwegsamer, aber ich wusste, wohin ich ging, ich war fast am Ziel. Seit der Nachricht von Laurents Tod, die ganze Zugfahrt und die ganze trostlose Beerdigung lang, die ihm so gar nicht ähnlich sah, hatte ich mir vorgestellt hierherzukommen – genau an diesen Ort, an dem ich nun reglos stand.

Eine Flussbiegung mit einem kleinen Sandstrand, nicht größer als ein Laken, von dem aus der Blick zwischen Erlen und Weiden dem Wasserlauf folgen konnte. Niemand kam je hierher, abgesehen von ein paar alten Anglern, die von Jahr zu Jahr wackliger und weniger wurden – die Zeit übernahm es ganz allein, ihren Bestand zu reduzieren.

Hier hatte ich vorgehabt, Laurents Asche zu verstreuen, zusammen mit Lolie und Genaro, wir hätten eine Zeremonie veranstaltet, die ich mir höchst romantisch vorgestellt hatte.

Eine kleine Rede vielleicht? Ich war mir nicht sicher.

Ein Whisky jedenfalls. Das war das Mindeste.

Der Strand endete in einem Gestrüpp voller Brennnesseln, durch das man sich bis zu einem Tor durchkämpfen konnte, eingerahmt von zwei rissigen Pfosten und einem Gitter in hübschen Rosttönen, das in Laurents Garten führte. Das Tor war mit einem Vorhängeschloss verschlossen, Laurent hatte den Schlüssel schon lange verloren, aber in meinen Tagträumen war das kein Problem.

Der Zelebrant (ich) zieht mit Lolie und Genaro
in einer kleinen Prozession durch Laurents Garten
bis zum Fluss hinab.
Jeder von ihnen trägt ein Tablett
wie die heiligen Sakramente.
Auf dem von Lolie, Gartenhandschuhe
und eine Beißzange, um das Gitter zu zerschneiden.
Auf Genaros Tablett, die Flasche und die Gläser.
Der Zelebrant (ich) trägt die Urne
in Form eines kleinen Fasses.

Ich konnte mir die Szene gut bei Nacht vorstellen. Vollmond, ein paar Kerzen. Und Laurents Geist, hoch oben auf einem Ast hockend wie ein großer Waldkauz *(Strix aluco, Ordnung der Strigiformes, Familie der Strigidae / Ill.: Merlin Deschamps)*.

Doch Tante Musch hatte es anders bestimmt. Ihretwegen lag

der arme Laurent sechs Fuß unter der Erde. Wie jeder gute Westernheld, letztlich, auch wenn die Marmorplatte und die Kiesallee weniger poetisch waren als ein zusammengenageltes und schief in einen Steinhaufen gepflanztes Bretterkreuz in einer windgepeitschten Wüste.

Laurent hätte darüber gelacht, nachdem er die Tante zur Hölle gewünscht hätte.

Ich seufzte.

Wir würden seine Asche nicht verstreuen, anders, als ich es versprochen hatte. Ich musste mich dafür bei ihm entschuldigen. Das Tor war verschlossen, ich hatte keine andere Wahl als umzukehren, um zu Laurents Haus zu gelangen. Ich würde dort mit ihm reden, allein, in seinen vier Wänden, in seinem Reich.

Ich würde ihm starke, würdevolle Dinge sagen, die er vielleicht hören würde, wo er auch sein mochte.

Aber Laurent war tot. Die Toten haben keine Augen, keine Ohren mehr.

Und ich war dabei, mich zu erkälten.

Häuser sind traurig, wenn ihre Bewohner gestorben sind. Ich spürte das, als ich das Gartentor aufstieß. Der Garten schien jede Hoffnung aufgegeben zu haben, besucht zu werden. Vor der Haustür wünschte die Fußmatte ein sinnloses »Welcome«, das niemand mehr lesen würde. In Laurents Arbeitszimmer wirkten meine Porträts von ihm trostloser als die mittelmäßigen Schinken, die in all den Provinzmuseen hängen, die man nie besucht.

Es herrschte eine seltsame Unordnung. Stapel und Haufen von Büchern auf dem Teppich. Die Fächer des Bücherregals voller Löcher und Leerstellen, wie das Lächeln eines Mundes, in dem jede Menge Zähne fehlen. Auf dem kleinen Tisch ein einzelnes Glas, das mir das Herz zusammenschnürte.

Alles ließ an eine Kapitulation denken. An eine Flucht vor einer Verhaftungswelle, an einen Morgen nach einem Exodus.

Ich nahm das Glas, um es zu spülen und wegzuräumen. Auf dem Küchentisch entdeckte ich einen Wust von großen Umschlägen und Archivordnern, aus denen die Eingeweide quollen wie bei einer Jagdbeute. Jemand war hier gewesen und hatte alles durchgewühlt. Ich lief mit großen Schritten durch das ganze Haus.

Offene Schränke, aufgerissene Schubladen, ihr Inhalt über den Boden verstreut wie nach einem Einbruch. Im Keller waren in den beiden Regalen, die Laurent selbst gebaut hatte, nur ein paar Flaschen übrig von der Whisky-Sammlung, die sein ganzer Stolz war und die er sorgfältig in den Originalkisten verwahrte.

Erschüttert rief ich Onkel Albert an. Ich erzählte ihm, in welchem Zustand ich das Haus vorgefunden hatte, die Verwüstung und die seltsame Verflüchtigung des Inhalts seines Kellers.

Wie vor den Kopf geschlagen stammelte er: »Nein, so was aber auch ... Wer kann das gewesen sein? Meinst du, ich sollte die Polizei anrufen?«

»Die Polizei? Wozu denn?«, schrie die Tante im Hintergrund.

Im löblichen, doch misslungenen Versuch, diskret zu sein, legte der Onkel seine Hand neben den Hörer und schrie mir, an seine Gattin gewandt, ins Ohr: »Merlin sagt, in Laurents Haus sei eingebrochen worden, es fehlen mindestens zweihundert Flaschen Whisky. Waren die noch da, als du mit Mathias dort warst?«

»Woher soll ich das wissen? Wir waren nicht im Keller!«, beteuerte die Tante mit einer Stimme, falscher als ihre Zähne, und schloss wie eine Idiotin: »Und es waren keine zweihundert!«

Ich hatte nicht mehr daran gedacht, aber Onkel Albert hatte es ja erwähnt: Tante Musch war vor der Beerdigung mit ihrem Neffen Mathias gekommen, um nach Laurents Testament zu suchen. Sie hatten ganze Arbeit geleistet, das konnte man ohne Übertreibung sagen. Eine wahre Hausdurchsuchung.

Ich verstand jetzt besser, warum es ihr nicht recht gewesen war, dass ich hierherkam, bevor sie aufgeräumt hatte. Ich sagte Onkel Albert, er solle sich keine Gedanken machen, ich hätte sicher nicht am richtigen Ort nachgeschaut und würde ihn später noch einmal anrufen. Ich wurde von einem nervösen Lachen gepackt.

Ich sah die beiden Hanswurste vor mir, angelockt von der Aussicht, sich die Taschen zu füllen, womit auch immer, ungeduldig, die Leiche zu fleddern. Ich wunderte mich nur, dass sie nicht das ganze Grundstück mit dem Spaten umgegraben hatten. Sie hatten wohl nicht genug Zeit gehabt.

Ich stellte sie mir vor, wie sie überall herumstöberten und um das Bett herumliefen, auf dem Laurent lag, ohne ihn zu beachten, wie sie vielleicht seine Kopfkissen anhoben und im Nachttisch herumkramten. Die Szenen schwirrten nur so in meinem Kopf herum.

Laurent auf seinem Totenbett.
Tante Musch wirft ihm einen leicht besorgten Blick zu,
als fürchte sie, er könnte aufwachen,
während sie gerade die Hand in eine Schublade steckt,
ohne die darin versteckte Wolfsfalle zu bemerken.

Oder:

Tante Musch reckt ihren langen Schildkrötenhals,
um einen Wandschrank zu inspizieren.
Im Türrahmen direkt über ihrem Kopf
ein Fallbeil, das gleich niedergehen wird.

Oder aber:

Mittelalterliches Dekor, Mathias als Hofnarr,
Schnabelschuhe und Schellenmütze,
mit Whiskyflaschen beladen wie ein Maulesel,
tappt durch einen dunklen Flur

voller Porträts des sich totlachenden Laurents.
Mitten im Flur klafft ein großes Loch,
darunter ein Verlies.

Ich musste mich für eine Todesart entscheiden. Nach langem Schwanken zwischen Pfählen, Beinschraube, Rad, eiserner Jungfrau und Mundbirne, entschloss ich mich schließlich für eine Art katapultartige Riesenfliegenklappe, die die beiden Gemeinen Dungfliegen *(Scatophaga stercoraria)* mit einem unangenehmen kleinen Matschgeräusch an die Wand klatschte.

Jedem nach seinem Verdienst, und das ihre war nicht sonderlich groß.

In der Küche standen die beiden Näpfe von Zirrhose, Laurents Katze. Ich rief sie, sie kam nicht, was mich nicht überraschte. Nur Laurent schaffte es manchmal, ihr ein kurzes nervöses Schnurren zu entlocken. Er hatte das Viech vor zehn Jahren als kleines Kätzchen in seinem Garten gefunden, verzweifelt maunzend, mit verklebten Augen, schmutziger Nase und mitleiderregendem Blick. Laurent war gerührt und hatte sie aufgelesen. Zum Dank hatte sie ihn mit ihren spitzen Zähnchen in die Finger gebissen. Seitdem hatte er sich unermüdlich bemüht, ihre Liebe zu gewinnen – mit äußerst mäßigem Erfolg.

Das finstere Geschöpf hatte wohl seit Laurents Tod nichts mehr gegessen und getrunken, die Näpfe waren restlos ausgeschleckt. Ich füllte sie mit Wasser und einer ganzen Dose Katzenfutter. Ich würde es später am Abend noch mal versuchen.

Auch wenn ich nicht begeistert war – ich kannte das Biest –, hatte ich beschlossen, es mit nach Hause zu nehmen, nachdem Tante Musch hatte verlauten lassen, sie habe vor, das »arme Tier« ins Tierheim zu bringen, wo es »in Anbetracht seines Alters« sicher eingeschläfert werden würde. Ihr Herz war zu kurzsichtig, um in Blicken lesen zu können, deshalb hatte sie nicht gesehen, wie in meinen Augen ein rachsüchtiger Schimmer aufblitzte.

Tante Musch mit verlaustem Fell
in einer vergitterten Kiste vor dem Tierheim abgestellt.
Es regnet in Strömen.
An der Tür ein Schild: Voll belegt.
Neben der Kiste, außer Reichweite,
ein Tellerchen mit einem Stück nassem Fertigkuchen
und ein Glas Sekt, mit Regenwasser verdünnt.
Ein räudiger Hund bleibt stehen und pinkelt auf die Tante.

Mit einem Gefühl, wie wenn man nach der letzten Aufführung das Bühnenbild abbaut, nahm ich in Laurents Arbeitszimmer meine Zeichnungen von den Wänden. Das Stück war zu Ende. Alles, was sich zwischen diesen vier Wänden abgespielt hatte, war entschwunden und hatte einen Teil meiner selbst und meiner Erinnerungen mitgenommen.

Ich fand das Buch wieder, das Laurent Prune hatte schenken wollen. Ein schöner Bildband über Obstbaumhölzer in der Tischlerei. Mir war nicht mehr danach, länger zu bleiben. Das Haus drängte mich hinaus, wurde fremd. Mein Platz war nicht mehr hier. Es war Zeit zu gehen.

Ich schloss die Fensterläden. Diese einfache, vertraute Handlung trieb mir Tränen in die Augen. Die Dunkelheit, die sich Zimmer für Zimmer im Haus breitmachte, verwies mich auf Laurents Tod. Ich würde ihn nie mehr sehen, nie mehr hören, das Kapitel war abgeschlossen, und ich fühlte mich alt.

Der Tod eines Freundes ist wie eine gelöschte Lampe, die unseren Weg noch etwas unsicherer macht.

Ich ging zurück zu Lolie und Genaro, um mich von meiner Melancholie heilen zu lassen.

Mein Kumpel Genaro ist ein lieber dicker Teddybär. Er war zuerst Krippenerzieher und schulte dann um zum Altenpfleger, was ihm zufolge keinen großen Unterschied macht. Sie machen in die Hose, essen Brei und sabbern genauso, außer dass das bei den Alten niemand mehr niedlich findet.

Er und Lolie passen gut zusammen – Lolies Taxi dient gleichzeitig als Beichtstuhl, weil die Menschen vor Einsamkeit fast krepieren und das Bedürfnis haben, aus ihrem Leben zu erzählen.

Sie sagt so seltsame Dinge wie: »Als Nutte auf dem Straßenstrich würde ich weniger Leuten begegnen und wüsste sicher sehr viel weniger über das Leben.«

Sie erzählt gern ihre schönsten Geschichten. Die von der zum Platzen schwangeren jungen Frau, die mit ihrer Hilfe mitten in der Pampa auf dem Rücksitz entbunden hat und die sie nach ihrem Vornamen fragte, um ihre Tochter nach ihr zu nennen. Oder die von dem Opa, der die Asche seiner Frau von einer Klippe hinab ins Meer streuen wollte und die ganze Fahrt lang vor sich hin sagte: »Hoffentlich wird das Wetter schön, sie hasst Regen ...« Als sie ankamen, schien die Sonne, ein leichter Wind wehte aufs Meer hinaus, und der alte Mann sagte mit einem Lächeln: »So ein Wetter, wir haben wirklich Glück!«

Lolie und Genaro verkörpern die wunderbare Welt der Kindermärchen, in der die Guten gut sind, ganz einfach. Sie nerven mich manchmal mit ihrer idealistischen Vision einer Welt, in der jeder Bürger einen Obdachlosen, einen Hund, einen Flüchtling, einen Bioweinbauern oder eine Oma adoptieren würde, ein Patenkind am anderen Ende der Welt hätte und für WWF spendete. Sie glauben, dass die Menschen großzügig sind, wenn man ihnen nur die Wahl lässt. Sie sind bei jeder guten Sache dabei, unterschreiben alle Petitionen, gehen auf jede Demo. Sie sind echte Demokraten. Sie vertrauen den Politikern noch. Dumm wie Küken, die für den Fuchs stimmen würden.
Auch dafür liebe ich sie.

Abends spät veranstalteten Genaro, Lolie und ich mit Hilfe von zwei weiteren Freunden bei Laurent eine Treibjagd. Nach einer Stunde gelang es uns, das Raubtier einzufangen, wobei Lolie ein paar ordentliche Krallenhiebe abbekam und ich bis aufs Blut gebissen wurde.

Es war trotzdem ein Spaß.

Ich fuhr also mit einer Zirrhose am Hals nach Hause, die in einer von Lolie geliehenen Transportbox tobte und fauchte. Die Rückfahrt kam mir lang vor und meinen Sitznachbarn sicher noch länger, denn wir genossen ein wahres Konzert von wütendem Maunzen, Fiepen, Spucken, Fauchen, Erbrechen und so weiter, und dies über sieben Stunden lang. Ich sah den Moment kommen, in dem unsere Mitreisenden sich auf uns stürzen und aus dem Fenster werfen würden.

Der unschuldige Reisende (ich) sitzt auf dem Schotter
des Bahndamms, sichtlich benommen, die Kleider zerfetzt.
Am Horizont entschwindet ein Zug.
Etwas weiter unten eine Katzentransportbox,
auf dem Kopf, beschädigt aber noch geschlossen.
Eine krallenbewehrte Tatze feilt an den Gittern.
In der Box glühen zwei wütende,

blutunterlaufene Augen im Halbdunkel.
Die Nacht bricht herein.

Prune erwartete uns am Bahnhof. Sie war über die Adoption entzückt. Da war sie die Einzige von uns dreien.

Kaum befreit, beehrte uns Zirrhose mit einer Akrobatiknummer im Zeitraffer. Wir sahen sie nacheinander (oder gleichzeitig?) die Vorhänge hochklettern, von Sessel zu Sessel fliegen, mit allen vieren in die Luft springen, als stünde der Teppich unter Strom, sabbernd unter die Möbel kriechen, um sofort wieder hervorzuschießen, den Schwanz ums Vierfache aufgebauscht und das Rückenfell gesträubt, wie eine Furie fauchend. Das alles, um sich am Ende aufs Küchenbüfett zu flüchten, wo sie drei Tage lang sitzen blieb und uns mit wüsten Beschimpfungen überschüttete und mit ihrer mit Cuttern bewehrten Tatze bedrohte, sobald wir versuchten, einen Teller oder ein Glas zu holen.

Prune reagierte auf diesen Schwall von Hass mit Liebe, Geduld, Trockenfutter und Mitgefühl, unter dem verständnislosen Blick unseres eigenen Katers, genannt Kater oder Pantoffel, einem trägen, langfelligen Waschlappen, der über diese Heimsuchung entsetzt war.

Unserem armen Pantoffel fiel es schon schwer genug, sich an das Landleben zu gewöhnen, mit all den feindseligen Mäusen und Eidechsen, der feuchten Erde und dem heimtückischen Rasen, die ihn dem abgenutzten Teppichboden unserer Wohnung jeden Tag mehr nachtrauern ließen.

Seit Zirrhoses Ankunft fiel er bei der kleinsten plötzlichen Bewegung in Ohnmacht (er hat ein schwaches Herz) und pinkelte sich voll, sobald er sie hörte.

Wir würden ihn bald in Onkel Albert umtaufen, wenn es so weiterging.

Das Haus wurde schnell zum Schauplatz eines Grabenkrieges zwischen den beiden Vierbeinern (Vorteil Zirrhose), dessen Kollateralopfer wir waren, vor allem ich, denn ich wurde regelmäßig von dem gestressten Pantoffel gebissen oder vorsätzlich an den Knöcheln gekratzt von der schwarzen Teufelin, die sich inzwischen unter dem Schrank verschanzt hatte, unter dem sie gelegentlich hervorschoss, um mich anzugreifen.

Ich schlug Prune vor, sie zu Fleischpastete oder Braten zu verarbeiten und sich aus ihrem Fell Handschuhe zu nähen. Aber in ihrer naiven Überzeugung, sie könnte die Widerspenstige zähmen und eines Tages lammfromm machen, wollte sie davon nichts wissen.

Ich verzichtete darauf, meine Zweifel zu äußern.

Ich nahm mir jedoch fest vor, dem Mistvieh in meinem kleinen *Wild-Oregon*-Bestiarium einen Ehrenplatz zu geben. Ich gedachte es mit Fangzähnen und Krallen zu versehen wie ein Säbelzahntiger und es schleunigst an die äußersten Grenzen des Hyperraums zu verbannen, weit jenseits der Straflager von Oblivion oder des Forts Far-and-Away.

Ich hatte mir schon seinen kleinen Eintrag in meiner Taxonomie der Entlegenen Welten ausgedacht: *Felix atrox (auch Felix crudelis), fleischfressendes katzenartiges Säugetier, gemeinhin Katzenmistvieh genannt, endemische Art auf dem Exoplaneten Ysidor, am äußersten Ende des Weltalls / Ill.: Merlin Deschamps.*

In der Zwischenzeit passte ich auf meine Knöchel auf und machte einen großen Bogen um alle Möbel, unentwegt belauert von zwei großen, weit aufgerissenen grünen Augen.

Prune hatte während meiner kurzen Abwesenheit gut gearbeitet. Anders als sie per SMS behauptet hatte, war der Badezimmerboden nicht blau geworden. Sie hatte ihn abgeschliffen und geölt, ebenso wie die Tür- und Fensterrahmen. Die ockergelb gestrichenen Wände waren nun mit einer Sammlung alter Spiegel mit Stuckrahmen geschmückt, und wuchernde Grünpflanzen verwandelten den Raum in einen erholsamen Dschungel.

Sie hatte irgendwo eine alte Kurzwarentheke aufgestöbert und die Knöpfe der zahllosen Schubladen durch andere ersetzt, alle verschieden, aus Keramik oder buntem Glas, denn meine Liebste braucht Regenbögen in ihrem Leben. Ein paar Sisalteppiche, ein alter Handtuchhalter und eine Menge Krimskrams – wir würden uns fortan in einem Badezimmer waschen, das der Höhle des Ali Baba glich.

Blieb uns nur noch, auf das baldige Kommen von Herrn Tjalsodann zu hoffen, dessen Einsatz uns vielleicht eines Tages erlauben würde, uns mit warmem Wasser zu waschen.

Auch in der Küche hatte sich einiges getan. Das Geburtstagsklavier thronte in voller Pracht, tiefblau wie ein Siam-Saphir und herrlich funkelnd unter seiner Dunstabzugshaube aus Messing. Zusammen mit der Kurzwarentheke hatte Prune sich von einem Freund eine alte Malerleiter bringen lassen, die sie einem Trödlerkollegen für einen Apfel und ein Ei abgekauft und mit Hilfe von fünf quer über die Stufen geschobenen Brettern in ein Regal verwandelt hatte.

Darauf hatte Prune ihre »heterogene Sammlung« angeordnet, von ihr selbst nach einem Streitgespräch mit Laurent so getauft, der eines Abends – zu Recht – die Auffassung verfochten hatte, dass man nur Gegenstände der gleichen Familie oder Sorte sammelt. Ansonsten nennt man das Sammelsurium, Mischmasch, Kuddelmuddel oder auch Gerümpelhaufen.

In dem neuen Regal prangten nun Reihen von Tassen, Teekannen, Tellern, alten Postkarten, eine Roberval-Waage und ihre zwölf Messinggewichte (zur Abzugshaube passend), zwei Porzellankatzen, ein Lavendelsträußchen, eine Schildpattdose voller Perlmutt-, Buchs- und Galalithknöpfen. Dazu, wie überall, bunte Lichterketten, die das Haus Tag und Nacht und das ganze Jahr über in Weihnachtsstimmung versetzten.

Prune hat einen angeborenen Sinn für Gemütlichkeit. Chaotisch vielleicht, aber immer herzerwärmend.

Ich, der ich lange in meinem Atelier gehaust, jede Wohnung als bloßen Durchgangsort betrachtet und Leben und Arbeit miteinander verwechselt habe, kenne nun, seit ich mit ihr zusammen bin, endlich die Freuden des Faulenzens in einem warmen Nest und weiß, was »Zuhause« bedeutet.

Ich erzählte meiner Liebsten von meinen Tagen fern von ihr, die von so starken und kontrastreichen Gefühlen erfüllt gewesen waren. Danach fühlte ich mich erleichtert. Prune lindert jeden Kummer, einfach indem sie zuhört.

Ich lud mein Leid ab, und sie nahm es auf, ohne dass es Spuren hinterließ, wie Steine, die in einen Brunnen geworfen werden, und wenn ich mich über den Rand gebeugt hätte, hätte ich in der Klarheit ihrer ruhigen Wasser nur den Widerschein der Nacht gesehen.

Wir saßen im Schneidersitz vor dem Ofen und nahmen uns ausgiebig Zeit, uns alle Porträts von Laurent anzuschauen und Fotos zu sortieren. Ich hatte vorgehabt, sie in mein Atelier zu hängen, doch auf den guten Rat von Prune hin, die zum Tod ein weise distanziertes Verhältnis pflegt, beschloss ich dann doch, meinen Arbeitsplatz lieber nicht in ein Mausoleum zu verwandeln.

Das künstlerische Schaffen ist ein Emporsprudeln, ein Aufblühen, ein Versprechen. Wie jede Geburt trägt es wahrscheinlich im Keim schon sein Ende in sich und kann sich folglich von der Vorstellung des unausweichlichen Todes nähren.

Sich davon nähren, aber nicht darin schwelgen.

An den Wänden meines Ateliers würde es nur Jim Oregon geben.

Wie es in meinem Herzen aussah, war meine Sache.

Ein paar Tage später bekam ich einen Anruf von Onkel Albert – um sechs Uhr morgens, warum sollte man alte Gewohnheiten ändern?

Nach ein paar heftigen Fußtritten meiner wütenden Liebsten stand ich auf, ging in die Küche und versuchte mit einem unangenehmen Déjà-vu-Gefühl, den Ofen in Gang zu bringen.

Die einzige nennenswerte Änderung: Zirrhose, die ich dabei ertappte, das Futter in Pantoffels Napf zu stehlen, bevor sie mit gesträubtem Fell und rundem Buckel aufs Büfett sprang und lauter fauchte als Prune, wenn man versucht, sie zu wecken.

Ich fragte den Onkel, wie es ihm gehe. Er sagte: »So gut, wie mein hohes Alter es verlangt, also wunderbar, da ich am Leben bin!«

Dann fragte er, ob ich fünf Minuten Zeit für ihn hätte. Ich antwortete, ich hätte alle Zeit der Welt, aus Höflichkeit, denn tatsächlich hatte ich nur einen Wunsch: zurück in die Federn zu kriechen, mich an Prune zu kuscheln und wieder einzuschlafen.

Albert hüstelte.

»Also, stell dir vor, nach deiner Abreise ist Tante plötzlich wieder eingefallen, dass sie doch ein paar Flaschen Whisky aus Laurents Haus mitgenommen hatte. Mathias hatte ihr liebenswürdigerweise angeboten, sie bei sich in Sicherheit zu bringen.«

»Ach, was du nicht sagst«, meinte ich in einem Ton, den ich gern neutraler gehalten hätte.

»Du klingst skeptisch«, sagte der Onkel.

»Nicht doch.«

Albert fügte mit lauterer Stimme hinzu: »Mathias ist sehr hilfsbereit.«

»Niemand ist vollkommen«, erwiderte ich.

Der Onkel verwandelte sein entzücktes Glucksen in letzter Sekunde in ein trockenes Hüsteln.

Er weiß genau, welch freundschaftliche Gefühle ich seinem Neffen entgegenbringe, den er selbst nur mit Mühe erträgt. So neutral wie möglich sagte er: »Tante ist vorgestern noch einmal bei Laurent vorbeigegangen und hat die Gelegenheit genutzt, alle Unterlagen und Dokumente mitzunehmen, die sie bei ihm finden konnte, sie hat sie sortiert, und es waren keine Schatzbriefe dabei ...«

»Na, so was! Und auch keine Goldstücke? Oder Banknoten?«

Ich hörte an seiner Stimme, dass der Onkel frohlockte, als er laut und deutlich hinzufügte, als spräche er mit einem Schwerhörigen: »Nichts. Tante lässt dir ausrichten, dass sie überall gesucht hat.«

»Das glaube ich gern«, sagte ich und musste lachen.

Sie hatte sich sicher die Fingernägel ruiniert vor lauter Wühlen. In jeder Ecke musste sie gescharrt und Gänge gegraben haben wie eine Maulwurfsgrille (*Gryllotalpa gryllotalpa, Insekt der Ordnung Orthoptera, Familie der Gryllotalpidae / Ill.: Merlin Deschamps*).

Sie hatte sich vergeblich abgemüht: Laurent hatte in seinem Leben nie mit irgendetwas gehaushaltet, weder mit seiner Gesundheit noch mit seinem Geld noch mit der Zeit, die er seinen Freunden widmete.

»Es war mir wichtig, dich darüber zu unterrichten«, fügte der Onkel hinzu. »Ich wollte dir außerdem sagen, dass ich gestern Morgen selbst bei Laurent war, Genaro und Lolie haben mir geholfen, alle seine Bücher sowie seine Werkzeugsammlung mitzunehmen. Es sind sehr schöne Stücke darunter, finde ich, und ich würde sie dir gerne geben, wenn es dir recht ist.«

»Sie gehören dir, Albert.«

»Ich weiß, ich weiß, aber ohne dem Toten Dinge in den Mund legen zu wollen, glaube ich wirklich, dass Laurent glücklich gewesen wäre, wenn du sie bekommst. Und ich bin aus dem Sammelalter heraus, weißt du. Ich bin aus dem Alter der meisten Dinge heraus. Nun kommt die Zeit, Ballast abzuwerfen. Legt den alten Menschen ab … Ich will euch bald einmal besuchen und dir dieses kleine Erbe mitbringen. Lolie hat mir angeboten, mich mit dem Taxi zu euch zu bringen. Das wird meine letzte Reise sein, und ich bin glücklich zu wissen, dass sie mich zu Freunden führen wird.«

»Du wirst uns immer willkommen sein«, sagte ich.

»Dieses ›immer‹ verpflichtet dich nicht allzu sehr«, scherzte Albert.

Als wir uns verabschiedeten, war es gerade mal halb sieben, und ich war überhaupt nicht mehr müde. Das war die Gelegenheit, einmal frühmorgens zu arbeiten, was ich nie oder fast nie tue, weil ich zu so einer dämlichen Zeit sonst nicht aufstehe.

Ich hatte zwei Tafeln fertigzustellen über den Buchfink *(Fringilla coelebs)*, von dem zu meinem Glück leibhaftige Exemplare in unseren Bäumen herumflatterten, sodass ich sie nach der Natur hatte zeichnen und fotografieren können.

Während ich, in Gedanken noch ganz bei meinem Gespräch mit Onkel Albert, meinen Arbeitsplatz vorbereitete, erinnerte ich mich an das letzte Mal, als ich Laurent gesehen hatte – drei Wochen zuvor.

Als ich gegen Abend bei ihm angekommen war, hatte ich ihn in seinem Arbeitszimmer vorgefunden, in diesem scheußlichen grünen Sessel, der schon da stand, seit ich Laurent kannte. Er hatte mich auf seine gewohnte Art begrüßt, die Hand hocherhoben zu einer Art römischem Gruß, auf den Lippen sein ewiges halbes Lächeln.

Laurent hatte eine spezielle Art zu sitzen, sich zu bewegen, zugleich lässig und vollkommen beherrscht. Ich habe ihn nie gekrümmt, schlaff oder gebeugt gesehen, wie andere sehr große Menschen. Er hielt sich im Gegenteil sehr aufrecht, aber nicht steif, selbst in den schlimmsten Momenten, wenn er sturzbetrunken war. Auch mit fortschreitendem Alter ging noch etwas von ihm aus, das ich nur so beschreiben kann: Er strahlte eine respekteinflößende Eleganz aus.

An diesem Tag war er durch einen heftigen Hexenschuss an seinen Sessel gefesselt, was für ihn die schlimmste Kränkung war, ja geradezu eine Majestätsbeleidigung. Als ich hereinkam, machte er Anstalten aufzustehen. Ich gebot ihm Einhalt. Er dankte mir mit einem Blick. Ich sagte: »Na?«

»Du kommst gerade recht.«

Ich dachte, er würde mich bitten, ihm eine Tablette, ein Glas Wasser, einen Kaffee zu holen, die Art von kleinen Dingen, die zur Qual werden, wenn man sie nicht selbst tun kann. Aber er sagte: »Ich hab etwas zum Probieren für dich!«

Auf dem Couchtisch neben ihm stand einer dieser alten Single Malts aus Schottland und von der Insel Islay, die er seit bald vierzig Jahren mit Leidenschaft sammelte. Er bat mich, zwei von den Tulpengläsern mit dem feinen Deckel zu holen. Keine sogenannten »Whiskygläser« mit ihrer zu weiten Öffnung, durch welche die Aromen verfliegen. Laurent war ein guter Lehrer, ich hatte seine Lektionen behalten. Die erste davon war gewesen, die Namen der Whiskys, die er mich entdecken ließ, leidlich korrekt auszusprechen – Glen Garioch klang etwa wie »glenn girach«, Bruichladdich wie »bruch-laddie«, Bunnahabhain wie »bunna-haven«, Auchentoshan wie »ochen-toschen«, Strathisla wie »straß-aila« …

Ich habe nie verstanden, wie Laurent es schaffte, zugleich schwerer Alkoholiker und vollendeter Epikureer zu sein. Es wird für immer ein Rätsel bleiben.

Ich habe gesehen, wie er sich mit Weißwein, Rotwein, Rosé, Bier, egal mit welchem verfügbaren Getränk volllaufen ließ, wie er sich über den Durst, über den Rausch hinwegtrank, stufenweise bis in den Stumpfsinn, wie er immer leiser, immer wortkarger wurde, je höher der Pegel stieg, bis sein Blick kenterte und der Vorhang der Lider fiel. Ich habe gesehen, wie er sich im heftigsten Sturm aufrecht hielt, wenn er Stufe 10 auf der Kriter-Skala erreichte.

Aber seinen Whisky, den *trank* er nicht. Nein. Er atmete ihn ein, betrachtete ihn gerührt, genoss ihn mit wacher Zunge. Er widmete ihm die gleiche Aufmerksamkeit, die gleiche Andacht wie ein alter Zen-Buddhist der Teezeremonie. Sein Gaumen war nicht verdorben, und das allein grenzte schon an ein Wunder.

Zwei Jahre zuvor hatte er nach ein paar Problemen, die durch seine Exzesse bedingt waren, beschlossen, sich nur noch auf seine persönliche Sammlung zu konzentrieren: ein Bilderbuchkeller, den er kaum bis zur Neige würde leeren können. Seitdem gab er den seltensten Schätzen den Vorrang. Um am Ende nichts bereuen zu müssen. Ich war der erste Nutznießer dieses Entschlusses, denn Laurent betrachtete mich als seinen Schüler und war sehr darauf bedacht, dass ich Fortschritte machte.

Laurent streichelte die Flasche voller Ehrerbietung, bevor er uns einschenkte. Er gab zwei, drei Tropfen frisches Wasser hinzu. Er nahm sich Zeit, die Farbe der Flüssigkeit zu begutachten, mit dem Blick eines alten Fuchses, der das Huhn unter seiner Pfote hält. Diese hier schimmerte in einem schönen Mahagoniton. Whisky gibt es in Honig-, Kupfer- und Bernsteintönen. Er schwenkte ihn mit einem zufriedenen Kennerlächeln in seinem Glas, ließ ihn gleichmäßig kreisen.

Er sagte: »Es ist ein Strathisla von 1953. Ein Single Cask.«

Mit anderen Worten ein Single Malt, der aus einem einzigen Fass stammt, ohne jeden Verschnitt. Die Krönung, das Nonplusultra, das Nirwana.

Nachdem er ihn geschwenkt hatte, studierte Laurent ausgiebig die Kirchenfenster, diese Schlieren, die am Kristall herabrinnen und an denen der Kenner das Alter des Whiskys und das Holz der Fässer ablesen kann.

Er führte das Glas zur Nase.

Ich wohnte der Zeremonie zum tausendsten Mal bei und war immer noch genauso fasziniert. Ich konnte machen, was ich wollte, selbst wenn ich mein Leben lang weiterstudierte, würde ich dem Meister nie das Wasser reichen, mir fehlte seine Geduld, seine Nase, sein Genie.

Hinter ihm an der Wand hing ein großes Porträt von ihm, das ich während eines denkwürdigen Essens angefertigt hatte, bei dem er die Grenzen seiner Trinkfestigkeit ausgereizt hatte.

Eine Federzeichnung in der Manier von Daumier:

Laurent thront als würdiger, besoffener Dionysos
in seinem Sessel, gehüllt in ein weinbeflecktes Gewand,
das Gesicht gerötet, das Haar zerzaust.
Auf seinem Kopf ein schiefsitzender Efeukranz.
Er hebt ein suppenschüsselgroßes Glas auf seine eigene
   Gesundheit.
Zu seinen Füßen ein Hofstaat von trägen Faunen und
   Sylphiden,
deren Gesichter denen der geladenen Freunde ähneln.
In einer Ecke leeren Prune und die Katze Zirrhose,
Letztere mit bösem Blick und struppigem Fell,
mit einem Strohhalm die Gläser.

Laurent hatte erklärt, die Toga stehe ihm gut und bringe seine majestätische Seite zur Geltung. Nachdem ich ihm dieses Meisterwerk geschenkt hatte, handelte er Prune einen alten Stuckrahmen ab, strich ihn in Anisgrün und Rosa, weil er fand, das passe zu seinem Teint: Gelbsucht und geplatzte Äderchen.

Mit bebenden Nüstern atmete er lang und tief ein. Er schloss die Augen, nahm einen Schluck in den Mund, verteilte ihn mit der Zunge, den Lippen, den Wangen. Er seufzte vor Behagen.

»Grandios«, sagte er.

Ich kannte die Fortsetzung des Rituals: Nun war ich an der Reihe, ausgiebig am Glas zu riechen, um ihm dann zu berichten, was ich wahrgenommen hatte. Feigen- oder Dattelaromen? Ein Duft nach Rose, nach Quinquina? Wenn ich richtig lag, würde er mit stolzem Blick zustimmen. Wenn nicht, würde er mir vielleicht ein paar Hinweise geben. Dann, wenn meine Nase ihren Dienst getan hatte, würde er mir beim Probieren zusehen, und die Gnade des Augenblicks würde durch die Lust, die er an meinen Augen ablesen würde, noch erhöht werden.

»Also?«

Und ich würde ihm etwas von Lebkuchenaromen erzählen, Muskatnuss, Nelke, Trockenobst.

An jenem Tag fragte er mich, was ich von der Schlussnote halte.

»Etwas bitter«, sagte ich. »Mit einer leichten Aprikosennote im Abgang. Und noch etwas anderes, der Name liegt mir auf der Zunge. Man findet es in orientalischen Gerichten ...«

Er setzte eine geheimnisvolle Miene auf, um mich herauszufordern.

»Schon gut«, sagte ich. »Ich weiß, dass *du* es weißt ... Koriander? Stimmt's?«

Er lachte schallend.

»Du machst Fortschritte, Merlin. Du machst Fortschritte ...«

Er klatschte mit beiden Händen auf die Oberschenkel, als wollte er aufstehen, um etwas Dringendes zu erledigen. Doch er blieb sitzen, still und abwesend. Schließlich sagte er: »Es ist komisch ... Seit ein paar Wochen denke ich ständig an mein

Leben zurück … ich mache die Abschlussbilanz vor Geschäftsaufgabe …«

»Hör auf!«, sagte ich.

Er hob eine Hand.

»Man weiß nie, was die Zukunft bereithält, Merlin. Oder vielmehr, doch. Man weiß es sehr wohl. Ich spüre, dass ich langsam alt werde.«

»Das sagst du, weil es dich kränkt, einen Hexenschuss zu haben.«

»Auch, ja. Aber nicht nur.«

Er fuhr fort:

»Ich bin etwas enttäuscht von mir. Ich finde, ich habe in fünfundsiebzig Jahren nicht besonders viel zustande gebracht. Es gibt schon zwei, drei Sachen, auf die ich ein bisschen stolz bin, aber ein Erfolg löscht einen Misserfolg nicht aus. Im Gegenteil.«

Ich sagte nichts mehr. Ich kannte ihn auswendig.

»Ich habe keine Zeit mehr, Dinge zu bereuen. Und an Arbeiten ist nicht mehr zu denken, das ist jedenfalls sicher … Verdammt, wie schnell das Leben vergeht …! Findest du nicht?«

Ich nickte. Es vergeht schnell, ja.

Und das Tempo wird immer rasender, die Tage fliegen nur so vorüber. Kaum wird man sich dessen bewusst, ist es schon zu Ende, oder fast. Man ist tot, bevor man Zeit gehabt hat, sich alt zu fühlen.

Er griff wieder nach seinem Glas. Ein Schluck. Eine Pause. Dann sagte er: »Immerhin habe ich niemanden bestohlen, niemanden umgebracht, im Großen und Ganzen glaube ich, ich bin kein schlechter Kerl. Nur mit den Frauen, da habe ich wirklich Scheiße gebaut. Dabei liebe ich sie … Aber schlecht, anscheinend, da ich es nicht schaffe, dass sie bei mir bleiben.«

Ein Schluck. Eine Pause. Ein Zungenschnalzen.

»Es gab drei Frauen in meinem Leben. Drei. Darunter Lolie. Ich rede nicht von den Statistinnen, nicht wahr. Ich rede von denen, die gezählt haben ...«

Er schenkte sich nach und wiegte den Kopf.

»Ach, verdammt! Ich fange schon wieder an, meine Nummer abzuspulen ... Ich will nicht von den Frauen reden, ›die gezählt haben‹, sondern von denen, die ich geliebt habe. Geliebt! Herrgott, warum ist das so schwierig zu sagen?«

Er schaute mich neugierig an.

»Hast du andere Frauen geliebt, vor Prune ...?«

Ich zuckte mit den Achseln.

»Komm! Spiel nicht die Unschuld vom Lande! Hast du vor Prune schon einmal geliebt oder nicht?«

Ich antwortete mit einer Gebärde, die ja, nein, weiß nicht bedeuten konnte. Aber ich erinnerte mich sehr gut, aus welchem tiefen Loch Prune mich damals herausgezogen hatte, nach einer Trennung und unendlicher Leere.

Er lächelte.

»Blöde Frage, natürlich hast du geliebt! In deinem Alter ... Natürlich! Aber wir haben nie darüber geredet. In zwanzig Jahren kein einziges Mal. Findest du das nicht erstaunlich?«

Er fuhr fort:

»Ich hatte ein paar Abenteuer und drei echte Liebesgeschichten. In fünfundsiebzig Jahren ist das keine Glanzleistung. Und weißt du, was mir nicht aus dem Kopf geht? Heute bin ich mir sicher, dass ich mit jeder von ihnen hätte glücklich leben können. Ich wäre einfach nur ein anderer Mensch gewesen. Wenn ich es nur geschafft hätte, dass eine von ihnen bei mir bleibt. Stattdessen, schau mich an, sitze ich hier wie ein Idiot.«

Er deutete auf den Raum, die Möbel, die Dinge darin. Die Regale, die unter dem Gewicht all seiner Kunstbildbände zusammenzubrechen drohten, die Wände, die mit seltenen alten Werkzeugen geschmückt waren, alle aus dem Bereich der Holzverarbeitung, Schreinerei, Tischlerei, Holzschnitzerei, seine Comics, zu wackeligen hohen Stapeln aufgetürmt (er besaß meine gesammelten Werke, um meinen Stolz nicht zu verletzen).

Eine ganze Welt, die dem Untergang geweiht war – früher oder später würde das alles verstreut, verkauft, an seine Freunde verteilt werden.

Und wenn die Aufteilung einmal vollzogen ist, was bleibt dann noch von uns, wenn wir nicht mehr da sind? Ein kleines Häufchen Krimskrams mitten im Zimmer, all die Sachen, mit denen die, die uns überleben, nicht wissen, was sie machen sollen, und die sie nicht wegzuwerfen wagen – Brillen ohne Etui, alte Lederportemonnaies, Passbilder, Kugelschreiber, Schlüssel in verschiedenen Größen, von denen niemand mehr weiß, welche Schlösser sie öffnen. Laurents Augen blitzten voller Ironie. Ein ganzes Leben für so wenig.

Er nahm den Faden wieder auf: »Es sind immer die Frauen, die über unser Leben entscheiden. Wusstest du das?«

Ich dachte an meine Prune, an ihre Einkaufslisten und Ermahnungen. An ihren sturen, kindlichen Ausdruck und ihre Art, mein Leben zu lenken, sanft, ohne zu drängen, aber nachdrücklich.

Seit wir zusammen waren, aß ich bio, sortierte meine Socken paarweise und öffnete die Fensterläden, sobald ich aufstand, statt bis mittags wie eine Ratte in ihrem Loch zu hocken, mit verschiedenen Socken an den Füßen, rechts braun, links blau.

Das war nicht nur ein Detail in meinem Leben. Es war ein Ausdruck von tiefen Veränderungen. Ein Streben nach Harmonie, ein Bedürfnis nach Klarheit.

Laurent sprach weiter.

»Es sind die Frauen, die uns zu dem machen, was wir sind.

Alle Frauen. Ich meine nicht nur unsere Mütter. Die Mütter stehen am Anfang, aber der Anfang eines Lebens ist nicht das wichtigste, bei weitem nicht. Worauf es ankommt, ist das Ende. Das Ende, verstehst du, das ist das Einzige, was zählt. Ich bin mir da inzwischen völlig sicher, glaub mir.«

Er musterte mich aufmerksam. Er wiegte den Kopf.

»Ich spüre, dass du nicht einverstanden bist. Aber da ich viel älter bin als du und du gut erzogen bist, wirst du nie zu behaupten wagen, dass ich mich irre.«

Ich lächelte stumm.

Er fuhr in festerem Ton fort: »Du kannst mir glauben, es sind die Frauen, die die Männer *machen*, vom Anfang bis zum Ende ihres Lebens. Von ihren Siegen bis zu ihren Niederlagen, von der Macht bis zum Fall. Alle, denen wir auf unserem Weg begegnet sind oder die uns begleitet haben. Die in unseren Armen geschlafen haben. Die über unsere Rohheit geweint oder über unsere Ungeschicklichkeit gelacht haben. Die uns getröstet haben, die uns vor Wettkämpfen Kraft gegeben und auf der Ziellinie Beifall geklatscht haben. Es sind die Frauen, die uns erwählen, indem sie sich von uns erwählen lassen. Und sie sind es, die uns verlassen. Und woanders neu anfangen, ein neues Nest bauen, wieder und wieder.«

So viel sprach er selten.

»Die Frauen haben eine Kraft, an die unsere bei weitem nicht heranreicht, Merlin. Aber das ist unser Verdienst: Dank uns haben sie Hunderte von Lehrjahren hinter sich. Jahrhunderte der Sklaverei, der Unterwerfung, der Schläge ins Gesicht. Und trotz allem leben sie, überleben sie, wehren sie sich, kämpfen sie. Sie lachen. Und am Ende ihres Lebens heulen sie nicht über sich selbst, wie ich es gerade tue. Wir sind neben ihnen wirklich Stümper. Stümper, glaub mir.«

Er lachte leise.

»Und ich frage mich wirklich, warum ich dir das alles erzähle.«

Er füllte sein Glas noch einmal und sagte: »Ich bin fünfundsiebzig, Merlin. Fünfundsiebzig! Und ich habe gerade erst kapiert, dass ich nicht unsterblich bin. Und das stinkt mir in einem Maß, das du dir nicht mal vorstellen kannst! Tja, was soll's, so ist es eben … Ich hör schon auf mit dem Gejammer. Auf dein Wohl, Junge!«

Ich hob ihm mein noch halb volles Glas entgegen.

Auf dein Wohl, Kumpel.

Auf all die vergangenen Tage. Auf die Zukunft, die uns noch bleibt.

Auf die Gegenwart, denn das ist auf ewig die einzige Zeit, die zählt.

Die einzige, die uns unsterblich macht.

Laurent erzählte mir seine Geschichte in drei Bänden und drei Frauen. In großen Zügen natürlich, denn um fünfundsiebzig Jahre eines Lebens bis ins kleinste Detail zu erzählen, bräuchte es ebenfalls fünfundsiebzig Jahre.
 Auch wenn ich Künstler bin, bin ich doch ein Mathegenie.

Lolie war in Laurents Leben die letzte, die ultimative. Ich habe sie ankommen, sich niederlassen und wieder gehen sehen. Ich hatte einen Logenplatz in ihrem Schauspiel in drei Akten (und vielen Szenen).
 Als sie sich kennenlernten, fuhr sie schon seit fünf Jahren Taxi, bei Tag, bei Nacht, an Wochenenden und Feiertagen, nachdem sie jahrelang hinter der Theke des Cafés ihres Vaters gestanden hatte, um für griesgrämige Kunden und Lottospieler, die nie gewannen, Gläser zu spülen. Sie liebte Laurent so sehr, wie eine verliebte Frau nur lieben kann. Sie wird ihn immer lieben, und das beruhte auf Gegenseitigkeit, aber da war der Alkohol. Die verfluchte Abhängigkeit, diese eifersüchtige Mätresse, die ihr im Leben dieses Mannes, der ihr Ein und Alles war, immer weniger Platz ließ. Lolie hielt stand, kämpfte, sie warnte Laurent, sie würde gehen, wenn er nicht aufhörte. Doch die Versprechen, die er ihr gab, waren alkohollöslich.
 Schließlich ging sie, mit dem Gefühl zu desertieren, sich des

Hochverrats schuldig zu machen, während sie doch nur das Glück gewählt hatte, und er nicht.

Monate später stellte ich ihr Genaro vor. Das Leben tat das übrige.

Vor Lolie hatte Laurent mit einer Caroline zusammengelebt, und Jahrhunderte früher war da Lucie gewesen, seine allererste Liebe. Er war neunzehn, sie sechzehn. Ihre Geschichte hatte nicht sehr lange gedauert und mit Ewigkeitsschwüren geendet, als die Familie des Mädchens nach Paris zog und er zur Armee musste.

»Wenn die Kraft einer Liebe an ihrer Dauer zu messen wäre, dann hätten Romeo und Julia keinen Ruhm erlangt. Ich war damals zu jung, um zu verstehen, wie viel Lucie mir bedeutete. Das habe ich erst Jahre später begriffen ...«

Nach der Armee, die er mit einem Lkw-Führerschein und einer Einführung in den Alkoholismus wieder verließ, war Laurent Lastwagen gefahren, hatte auf Märkten Schuhe und Badeanzüge verkauft, in Toulouse als Kellner gearbeitet und in den Alpen als Ziegenhirte.

»Und dann habe ich einen großartigen Mann kennengelernt, Herrn Tonnet, der mich als Lehrling genommen hat, obwohl ich schon über sechsundzwanzig war, und so bin ich Tischler geworden, wie er. Über tausend Umwege, die ich dir erspare, weil ich dir schon davon erzählt habe, habe ich schließlich angefangen, vietnamesisches Kunsthandwerk zu importieren. Auf einer meiner Reisen habe ich Caroline kennengelernt. Wir haben uns verliebt. Sie hat sehr schnell von Heiraten und Familie gesprochen. Sie wollte, dass ich ihr ein Kind mache, und mich versetzte das in Angst und Schrecken, ich fand mich zu jung. Das war ich auch. Zu unreif, vor allem. Mit Lolie hätte ich es vielleicht schaffen können, auch wenn ich da schon älter war als du heute. Ich habe darüber nachgedacht, weißt du. Ich glaube, ich war nah dran. Irgendwann kommt der Moment, in dem man das, was man sein Leben lang verweigert hat, schließlich gern machen würde. Sich verlieben, den Job wechseln, Proust lesen, in einem Zelt leben, ein Motorrad kaufen, ein Kind zeugen, dass man nicht wird groß werden sehen. Ich bin mir sicher, dass du mich verstehst. Es kommt oft spät, oft sogar zu spät. Nur war es für mich zwar zu spät, aber immer noch zu früh, verstehst du. Ich glaube, vielleicht hätte ich in ein oder zwei Jahren ein guter Vater werden können, wenn ich nicht schon so alt wäre und eine Frau an meiner Seite hätte, die mich liebt. Im *Was wäre wenn*-Spiel hatte ich schon immer zwei Längen Vorsprung vor allen anderen, siehst du. Ich bin Weltmeister im *Ich hätte können, hätte sollen* … Für Caroline war alles immer einfach: Ich würde ihr ein Baby machen, ich würde bei der Geburt dabei sein und ihr die Hand halten. Das war vor vierzig Jahren, damals war das noch nicht üblich. Aber allein das, diese Riesenhürde: Bei der ›Entbindung‹ dabei zu sein, zuzusehen, wie dieser Alien aus dem Körper meiner Freundin herauskam, und nicht irgendwo heraus, sondern aus dem geheimen Garten, zu dem nur ich Zugang hatte, das erschien mir unerträglich. Sie zeigte mir Fotos von Geburten, damit ich mich entspannte. Mir wurde davon schlecht.«

Vor lauter Ausflüchten, nicht gehaltenen Versprechen und Alkohol, damals schon, war das ersehnte Kind schließlich ohne ihn zustande gekommen, mit einem anderen, nachdem Türen geschlagen und Tränen geflossen waren und er eines schönen Tages, als er von der Arbeit kam, die Wohnung leer vorgefunden hatte. Ausgeräumter Schrank, geplünderte Fotoalben, willkürliche Aufteilung der gemeinsamen Erinnerungen und ein Zettel mit der lakonischen Nachricht: »Ich habe es versucht, sei mir nicht böse.«

Die Geschichte ließ Laurent immer noch nicht kalt.

»Kannst du mir vielleicht sagen, was das heißt: ›Ich habe es versucht‹? Was denn versucht, zum Teufel? Mich zu ertragen? Ohne Kind auszukommen? Mich nicht zu verlassen? Warum sind sie so genau, wenn sie uns die Meinung sagen, und so unbestimmt, wenn sie uns verlassen? Und dann dieses grandiose Finale: ›Sei mir nicht böse‹! Als wäre das möglich! Als könnte man sein Haus leer vorfinden und es dem anderen nicht übel nehmen. Und es sich selbst nicht übel nehmen, dass man so feige, so dumm war ... Wenn ich damals weniger Angst gehabt hätte, dann hätte ich heute vielleicht einen Sohn oder eine Tochter um die vierzig. Und vielleicht Enkelkinder. Jemanden, der mich im Altenheim besuchen käme, der zuschauen würde, wie mein Sarg in den Ofen geschoben wird am Tag der letzten Feuersglut. Jemanden aus der Familie, der meine Asche da unten verstreuen würde, in die Tourzelle, und dann weinend wieder gehen und sich an mich erinnern würde ...«

»Ich werde deine Asche persönlich in die Tourzelle streuen«, sagte ich. »Und ich verspreche dir, zu heulen wie ein Schlosshund, wenn ich wieder gehe, wenn ich dir damit eine Freude machen kann.«

»Ja, das hätte ich gern. Wenigstens bis zum Gartentor.«

»Gut, einverstanden, so machen wir's. Und jetzt hör auf mit dem Blödsinn. Erstens bist du nicht tot, und zweitens wird dich niemand vergessen, weder deine Freunde – es wäre nett, wenn du dich auch mal an sie erinnern würdest – noch der Rest der Welt, das wage ich in Anbetracht der Bedeutung meines Werks zu behaupten. Jim Oregon wird für immer durch die Sternenprärie wandeln, und dank ihm wirst du unsterblich sein.«

Er schaute mich an, als wäre das die reinste Offenbarung.

Dann sagte er nachdenklich: »Daran habe ich noch nie gedacht ...«

Wie hatte ich darauf gewartet, endlich den vielzitierten Band 13 in den Händen zu halten! Voller Ungeduld, ihn zu sehen, zu riechen. Ihn durchblättern zu können, ihn in mein Regal zu stellen, stolz wie ein Handwerker nach vollbrachter Arbeit.

Voller Ungeduld vor allem, ihn Prune zu zeigen, und mehr noch vielleicht, ihn Laurent zu bringen.

Aber Laurent war tot.

So war die Ungeduld abgefallen. Absolute Flaute.

Nicht, dass meine eigene Arbeit mir gleichgültig geworden wäre, aber Laurent war von Anfang an nicht nur Held der Serie, sondern auch mein bester Kritiker gewesen. Es war zur Tradition geworden, dass ich mit meinem ersten Exemplar zu ihm lief, nachdem ich es mit einer persönlichen Widmung versehen hatte, die mich mehr Arbeit kostete als das ganze Buch (ich übertreibe manchmal ein wenig, das ist Teil meines Charmes und meines Charakters).

Ich brachte ihm mein Werk, wie ein Hündchen den Ball apportiert, ganz närrisch und aufgeregt. Ich streckte innerlich den Kopf hin, um gestreichelt und gelobt zu werden.

Viele Leute haben in ihrer Umgebung ein paar unentbehrliche Menschen, deren Urteil für sie lebenswichtig ist. Einen Vater, eine Mutter, ein Kind oder einen Lehrer, dem man beweisen will, dass man etwas geschafft hat. Ein aufmerksames Ohr, Beifall klatschende Hände, ein kompromissloses Auge, das unsere Fehler und Zweifel erkennt und sanft aufzeigt, ohne darauf herumzureiten. Jemand, der es versteht, uns größer zu sehen, als wir es sind, der uns jenseits unserer tastenden Versuche erwartet. Dessen Blick uns über uns selbst hinauswachsen lässt.

Rivalität oder auch Hass können einen antreiben, oder man arbeitet, um zu beweisen, dass man etwas wert ist. Wahrscheinlich ist jede Triebfeder gut, solange sie uns voranbringt. Aber ich arbeite lieber aus Liebe. Wenn meine Alben erscheinen, bin ich glücklich zu wissen, dass sich fünfzig Millionen Fans – mindestens – vor den Absperrungen der Comic-Messen in Angoulême oder anderswo drängen werden.

Aber das schönste, das unerlässlichste Lob kam immer von Laurent.

Es äußerte sich in Gestalt von zustimmendem Nicken, von unvergesslichen, hingenuschelten Sätzen.

»Das ist starker Tobak, alter Freund!«

Laurent verkörperte für mich eine Idee von Freiheit, von Verwegenheit. Er war mir ein geistiger Vater geworden. Ein Vater, den ich spät bekommen hatte.

Und der alte Jimmy Bear, sein Papierklon, der seit Jahren durch die Prärie und die Canyons von Backwater bis Morons' Lair zog, war kein bloßer Avatar. Er war Laurents Essenz, aus meiner Sicht, eine verwegene Materialisierung der Freundschaft, die uns verband. Indem ich Jim erschuf, hatte ich der ganzen Welt (und dem Rest des Universums) die Möglichkeit gegeben, Laurent kennenzulernen, diesen Einsiedler und Lebemann, diesen philosophierenden Bacchus.

Aber nicht nur das. Jim Oregon hatte meine Gene, er war

Teil von mir, ich hatte ihm Jahre der Arbeit gewidmet, er verdankte mir sein Leben und finanzierte meines.

Nie wieder würde ich Laurent beim Umblättern auflachen hören, ich würde ihn nicht mehr nicken, bei einem Panel innehalten, spöttisch und stolz zu mir aufblicken sehen und sagen hören: »Verflucht, wie schaffst du das, so zu zeichnen?«

Ich hatte zugleich meinen engsten Freund, den Haupthelden meines ganzen Universums und meinen Fan der ersten Stunde verloren. Der Verlust würde schwer zu verdauen sein. Und ich akzeptierte ihn nicht.

Ein Held stirbt nicht vor der Zeit, das geht einfach nicht.

Ohne das Einverständnis seines Schöpfers zu verschwinden, ist streng verboten. Das Gegenteil ist schon vorgekommen, ein Schöpfer, der stirbt und seinen Helden zurücklässt – der dann manchmal von anderen übernommen wird, was mehr oder weniger gut gehen kann, wie bei einem Kind, das in eine Pflegefamilie kommt. Aber das ist das Gesetz des Lebens seit dem Anbeginn der Zeit: Die Eltern müssen sterben, bevor das Kind stirbt.

Ein Held, der ging, der sich einfach empfahl, ohne um Erlaubnis gefragt zu haben – das war unerträglich. Es öffnete allen Ängsten Tür und Tor. Ich würde nie wieder die Kontrolle über irgendetwas haben. Und wenn Prune auch …? Nein, daran auch nur einen Augenblick zu denken, war zu schmerzhaft. Ich musste arbeiten, und zwar schnell.

Arbeiten hilft zu vergessen.

Vergessen lässt einen glauben, dass es besser geht.

Drei Tage später kam Prune genau in dem gesegneten Augenblick in mein Atelier, in dem ich letzte Hand an die Farben eines schillernden Mauerläufers legte *(Tichodroma muraria, Ordnung der Sperlingsvögel, Familie der Kleiberartigen / Ill.: Merlin Deschamps)*, der mir eine Menge Arbeit abverlangt hatte. Die getreue Wiedergabe seiner Pracht war mir nicht schlecht gelungen, von den scharlachroten Flecken bis zu den großen weißen Punkten, die zart auf dem offenen Fächer seiner schiefergrauen Flügel hingetupft waren.

Prune hat es sich zur Gewohnheit gemacht, die Post aus dem Briefkasten zu holen. Das ist so rituell geworden, dass ich nicht einmal mehr zum Briefkasten gehe, wenn sie mal nicht da ist.

Sie legte einen Umschlag auf den Zeichentisch, nah an die Kante und so vorsichtig, dass ich aufblickte, was ich selten tue, wenn ich bei der Arbeit bin.

Sie war ganz blass. »Ein Brief von Laurent«, sagte sie.

Sein Name stand auf der Rückseite und war, wie meine Adresse, in einer Schrift geschrieben, die ich nicht wiedererkannte.

»Die Briefträgerin hatte auch ein Paket dabei. Ich glaube, es ist *Jenny Pearl*.«

Ich sah den Brief an. Ich war zugleich ungeduldig und ängstlich, ihn zu öffnen.

»Soll ich dich allein lassen?«, fragte Prune.
»Nein, nicht nötig«, sagte ich.
»Doch, ich glaube, es ist besser. Wie wär's mit einer heißen Schokolade?«
Prune weiß immer, was zu tun ist, und sie versteht es, es im richtigen Moment zu tun.

Ich ließ mich auf das alte Sofa in der Ecke fallen. Das Herz plötzlich abgebremst, die Hände etwas zitternd.
Ich öffnete den Umschlag.
Darin war ein zweiter Umschlag, auf dem mein Vorname stand, diesmal von Laurents Hand geschrieben, dazu eine Visitenkarte aus Büttenpapier, 100 % Hadern, von *Boyd, ò Ragallaigh, Mc Dónaill & Co – unabhängige Whisky-Händler – Bordeaux – Paris – Islay – Cork – London*, darauf in derselben Handschrift, die ich aus gutem Grund nicht wiedererkannt hatte:

Da ich auf Geschäftsreise war, habe ich die traurige Nachricht gerade erst erfahren, deshalb erreicht dieser Brief Sie so spät. Ich erwarte Sie, wann immer es Ihnen recht ist. Rufen Sie mich an.
Mit besten Grüßen
Gordon Boyd

Mein lieber Merlin,

Wenn Du diesen Brief liest, wird es für mich schlecht aussehen. Ich habe viel darüber nachgedacht, was Du vor ein paar Tagen über Jim Oregon und meine Unsterblichkeit gesagt hast. Ich habe umso mehr darüber nachgedacht, als mich, wie ich Dir sagte, der Gedanke an meinen Tod seit einer Weile auf Schritt und Tritt verfolgt, was mir noch nie passiert ist. Der Hexenschuss hat damit nichts zu tun, Du kannst Dir Deine Sarkasmen sparen. Ich ertappe mich immer öfter dabei, an meinen Vater zurückzudenken, der sich kurz vor seinem Tod in den Kopf gesetzt hat, den Stammbaum der ganzen Familie zu erstellen, und an meine Großmutter, die knapp zwei Wochen, nachdem sie damit fertig war, ihre »Papiere in Ordnung zu bringen«, gestorben ist.
Ich will nicht unken, und im übrigen sagt ja auch der Volksmund, aus dem auf dreißig Dummheiten eine Wahrheit kommt, dass »sein Testament zu machen noch niemanden umgebracht hat«.
Dagegen bin ich immer mehr davon überzeugt, dass der Körper, der Geist oder die Seele – auf welcher Seite stehst Du, Genosse? – manchmal versuchen, uns zu verstehen zu geben, dass es an der Zeit ist, den Saustall unseres Lebens aufzuräumen.

Das alles ist kein unbeholfener Versuch Dir mitzuteilen, dass ich irgendeine fiese Krankheit habe, ich habe Dir kein ärztliches Gutachten zu übermitteln, keine Sorge. Es geht mir gut. Jedenfalls glaube ich das, was aufs Gleiche hinausläuft. Aber es wird mir endlich bewusst, dass das nicht immer so weitergehen wird, auch wenn es noch zehn oder fünfzehn Jahre dauern mag.
Solange ich noch einigermaßen klar im Kopf bin, möchte ich Dir meinen letzten Willen mitteilen. Man kann nicht wissen, ob ich dazu in der Lage sein werde, wenn es einmal so weit ist. Aber nun reicht es mit dieser langen, schwerfälligen Vorrede. Ich muss Dir eine Macht zugestehen, die ich nicht habe und die nur wenige Menschen besitzen: Du trägst Deinen Namen zu Recht, Merlin, Du kannst das Leben der Menschen ändern. Ich habe es Dir nie wirklich gesagt, aber Du hast mein Leben verzaubert. Ich habe es geliebt, mir dabei zuzusehen, wie ich durch die Straßen von Backwater ging, wie ich auf den riesigen Bahnsteigen von Leaving Station die Führung der interstellaren Konvois in Richtung der Straflager von Oblivion, der Bergwerke von Eternal Fog oder der Felder von Afield-Field übernahm. Ich habe das Kräftemessen mit Jesse Rube Barnes und Fatty Bill genossen, diesen verdammten Halunken von Morons' Lair. Meine denkwürdigen Besäufnisse mit Burt Jackal Smith, John Drunkard und Perry Wayne in Phoebes Saloon. (Was für ein tolles Luder, diese Phoebe! Sag ihr, dass sie mir fehlen wird, wenn ich nicht mehr da sein werde.) Ich würde gern für immer durch die Blue Lane, Main Street, Los Children Path, die breiten Boulevards von Newland und Heaven wandern können, und durch all Deine trostlosen Canyons, Deine fruchtbaren Weiden voller schwarzer Bisons, durch diese schroffen, schönen Berge, die Wildbäche und die Wälder, die Du so großartig zeichnest. Ich würde gern für die Ewigkeit, die mir

bleibt, am Steuer meines immer klapprigeren alten Lizards durchs All rasen.

Ich habe dieses zusätzliche Leben geliebt, das Du mir geschenkt hast, diese Gabe der Allgegenwart, die es mir erlaubt hat, von einem Leben ins andere zu wechseln, ohne aus meinem Sessel aufzustehen. Du hast aus mir einen Helden gemacht – das zu erleben, ist nur wenigen Menschen vergönnt.

Mein Leben als Laurent wird mir nicht besonders fehlen, ich glaube, das habe ich ausgeschöpft. Das Leben als Jim Oregon aufgeben zu müssen, macht mir dagegen wirklich etwas aus, muss ich gestehen. Und auch wenn Jim noch Jahre nach mir weiterleben sollte, auch wenn Du Lust hättest, das Abenteuer fortzusetzen, sofern Du nicht genug davon bekämst, meine alte Visage zu zeichnen, wird das alles doch eines Tages enden, da Du selbst enden wirst.

Jede Geschichte endet mit einem Schlusspunkt. Und ich möchte gerne sicher sein, dass Du ihn setzen wirst. Ich will nicht wie ein Gespenst zwischen zwei Leben stecken bleiben. Ich möchte auch nicht, dass Dein eigenes Ende – es möge noch fern sein – Dich mitten bei der Arbeit überrascht und die Geschichte deshalb unvollendet bleibt, oder dass sie gar von irgendeinem Ignoranten weitergeführt wird, der keine Ahnung von schottischem Whisky hat.

Also bitte ich Dich hiermit feierlich, mein Testamentsvollstrecker zu sein. Ich hoffe, Du würdigst die Ironie der Sache. Du allein wirst über die Stunde, den Ort, die Umstände entscheiden, in aller Freiheit und Unabhängigkeit, da Du ja mein Schöpfer bist. Aber welches auch mein Ende sein wird, erfinde mir einen schönen Tod, streng Dich an, wenn es an meine letzten Worte geht, und leg mir keinen saublöden Spruch in den Mund, wie Du es manchmal zu tun pflegst.

Vor allem möchte ich Dich um eins bitten, Merlin, und das ist der wahre Gegenstand meines Briefes, also lass es Dir nicht einfallen, Dich über mich lustig zu machen.

Ich möchte, dass Jim in seinem Leben das hinkriegt, was ich in meinem verbockt habe: dass es irgendwo in Deinen erfundenen Welten eine liebende Frau gibt, die um ihn weinen wird. Bevor er ganz allein irgendwo verreckt oder abgeknallt wird, möchte ich, dass Du Jim einer Frau begegnen lässt. Einer, die bis zum Schluss bei ihm bleibt. Und schön soll sie bitte sein, wenn das nicht zu viel verlangt ist. Ich bin mir sicher, dass Du das sehr gut machen wirst.

Das ist die Art von Gefallen, um die man einen Freund bitten kann. Im übrigen wirst Du Dich in diesem Zusammenhang erinnern, dass Du Prune durch mich kennengelernt hast …
Ich überlasse Dich Deinem Gewissen. Du wirst darauf eingehen oder nicht, Du wirst machen, was Du willst. Da, wo ich sein werde, »wenn Du diesen Brief liest«, wird das alles sowieso keine große Rolle mehr spielen. Wie Du Dich auch entscheiden magst, ich werde in Gesellschaft meines Alter Egos, des guten alten Jimmy Bear, bei meiner Freundin Phoebe an der Bar sitzen, mit einer Nutte auf dem Schoß, einem Whisky im Glas und einer unschlagbaren Hand beim Poker.

Was meinen Tod betrifft: So wie ich Tante Musch kenne, gehe ich davon aus, dass sie, wenn ich vor ihr abtreten sollte (was eine große Ungerechtigkeit wäre), mit ihrem vertrottelten Neffen eine regelrechte Hausdurchsuchung durchführen wird. Die beiden kennen keine Skrupel. Ich hoffe, Du wirst ihnen zuvorkommen, auch wenn ich es kaum glaube. In meiner Schreibtischschublade liegt ein an Dich adressierter Umschlag. Er enthält meine Anweisungen für die letzten praktischen Dinge. Du kennst sie schon, aber ich sage sie Dir noch einmal: Weder Kränze noch Blumengestecke, keine kirchliche Bestattung.

Eine Einäscherung im engsten Kreis, und dann ein kräftiger Windstoß und ein paar ehrliche Freunde, die mich in die Tourzelle streuen, das ist alles, was ich will. Im selben Umschlag hinterlasse ich Dir auch etwas Geld, das die Einäscherungskosten und einen denkwürdigen Restaurantbesuch für Genaro, Lolie, Prune und Dich, mein Freund, reichlich decken sollte. Ich habe großzügig kalkuliert. Feiert meinen Abgang, und bitte, seid fröhlich. Die Toten sind nicht traurig, es gibt keinen Grund, dass die Lebenden es sein sollten.
Das bringt mich aufs Trinken – da ich Mathias kenne, habe ich schon vor einer Weile die besten Flaschen aus meinem Keller an einen sicheren Ort gebracht, abgesehen von ein paar Diamanten, deren Facetten ich in den kommenden paar Monaten oder Jahren, die mir noch bleiben, mit Dir zu würdigen hoffe.
Die hundertfünfzig Flaschen, die für Dich bestimmt sind, liegen bei Gordon Boyd, bei dem ich mich seit über zwanzig Jahren eindecke (er wird Dir seine Adresse geben). Du wirst sehen, es ist bester Stoff.
Gordon hat den Auftrag, Dir meinen Brief zu schicken, wenn es so weit sein wird.
Nutzt die Gelegenheit, auf meine posthume Gesundheit zu trinken, wenn Du ihn besuchst. Er ist ein toller Kerl, der einen Platz in einem Deiner Bände verdienen würde – es tut mir leid, dass ich nie daran gedacht habe, ihn Dir vorzustellen, und nehme mir fest vor, das bald nachzuholen.
Schenk ihm von mir eine Flasche aus Deinem Erbe. Ich weiß, dass Du die richtige Wahl treffen wirst, Du warst ja in einer guten Schule. Und Du kannst Dich sowieso kaum irren, es ist eine sehr gute Auswahl.

Sei nicht zu traurig, mich gehen zu sehen, und wenn doch, dann denke an die alte Lebensweisheit, die Du so oft aus meinem Mund gehört hast, ohne sie wegen Deines miserablen Englischniveaus je zu verstehen: »What whiskey will not cure, there is no cure for.« *Mit anderen Worten:* »*Was Whisky nicht heilen kann, kann nicht geheilt werden.*«

Ich danke Dir für alles, ich bin glücklich, Dich gekannt zu haben.
»Heile« Dich vor allen Dingen gut.
Liebe Grüße

Laurent

Ich ging in die Küche.

Prune saß mit einer Schale unglaublich schaumiger Schokolade, wie nur sie sie hinkriegt, am Tisch. Meine Portion war noch in der Schokoladenkanne, neben meiner alten Schale mit Karomuster, die fast so groß ist wie eine Suppenschüssel.

Daneben das Bücherpaket, das mein Verleger geschickt hatte.

Prune musterte mich mit zusammengekniffenen Augen. Ein Ausdruck, der ihr eigen ist, wenn sie beunruhigt ist, als würde sie mich von weitem sehen und zögern, ob sie mich wiedererkennt.

Sie strich sich mit gespreizten Fingern das Haar zurück, ein weiteres Zeichen von Nervosität.

Ich warf den Brief auf den Tisch, heftiger, als ich es wollte.

Ich öffnete das Bücherpaket, atmete tief durch und nahm vorsichtig einen Band heraus, dessen Papier noch den typischen Geruch frisch gedruckter Bücher verströmte.

Ich wusste, dass es wehtun würde.

Jim Oregon sitzt auf dem Bahnsteig von Leaving Station
auf einer Bank, die Hände gefaltet,
die Ellbogen auf den Knien, in seinen Mantel eingemummt.
Der Schatten seines Stetsons verbirgt seine Augen.

Er schaut in Richtung des ankommenden Weltraumzuges,
noch weit weg im Himmel voller Sterne.
Auf dem Boden ein Dutzend zusammengekettete Sträflinge,
darunter die schöne rothaarige Jenny Pearl.
Am Horizont wirbelt der Wind schwarzen Sand auf.
An den Wänden von Leaving Station flattern
halb abgerissene alte Plakate im Wind.
Auf einem davon eine Suchanzeige
nach Lenny »Bass Clef« Peterson,
genannt Der Sänger.

Laurent hatte dieser Umschlag sehr gefallen, er fand, er sah darauf aus wie ein müder alter Held. Er hatte die Gestaltung der Landschaft gelobt, den fast menschenleeren, windgepeitschten Weltraumbahnhof, den tintenschwarzen Himmel, in dem der interstellare Zug wirkte wie ein Blutklumpen, die dunklen Wolken des Sandsturms, die sich am Fuß der Dark Mountains zu einem wütenden Rudel zusammenballten. Er hatte die Originalseite mit jener Aufmerksamkeit betrachtet, die er meiner Arbeit immer entgegenbrachte, und gesagt: »Verrückt, man meint den Staub zu riechen ...«

Und jetzt drehte und wendete ich den Band in meinen Händen, unfähig, ihn aufzuschlagen, unfähig, mich mit all den Porträts von Jim in Großaufnahme und in Halbtotale zu konfrontieren, die Laurent gemustert, kritisiert, gewürdigt hatte.

Prune stand am Fenster, umklammerte mit einer Hand den Wollschal, den sie seit den ersten kalten Tagen nicht mehr ablegte, und las seinen Brief – ohne mich gefragt zu haben, aber sie kannte meine Antwort.

Ich schaute sie an und sah Phoebe.

Die Küche wurde zu ihrem Saloon, füllte sich mit Tischen und Stühlen. Hier die große Theke aus Holz und Messing. Darunter aufgereiht die Spucknäpfe aus Zinn. Dahinter die Regale voller Flaschen und Gläser. Der mit Sägespänen bestreute Holzboden. Das Klavier. Öllampen über den Tischen. Die Treppe, die Galerie mit den Türen zu den Zimmern der Mädchen, die man mit den Kunden lachen hört. Die Plakate an den Wänden.

Die Tür des Saloons quietscht leise
und schlägt im aufkommenden Wind.
Die Weide und die Linde draußen werden zu Kakteen,
die Gräser und Büsche zerfallen zu Sand.
Die Dark Mountains heben den Horizont an,
der helle Himmel verdunkelt sich, verliert seine Atmosphäre,
wird zu einem schwarzen See, der nichts widerspiegelt.

»Was wirst du tun?«, fragte Prune und wischte sich mit dem Handrücken über die Augen.

»Ich weiß es nicht«, antwortete ich.

Weinen vielleicht.

Ich habe noch nie unter Druck arbeiten können, ich kann es mir nicht einmal vorstellen.

Wenn ich Laurents Wunsch erfüllte – und das würde ich natürlich tun, was sonst? –, würde ich diese wesentliche Sache verlieren, die es mir seit Jahren erlaubt, von Album zu Album weiterzumachen: nie zu wissen, wo ich landen werde.

Sein Vertrauen rührte mich, aber seine Bitte machte mir Angst. Sie machte mich sogar wütend, denn verdammt noch mal, nach all den Jahren kannte Laurent mich doch!

Er wusste, wie ich jeden neuen Band angehe, mit totaler Offenheit und der verzehrenden Sorge, die zwangsläufig dazugehört. Mit der Lust, mich ins Abenteuer zu stürzen, und der Angst, nicht zu wissen, wie ich es zu Ende führen soll. Dieses Bedürfnis, die Angst vor dem Versagen im Magen zu spüren, um voranzukommen, keine Ahnung zu haben, was entstehen wird, um es Seite für Seite, Wort für Wort zu entdecken. Es ist die Ungewissheit selbst, diese Reise ohne Wegmarken, ins Blaue hinein, die mich antreibt, immer weiterzugehen und irgendwo anzukommen. Wie hatte er das vergessen und so etwas von mir verlangen können?

Laurent ließ mir keine Wahl – von jetzt an würde er meine Hand halten, meinen Stift führen, mir über die Schulter schauen.

Als er seinen Brief schrieb, hatte er wissen müssen, dass ich alles tun würde, um eine Bitte zu erfüllen, die er vorher nie in Worte gefasst hatte und die sein Tod mir verbot zu ignorieren.

Aus Freundschaft würde ich versuchen, es zu tun.

Aus Freundschaft lief ich Gefahr, mich zu verlieren und stecken zu bleiben.

Ich hatte nicht mehr die Freiheit, die Serie von jetzt auf gleich einzustellen, wenn mir danach war. Schlimmer, er gab mir die Handlung des nächsten Bandes vor, indem er mir eine Liebesgeschichte auferlegte. Für eine andere Art von Held wäre das eine simple Anekdote gewesen. Aber Jimmy Bear war ein Misanthrop, ein Einzelgänger, man nannte ihn nicht ohne Grund einen Bären. In dreizehn Bänden hatte keine Frau es geschafft, sein Interesse zu wecken.

Und das mit gutem Grund: Jim Oregon war *mein* Geschöpf. Ich hatte systematisch alle Komplikationen gemieden, alles, was mit Gefühlen, Beziehung, Familie zu tun hatte.

Ich hatte ihm ein paar ungestüme Küsse und Liebkosungen zwischen Tür und Angel zuteilwerden lassen, mit dem einen oder anderen der Mädchen, die für Phoebe arbeiteten, aber nichts Sentimentales, das war nicht sein Ding.

Ich hatte seinen Weg (und meinen) mit der Machete frei gehauen, um ihm freie Bahn zu lassen und mir die Aufgabe zu erleichtern. Jim war ein einfacher Mann, also sollte auch sein Leben einfach sein.

Ich liebte es, ihn an Bord seines Lizards zu sehen, zu allen Kämpfen und Heldentaten bereit, allein am Steuer dieses alten Raumgefährts, das Öl und Schrauben verlor.

Jim Oregon war ein Einzelgänger, so hatte ich ihn angelegt.

Ich hatte für ihn ein Leben gewählt, in dem er in kalten Nächten in seine Decke gehüllt am Lagerfeuer saß. In dem er durch ausgedörrte Wüsten, verschneite Gebirge, interstellare

Einöden zog. Sich in Saloons betrank und Poker spielte, was immer schlecht ausging.

Kein Süßholzgeraspel, keine Romanzen, keine Frau und keine Kinder. Warum nicht gleich den Großeinkauf am Wochenende? Und eine Rente zu guter Letzt?

Ich wusste nicht recht, wie ich das ändern sollte, und ich hatte keine Lust dazu. Während ich mit großen Schritten vor dem Ofen auf- und abtigerte, erklärte ich Prune meinen Standpunkt, wobei meine Stimme immer lauter und mein Ausdruck so wildentschlossen wurde, dass Zirrhose, die kurz in Betracht gezogen hatte, mir die Waden zu zerkratzen, es sich vorsichtigerweise anders überlegte und die Krallen wieder einzog.

Prune hörte mir zu, ohne einen Einwand, ohne einen Rat zu äußern.

Nachdem sie sich die verschiedenen Argumente angehört hatte, sagte sie einfach nur: »Nimm dir Zeit, darüber nachzudenken.«

Prune ist der Überzeugung, dass die Zeit unsere Verbündete ist. Sie glaubt, indem sie vergeht, richtet sie die Dinge. Dabei sollte ihr doch alles das Gegenteil beweisen, angefangen mit uns armen Menschen. Wir altern. Wir enden.

Und die Sterne sterben. Die Berge erodieren. Die Flüsse versiegen.

Aber ich kann ihr aufzählen, soviel ich will, was die Zeit alles zerstört, sie wird mir entgegenhalten, dass der Frühling wiederkehrt, dass die Bäume jedes Jahr erblühen, und dass wir einander in der Mitte unserer Leben begegnet sind.

Die Pest soll die Leute holen, die alles durch die rosarote Brille sehen.

In der folgenden Nacht schreckte ich aus dem Schlaf, ich empfand furchtbare Angst und erinnerte mich undeutlich, von Prune geträumt zu haben.

Sie schlief friedlich neben mir, die Lippen entspannt, mit diesem kleinen Schmollmund, der sie aussehen ließ, als wäre sie zwölf, wären da nicht die paar weißen Haare – dieses rührende, seltsame Gesicht zwischen zwei Welten, in dem ich manchmal das Kind erkenne, das sie einmal war, und manchmal die alte Dame, die sie vielleicht werden wird.

Ich setzte mich auf, schweißnass und mit klopfendem Herzen, unfähig zu verstehen, woher mein Schrecken kam. Und dann fiel es mir wieder ein. *Wild Oregon*.

Wenn ich die Serie einstellte, dann würde Phoebe – es sei denn, ich würde die Figur anderswo wieder aufnehmen, was ich nicht vorhatte – aufhören zu existieren. Das kam nicht infrage.

Phoebe zu erschaffen war die schönste Art, die ich hatte finden können, Prune nie zu verlassen, nie ganz von ihr getrennt zu sein, sie immer bei mir zu haben, unter meiner Feder, ob sie einverstanden war oder nicht, denn in der Liebe bin ich besitzergreifend, exklusiv.

Ich hielt mich für frei, aber ich hatte es nur geschafft, weil ich unterstützt, gehalten wurde. Getragen sogar.

Ich kam nur an der Hand meines besten Freundes und der Frau, die ich liebe, vorwärts.

Auch wenn ich loszog, um mich Wüsten, Bergen, Canyons zu stellen, gerade wenn ich mich der großen Einsamkeit des Schöpfers, der sich in seiner Schöpfung verliert, hingab (ich will niemanden daran hindern, eine Träne zu verdrücken), wenn ich nicht ansprechbar war, nicht einmal für sie, war Prune immer noch da. Meine Muse, meine Abflugrampe, mein Rettungsanker.

MINENFELD

In dem einiges begraben liegt:
ein Polizeieinsatz, ein Staatsbegräbnis,
eine Nobelpreisverleihung, ein Vorstellungsgespräch,
ein abscheulicher Mord.

Die Toten sind nicht traurig, es gibt keinen Grund,
dass die Lebenden es sein sollten.

Laurent
In *Letzter Wille*

Als Künstler hat man sicher ähnliche Sorgen wie Leute mit normalen Berufen, auch wenn unser Narzissmus uns glauben lassen möchte, dass wir doch ein bisschen einzigartiger, ein bisschen empfindlicher und viel unverstandener sind als der Rest der Menschheit.

Bedürfnis nach Anerkennung, Angst vor der Zukunft und Zweifel an unseren Fähigkeiten, das ist unser tägliches Brot.

Wenn er verstanden werden will, kann sich ein Künstler, um sein Herz auszuschütten – das heißt, ausgiebig über seine Ängste zu jammern und sich in Selbstmitleid zu ergehen –, nur an einen anderen Künstler wenden, oder an einen guten Buchhändlerfreund, an seinen Verleger, schlimmstenfalls noch an einen Drucker.

Da geht es Automechanikern, Chirurgen oder Lieferanten sicher nicht anders. Es gibt Momente, in denen einem nur die eigene Zunft ein Ohr leihen kann, das so beschaffen ist, dass es unsere Befürchtungen und Zweifel aufzunehmen vermag. Man kann nur mit anderen Simpeln fachsimpeln.

Prune kennt mich, sie liebt mich, sie unterstützt mich, und das ist schon ein großer Luxus, denn ich bin kein einfacher Mensch, aber das, worum Laurent mich in seinem Brief bat, stürzte mich in eine derart tiefe Ratlosigkeit, dass sie mir nicht würde weiterhelfen können, bei allem guten Willen und egal, wie sehr sie sich anstrengte. Aber ich musste darüber reden.

Soweit ich mich erinnere, habe ich nie das Bedürfnis verspürt, mich Alice, der künstlerischen Leiterin des Verlags Nature, anzuvertrauen. Allerdings stürzen mich Sperlinge oder Vögel anderer taxonomischer Gruppen auch selten in innere Nöte. Ebenso wenig wie Spinnenartige, Insekten und Schalentiere. Da komme ich klar. Ich liefere Federn, Schnäbel, Deckflügel, ohne dass mein seelisches Gleichgewicht davon beeinträchtigt würde. Der Grund liegt auf der Hand: Wenn ich eine Enzyklopädie illustriere, bin ich Interpret, etwa wie der Musiker im Orchestergraben oder der Sänger auf der Bühne. Ich hole das Beste aus meiner Technik und meiner Sensibilität heraus, ich setze mich voll ein, aber die Partitur, die ich ausführe, unterliegt nicht meiner Verantwortung. Die Aufgabe, die mir als wissenschaftlicher Illustrator zukommt – und sie ist nicht die Leichteste –, besteht darin, so getreu wie möglich das vollkommene Werk abzubilden, das ein anderer geschrieben hat.

Die Natur nämlich, die ihr Handwerk versteht.

Wenn ich dagegen zugleich Autor *und* Illustrator bin, macht das die Sache schwieriger. Ich werde von Zweifelskrisen befallen, von Angstschüben, vom drängenden Gefühl eines potenziellen Scheiterns, von der Panik, nie, nie zum Ende zu kommen.

Ich gehe allen auf die Nerven, angefangen mit Prune. Ich jammere und winsele wie ein geprügelter alter Hund, ich klage über meine Schwächen, die mich ganz sicher daran hindern werden, bis zum Schlusspunkt zu gelangen. Oder wenn ich es wider Erwarten doch schaffen sollte, das Buch zu vollenden, dann wird bestimmt nur ein mittelmäßiges Machwerk dabei herauskommen, über dem die Leser einschlafen werden. Denn ich bin ein Scharlatan, ich habe keinerlei Talent, ich bin ganz sicher nur durch Zufall veröffentlicht worden.

An dem Tag, an dem Philippe, der Verleger von *Wild Oregon*, endlich begreift, dass ich ein Hochstapler bin, wird er aufhören, mich zu verlegen, und ich werde mich umbringen, indem ich mein Tusche austrinke.

Kurz, ich geißele mich ohne jede Scham zehnmal pro Tag, ich beklage meine Grenzen, ich schlage mich an die Brust und streue mir Asche aufs Haupt, und das Einzige, was mich beruhigt, ist, dass meine Kollegen und Kolleginnen – abgesehen von ein paar Angebern – alle vom gleichen Übel befallen zu sein scheinen wie ich.

Als ich mich während der Arbeit an einem meiner vorigen Alben wieder mal fühlte wie ein nichtswürdiger Wurm, hatte Laurent mir eine Anekdote erzählt, die im Depressionsfall nützlich sein kann: Am Vorabend einer Premiere hatte einmal eine junge Schauspielerin Sarah Bernhardt erklärt, sie kenne kein Lampenfieber. Worauf Sarah Bernhardt ihr antwortete: »Keine Sorge, das wird mit dem Talent noch kommen.«

Ich hatte Laurent für diesen schönen Spruch gedankt und weiter versucht, meine Ängste zu bezähmen, sie an der Leine zu halten.

Aber jetzt ... nichts zu machen.

Ich könnte Philippe anrufen, er ist seit neunzehn Jahren mein Verleger. Aber was sollte ich ihm sagen?

»Hallo, Philippe, ich wollte dir Bescheid sagen, dass ich infolge des Todes meines Freundes Laurent, der mich zu der Figur von Jim inspiriert hat, mit *Wild* aufhören werde. Aber vorher muss ich Jim verheiraten. Ich habe keine Wahl, das steht in seinem Testament.«

Ich hörte schon seine Antwort: »Du spinnst wohl! Bist du krank?«

Philippe und ich pflegen kein klassisches Autor-Verleger-Verhältnis.

Nicht nur, dass er mich nie mit dem Strich streichelt, er hat auch die unangenehme Neigung, mich zum Teufel zu schicken, wenn ich in einer Krise stecke. Ich bin mir sicher, dass er mich mag. Nur gehört er zu der Art von Leuten, die genetisch mit Legionären verwandt sind und (fälschlicherweise) annehmen, dass man seine Truppen dazu bringt, schneller und länger zu marschieren, wenn man sie anbrüllt.

Der Verleger im Kampfanzug überwacht
von seiner Befehlsstelle aus durchs Fernglas
den schwierigen Vormarsch des Manuskripts.
Bäuchlings im Schlamm robbt
inmitten eines Minenfeldes (aus Bleistiftminen)
der Künstler (ich) durch die Ruinen seines Ruhmes,
um zu retten, was ihm an Inspiration bleibt.
Der Verleger brüllt in sein Walkie-Talkie:
»Tyrann an Gammler! Tyrann an Gammler!
Wie weit sind Sie? Kommen Sie voran?
Wie weit sind Sie, verdammt? Geben Sie Ihre Position durch!
Kommen Sie voran, verflucht noch mal? Over!«

»Ja, ja, ich komme voran, kein Problem, keine Sorge.«

»Ah, umso besser, bestens. Bis wann meinst du, dass du mir etwas schicken kannst?«

»Ääääh …«

»Weil ich dich nämlich für nächsten Herbst eingeplant habe. Das hatte ich dir doch gesagt, oder? Aber gut, du hast ja Zeit, noch drei Monate.«

»Aaargh ...«

»Was sagst du? Ich kann dich nicht hören!«

»Nein, nichts, ich sagte nur ›super‹. Entschuldige, ich muss auflegen, ich geh ins Bad kotzen.«

Nein, Philippe war nicht die richtige Schulter, um mich auszuweinen. Ich brauchte ein zweites Ich zum Reden.

Luc! Das war eine gute Idee. Wir sind im gleichen Alter, waren oft auf denselben Galeerenbänken angekettet, auf kleinen Buchfestivals, die keine Chance haben, in den Michelinführer aufgenommen zu werden. Wir sind beide bei guten Verlagen (was der Umstand, dass sie uns veröffentlichen, beweist). Luc ist der Autor von zwei erfolgreichen Serien, *Die Junta* und *Kormoran*, die ihn reich gemacht haben, denn er hat in seiner Wohnung Warmwasser.

Luc würde mich verstehen, da war ich mir sicher. Er wusste so gut wie ich, was es bedeutet, einen Helden lieb zu gewinnen, er wusste, wie stark man mit den Figuren verbunden ist und wie weh es tut, wenn man sich von ihnen trennen muss.

Wenn er Kormoran töten müsste, würde er daran sterben, oder zumindest fast.

Ich würde ihm alles erklären. Ich würde ihm sagen, dass ich mich fühle (ich weiß, es klingt unverhältnismäßig) wie ein Flüchtling ohne Zufluchtsort, allein und nackt in der Nacht, vor einem geschlossenen Grenzschlagbaum.

»Schläfst du nicht?«, murmelte Prune.

Sie zog mich langsam zu sich herab, damit ich mich wieder hinlegte, und schmiegte sich zärtlich an mich.

Dem Autor ging es schlecht, aber dem Geliebten ging es gut.

Ich versuchte also, Luc anzurufen, doch vergeblich. Ich musste meine Tränen herunterschlucken. Ich würde mich anderswo bedauern lassen müssen: Dieser Idiot war gerade für vier Monate nach Australien abgereist, auf Einladung irgendeines Schriftstellerhauses.

Ein tolle Sache – ich höre von so was immer nur, wenn es zu spät ist oder wenn ich Grippe habe oder ein Gipsbein. Seine Lebensgefährtin Marja, eine sehr charmante Kroatin, verkündete mir die freudige Nachricht.

Ich sagte ihr, dass ich Luc hasste und ihn zur Hölle wünschte. Ich setzte sie davon in Kenntnis, dass ich auf der Stelle alle Fotos von Luc verhexen würde, die in meinen Alben klebten, ich würde sie mit Nadeln spicken, die ich vorher in Wildkatzenspucke tunken würde. Sie versprach ungerührt, es auszurichten.

Weil das Telefon noch warm war, ließ ich mich beinahe dazu hinreißen, doch Philippe anzurufen.

Aber dann loderte etwas Stolz in mir auf, und ich sagte mir, ich könnte nicht von der Welt erwarten, meine Probleme an meiner Stelle zu lösen, und mit meinen bald achtundfünfzig Jahren – auch wenn man sie mir nicht ansieht – müsste ich es doch schaffen, aus eigener Kraft zu überleben.

Zirrhose beobachtete mich vorsichtig – rätselhafte kleine Sphinx, vertrauter kleiner Teufel.

Ich hockte mich hin, rief sie leise und klopfte mit den Fingerspitzen leicht auf den Boden, wie Laurent es immer getan hatte: »Ttss-ttss! Komm her, Mistvieh! Komm her, Dreckstück!« Ihr eines Ohr erzitterte, sie blickte mich etwas nachdenklich an. Dann stand sie zu meiner großen Überraschung auf, machte drei zögernde Schritte in meine Richtung, dann noch drei. Sie ließ sich schwer auf die Seite plumpsen, rollte auf den Rücken und bot mir lasziv das weiche schwarze Fell ihres Bauches dar, die acht Zitzen brav aufgereiht wie die Knöpfe einer Offiziersjacke.

Ich wagte es, sie vorsichtig zu streicheln. Sie zuckte leicht, gab ein vertrauensvolles Gurren von sich, das vielversprechend klang, sie schloss ihre schönen grünen Augen. Ich wurde kühner.

Kurz darauf war meine rechte Hand völlig zerfetzt.

Ich kannte Laurents Brief auswendig, ich hätte ihn aufsagen können, ohne ein Komma auszulassen, oder fast. Aber das half mir auch nicht weiter.

Was sollte ich mit meinem alten Jim anfangen? Was für eine Liebesgeschichte konnte ich für ihn erdichten? Und wie sollte ich diese Saga beenden, die schon dreizehn Bände füllte? In welchem Moment sollte ich sie abschließen, auf welche Weise? Durch einen gewaltsamen Tod aus heiterem Himmel? Einen Racheakt?

Ich hatte das Gefühl, seinen Mord zu planen wie ein Auftragskiller.

Aufträge hatte ich noch nie gemocht. Sie lähmen mich, nichts fällt mir mehr ein.

Mein Verbrechen kam im Strafrecht nicht vor. Aber es war trotzdem eines.

Ich würde ein Delikt begehen, das noch nicht in den Annalen stand, ich würde der erste Comicserienautor sein, der alle seine Helden abmurkste. Ich würde mich des Totschlags schuldig machen. Und sogar des Mordes, denn die Tat würde vorsätzlich geschehen.

Meine Opfer würden zahllos sein, ein Riesengemetzel, denn abgesehen von dem Freund, den ich exekutieren würde, abgesehen von Phoebe, allen Nebenfiguren und Statisten, würden bald auch Millionen[7] von Lesern Trauer tragen.

Ganz zu schweigen von meinem Verleger, der kein Wort mehr mit mir reden würde.

---

[7] Der genauen Zahlen bin ich mir nicht sicher.

Du allein wirst über die Stunde, den Ort, die Umstände entscheiden ...

Diesen biblischen Satz hatte ich mir an die Wand gepinnt.

Laurent, als Moses verkleidet,
hält dem Künstler (mir) die Gesetzestafeln entgegen,
mit Krümeln und Wurstpellen übersät
wie ein Picknicktisch.
Darauf steht in Feuerlettern zu lesen:
»Du allein wirst entscheiden.«

Na toll.

Ich fühlte mich etwa so frei wie eine Raupe, die zur Strafe in ihrem Seidenkokon eingesperrt ist. Das hatte ich am Abend zu Prune gesagt. Sie zerzauste mir das Haar – etwa so, wie man seinen Pudel streichelt – und antwortete mir unbekümmert: »Ein Kokon, das ist doch sehr gut! Du wirst dich als wunderschöner Schmetterling entpuppen, das spüre ich.«

Mit anderen Worten, ich werde nach mehrwöchiger Gefangenschaft für zwei oder drei Tage meine Flügel entfalten und eine Schau abziehen können, bis mich der erstbeste dahergeflogene Bienenfresser schnappt *(Merops apiaster, Ordnung der*

Rackenvögel, Familie der Bienenfresser / Ill.: Merlin Deschamps), übrigens einer der schönsten Vögel Europas, einer meiner Lieblinge.

Das war also die Zukunft, die meine Liebste für mich vorsah? Dass ich mich in mein Atelier zurückzog, bis ich eine Lösung für mein kniffliges Problem gefunden hatte und dann tage- und wochenlang daran arbeitete, um den staunenden Augen der Welt endlich einen letzten *Wild*-Band präsentieren zu können, dessen Schlusspunkt mein Todesurteil sein würde?

Denn je länger ich darüber nachdachte, desto mehr war ich davon überzeugt, dass das Ende von *Wild Oregon* auch meines sein würde.

So wie es Menschen gibt, die nur eine einzige Liebe erleben, war ich der Autor eines einzigen Helden.

Bevor ich schlafen ging, nahm ich mir die Zeit, mir den Comic-Nobelpreis zu verleihen. Ich hatte ihn seit mindestens einem halben Jahr nicht mehr erhalten. Das ist eine für das Selbstwertgefühl sehr nützliche Übung. Lange habe ich sie vor dem Spiegel ausgeführt, aber das ist nicht zwingend nötig, auch wenn ich es allen Anfängern empfehle.

Ich habe es inzwischen zu solcher Meisterschaft gebracht, dass ich es fast überall machen kann, beim Autofahren, im Garten oder sogar im Badezimmer, wie in diesem Fall gerade.

Ich fing damit an, im Blitzlichtgewitter die drängenden Fragen einiger Reporter zu beantworten. Da ich trotz meines Erfolgs sehr bescheiden geblieben bin, überließ ich es dem Jurypräsidenten, die zahlreichen Preise und Auszeichnungen aufzuzählen, die ich im Verlauf meiner ruhmreichen Karriere bereits erhalten habe. Dann ergriff ich das Wort.

Auch wenn ich diese Preisverleihung immer wieder neu ausgestalte, fange ich doch oft mit dem von vielen Künstlern tausendfach variierten Grundthema der Danksagung an – »Ich danke meiner ganzen Familie, ohne die ich niemals ...«

Das ist ein schöner, rührender Moment, der es mir erlaubt, meine einfache Kindheit zu schildern: meine Eltern, die sich abrackerten, um uns durchzubringen. Meine Mutter, Präzisionswachstuchbeschichterin für Meterware, und mein Vater, Schuppentierscherer im Tierpark, mein Bruder, Scharfschütze beim Schützenfest, meine Schwester, Spezialistin für Schlamasselproduktion. Und ich, der junge Träumer, der mit seinen Filzstiften Kopien von Renoir oder El Greco auf die Rückseite der unbezahlten Rechnungen und Pfändungsbescheide kritzelte. Ein kleiner Stabilo-Mozart.

Ich erzählte von den Sonntagen im Kreis der Familie, an denen wir alle zusammen an den Montag dachten.

Von meinen Hausaufgaben auf dem Wachstischtuch – sorgfältig gewachst von meiner Mutter. Von den Comics, die ich Seite für Seite in der Buchhandlung um die Ecke klaute, mit Hilfe eines rostigen Cutters, den ich immer in der Tasche hatte. Von meiner Jugend, die geprägt blieb von diesen Fetzen von Erzählungen, deren Ende ich nie erfuhr, denn entweder verkaufte der Buchhändler – wenn er nichts gemerkt hatte – das Album, das ich um ein paar Seiten erleichtert hatte, oder er bemerkte den Schaden und schickte das Album im Glauben, es handle sich um einen Fehldruck, an den Verlag zurück, der allerdings nicht so verständnisvoll war, es ihm abzunehmen.

Und vielleicht – so improvisierte ich vor dem faszinierten Publikum –, ja, wenn ich es recht bedachte, verdankte ich es diesen Diebereien, dass ich später selbst begann, Geschichten zu erfinden, die ich zu Ende lesen konnte.

Schamhaft fuhr ich mit meiner trostlosen Jugend fort, in einem Stadtviertel, das wenig Anlass zum Träumen gab, mit seinen Gemischtwarenläden, seinen verqualmten Cafés, seiner ewig dem Bankrott nahen Buchhandlung.

Ich sprach sehr schön, wie ich fand.

Vor allem, als ich von der Geburt von Jim Oregon und dieser Serie erzählte, die, das musste gesagt werden, die neunte Kunst revolutioniert hatte. Von dem Held, der aus achtlos in mein Notizbuch gekritzelten Skizzen geboren war, nachdem ich diesen Nachbarn kennengelernt hatte, der mein Freund, mein geistiger Vater und mein hochverdienter Lehrer in Sachen Whisky werden sollte.

Ich erzählte, was für ein großartiger Mensch mein alter Freund Laurent im wirklichen Leben war, und im Saal wurde es andächtig still. Und schließlich erklärte ich die wahren Gründe, die mich dazu gebracht hatten, eine weltweit bekannte Serie – zumindest in der frankophonen Welt – zu beenden, auf die Gefahr hin, nur noch von den bescheidenen Einkünften aus meiner Illustratorentätigkeit leben zu müssen. Die Einhaltung des gegebenen Versprechens und die glänzende Hommage in Gestalt eines Schlusspunkts, unter Missachtung meines Lebensstandards.

Hier und da hörte ich ersticktes Schluchzen, und als ich verstummte, stand das zu Tränen gerührte Publikum geschlossen auf und skandierte unter ergreifenden Standing Ovations meinen Namen.

Ich dankte mit ein paar tief empfundenen und gut gewählten Worten.

»Alles in Ordnung, mein Schmierenkomödiant?«, fragte Prune, als sie an der Badezimmertür vorbeiging.

Verflucht.
Ich hatte schon wieder laut geredet.

Morgens um halb sechs klingelte das Telefon.

Fußtritte von Prune, eiliger Rückzug in die Küche, Pulli und Unterhose angezogen, Feuer im Ofen, Kaffee, (gescheiterter) Kratzangriff von Zirrhose, während ich mich mit Onkel Albert unterhielt. Es war schon Routine.

Onkel Albert fragte mich wie gewohnt, ob er mich nicht störe. Ich verneinte, was nicht einmal gelogen war. Dank ihm begann ich, das Aufstehen im Morgengrauen zu schätzen, wegen der sehr produktiven Arbeitsstunden, die manchmal darauf folgten.

»Umso besser, umso besser«, meinte Onkel Albert. »Ich hatte befürchtet, dass du vielleicht noch beim Angeln wärst.«

»Ich komme gerade zurück«, sagte ich.

»Ah! Sehr gut! Und? Hast du einen guten Fang gemacht?«

»Zwei Wolfsbarsche, ein Neunauge und ein kleiner Schwertfisch.«

»Beachtlich!«, sagte der Onkel, der offensichtlich keinen Unterschied machte zwischen Süßwasser- und Meeresfischen.

Dann senkte er die Stimme und fragte mich, ob wir frei reden könnten.

Er hat es sich, seit er mit dem KGB zusammenlebt, so sehr abgewöhnt zu sagen, was er denkt, dass er sich nicht einmal mehr vorstellen kann, angstfrei zu sprechen.

»Prune schläft noch«, sagte ich.

»Oh, das ist mir aber unangenehm! Ich hoffe, ich habe sie nicht geweckt? Das täte mir furchtbar leid.«

Ich sagte Onkel Albert, Prunes Schlaf sei erdbebenfest, und nichts könne sie aus ihm herausreißen, wenn sie es nicht selbst beschlossen hatte.

»Da bin ich aber beruhigt. Gut. Also ... Ich rufe dich an, weil ich ein paar Sorgen habe, es tut mir leid, dich damit belästigen zu müssen.«

»Ich bitte dich, Albert. Ich höre.«

»Danke. Verstehst du, ich weiß nicht recht, wie ich dir die Lage erklären soll, ich fürchte, du wirst mich verurteilen und schockiert sein.«

Da Onkel Albert und ich allgemein und insbesondere in Fragen des Anstands nicht ganz die gleiche Werteskala teilen, hatte ich keine allzu großen Sorgen bezüglich des Schocks, den er mir bereiten könnte.

»Ich weiß nicht, wie ich es dir sagen soll ... Also ... Ich habe beschlossen, mich von Tante Musch zu trennen.«

Mir blieb die Spucke weg. Ich zögerte noch, ob ich ihn bedauern oder beglückwünschen sollte, als er fortfuhr: »Jahrelang habe ich mir gesagt, ich müsse einfach akzeptieren, dass diese Ehe gescheitert ist, dass es zu spät ist, etwas zu ändern an unserem Leben, dass wir bis zum Ende zusammen vor den Pflug gespannt bleiben würden.«

»Es ist nie zu spät«, sagte ich.

»Genau, Merlin, und das Leben beweist es mir gerade.«

»Oho! Hast du vielleicht jemanden kennengelernt, du alter Casanova?«, fragte ich lachend.

Das war mir einfach so herausgerutscht. Ein kleiner Witz.

Doch Onkel Albert antwortete, ohne sich an meinem unverschämten Ton zu stoßen: »Ja, so überraschend es auch erscheinen mag, ich habe kürzlich eine reizende Frau kennengelernt, mit der ich mich wunderbar verstehe.«

Er hüstelte etwas, ehe er fortfuhr: »Wir haben tausend Gemeinsamkeiten. Und wir passen perfekt zusammen, was unser Alter angeht, ein zusätzlicher Vorteil, wenn man wie ich auf die vierundneunzig zugeht.«

Da ich wusste, dass Tante Musch dreiundachtzig war, musste die Herzensbrecherin blutjung sein, vielleicht gerade mal siebzig, wenn nicht noch jünger. Ich fragte den Onkel.

»Edmée ist zweiundneunzig, wir gehören derselben Generation an. Tante und ich waren elf Jahre auseinander, das war nicht klug, wie ich recht spät gemerkt habe. Sie ist viel zu jung für mich. Wahrscheinlich ist sie deshalb manchmal so ... launenhaft.«

»Mir persönlich würden da ganz andere Adjektive einfallen.«

»Das kann ich mir vorstellen. Nun, Edmée ist wirklich entzückend, liebenswürdig, heiter. Ein wahrer Sonnenschein, der meinen trüben Lebensabend erhellt. Und stell dir vor – es ist sehr amüsant –, wir gehören demselben Grammatikclub an, ohne uns bisher je begegnet zu sein. Erst letzten Monat kam es dazu, anlässlich einer kleinen Abendgesellschaft unseres Vereins. Es war Liebe auf den ersten Blick. Vor drei Tagen haben wir einander unsere Gefühle gestanden, und vorgestern haben wir beschlossen, das Abenteuer einer gemeinsamen Zukunft zu wagen. Edmée hat das Glück, Witwe zu sein. Oh, was sage ich denn da! Ich schäme mich, Merlin. Ich bin so durcheinander! Jedenfalls kann ich es kaum erwarten, sie euch vorzustellen. Und jetzt will ich aufhören, ich habe dich lange genug gestört, mein lieber Merlin. Sei umarmt!«

»Aber nicht doch. Warte! Du hast mir noch nicht gesagt, wie die Tante reagiert hat, als du es ihr gesagt hast?«

»Ach ja, Tante! Gütiger Himmel! Du tust gut daran, mich daran zu erinnern, denn genau das war der Grund meines Anrufs. Als ich ihr gestern früh mitgeteilt habe, dass ich gehe, hat sie sich in ihrem Zimmer eingeschlossen und weigert sich seitdem, mir zu antworten. Ich befürchte, sie hat sich zu einer verhängnisvollen Tat hinreißen lassen. In den sechsundfünfzig Jahren unseres gemeinsamen Lebens hat sie nie länger als eine Stunde geschwiegen. Du wirst meine Sorge verstehen.«
»In der Tat. Hast du die Polizei angerufen?«
»Die Polizei? Nein. Das ist eine ausgezeichnete Idee! Daran hatte ich nicht gedacht.«
»Tu es, und halt mich auf dem laufenden, ja?«

Nach Onkel Alberts Anruf saß ich eine Weile nachdenklich da. Ich machte mir keine großen Sorgen um Tante Muschs Gesundheit, ich halte sie nicht für selbstmordgefährdet, dazu ist sie viel zu gehässig. Da sorgte ich mich schon eher um Onkel Albert, denn Tante Musch ist meines Erachtens genauso böse wie dumm, was etwas heißen will, und durchaus zu perfiden Racheakten fähig. Davon abgesehen freute es mich sehr, mir Onkel Albert als Don Juan der Grammatikclubs vorzustellen.

Ich ging zwei oder drei Federn zeichnen, hin und wieder von kleinen Lachanfällen geschüttelt, die meine Strichsicherheit eine Spur beeinträchtigten, wie Onkel Albert sagen würde.

Ich konnte es kaum erwarten, dass Prune aufwachte, um ihr die Neuigkeit zu erzählen. Ich versetze sie für mein Leben gern in Erstaunen. Sie musste sehr lachen und fand die Geschichte dieser bald hundertjährigen Turteltauben äußerst anrührend und herzergreifend. Sie sagte: »Das gibt doch all denen Hoffnung, die keine mehr haben.«

Dann verdüsterte sich ihr Gesicht, sie schaute mich drohend

an: »Aber lass du es dir bloß nicht einfallen, dir mit hundert eine Alte zu suchen. Schwöre es auf mein Leben!«

Ich habe alles geschworen, was sie wollte, denn sie macht mit mir, was sie will.

Ein Pferdewagen am Ortsausgang von Backwater.
Lord Albert »Grammarian« Duden,
Wollanzug, Flanellweste und glücklicher Blick,
lenkt den Karren.
Neben ihm auf dem Kutschbock
sitzt Lady Edmée Beloved, seine Gefährtin,
im Sonntagskleid mit flatternden bunten Bändern.
Sie fahren zum Konjunktivmarkt von Syntax-on-Glossary.
Ein Regenbogen schmückt den Horizont.
In der Ferne eine zerlumpte Musch (Furia detrita),
die wie abgestochen kreischt und vor Wut schier erstickt.

Natürlich war Tante Musch nicht tot. Wenn es stimmt, dass die Besten uns als Erste verlassen, bleibt folgerichtig Platz für die Schlimmsten.

Grundböse Menschen sind oft sehr widerstandsfähiges Unkraut.

Onkel Albert informierte mich gleich am nächsten Morgen (Viertel vor sechs, Unterhose, Ofen, Kaffee ...) über den Fortgang der Ereignisse.

Als die Polizisten gekommen waren, mussten sie (da Tante Musch jede Antwort verweigerte) die Tür zu ihrem Zimmer aufbrechen, halb amüsiert, halb besorgt, denn Onkel Albert, so naiv und ehrlich wie immer, hatte ihnen die Hintergründe der Situation, die als Tragödie in den Lokalnachrichten zu enden drohte, genau erklärt.

Die Tante saß im Sonntagskostüm auf ihrem Bett, die Arme verschränkt, steif wie Justitia persönlich.

Sie warf Onkel Albert einen vernichtenden Blick zu und wandte sich im Ton einer Königinmutter gegenüber ihren niedersten Domestiken an die Polizisten: »Meine Herren, schaffen Sie dieses Ungeheuer aus meinem Zimmer. Ich werde nie wieder mit ihm reden.«

Als Onkel Albert mit der Anekdote fertig war, fragte ich: »Du warst sicher sehr erleichtert, oder?«

»Meinst du: erleichtert, Tante bei bester Gesundheit vorzufinden, oder erleichtert zu wissen, dass sie nie wieder mit mir reden würde?«

»Wieso? Macht das einen Unterschied, was die Antwort angeht?«

Er lachte sein glockenhelles kleines Lachen.

»Weißt du, was mir fehlen wird, Merlin?«

»Was?«

»Meine kleinen Kreislaufzusammenbrüche. Ich hatte die Technik so schön ausgefeilt … Ohne angeben zu wollen, ich hatte es darin zu großer Meisterschaft gebracht.«

Ich vertiefte mich in *Wild Oregon*, um meine Erinnerungen an die zwölf ersten Bände aufzufrischen. Zum Schluss las ich noch einmal meinen letzten Wurf durch, *Ein Lied für Jenny Pearl*. Die Farben waren nahezu perfekt. Die Gelbtöne vielleicht etwas blass, aber ich nörgele, ich nörgele, das Ergebnis ist nicht übel. Der Drucker hat anständige Arbeit geleistet.

Ich musste tausendmal an Laurent denken.

Er hatte viele der Seiten vorab gesehen, er kannte fast die ganze Geschichte, auch wenn ich es mir zur Gewohnheit gemacht hatte, den Schluss vor ihm geheim zu halten.

Ich rief Philippe an, um ihm zu sagen, dass ich meine Belegexemplare bekommen hatte. Er war bester Laune, die Presse war hervorragend und mein dreizehntes Kind schon in der Shortlist für zwei Preise, darunter der sehr begehrte »Reise nach Utopia«-Preis.

Dann fragte er, in Gedanken schon bei der Fortsetzung: »Und wie weit bist du mit Band 14? Kommst du voran?«

Immer dieselbe Frage: »Kommst du voran?«, während ich ihm doch – manchmal – gern gestehen würde, dass ich im Gegenteil auf der Stelle trat. Oder dass ich Rückschritte machte. Oder in einer Sackgasse steckte.

Seine Frage schien mir die perfekte Gelegenheit, um vorsichtig auf Laurents letzten Willen zu sprechen zu kommen. Schwerer Irrtum. Philippe antwortete wie aus der Pistole geschossen, sehr freundlich, aber ebenso entschieden, es sei absolut nicht der richtige Moment, eine Serie einzustellen, wenn sie – endlich – anfing, wirklich zu laufen. Nein-nein. Ich sei natürlich mein eigener Kapitän, natürlich, klar, der Künstler sei ich, aber ... Nein.

Ich zog mich zusammen wie eine Auster unter den sauren Spritzern einer Zitrone. Ich wechselte das Thema, und nachdem ich mich von ihm verabschiedet hatte, war ich wieder allein mit meinem Problem und zudem mit dem bohrenden Gefühl, feige gewesen zu sein, ich fühlte mich unterjocht und geknebelt. Ewig unverstanden. Produzieren, immer produzieren. Vorankommen, weiter, weiter. Wer scherte sich um meine Schwierigkeiten, um meine Seelennöte?

Ich war nur ein Werkzeug, ein Sklave, nur dazu gut, Seiten zu produzieren, immer mehr Seiten, man benutzte mich, man quetschte mich aus bis auf den letzten Tropfen und raspelte mir die Schale ab.

Ich spürte, wie sich eine existenzielle Krise anbahnte, dieser große göttliche Zorn, der sich in einer immer gleichen Abfolge von Reaktionen äußert:

A – wütende Fußtritte in meine Bücherstapel, begleitet oder nicht von einem gereizten Brüllen, das manchmal in einem heiseren Misston endet.

B – Hysterisches Fegen mit dem Handrücken über mein Zeichenbrett, mit dem Ergebnis, dass Pinsel, Skizzen und Unterlagen quer durchs Zimmer fliegen. Ganz zu schweigen von den Tintenfässern, die ich vergessen hatte zuzuschrauben.

C – Tragische Monologe, vorgetragen mit leichtem Vibrato

à la André Malraux: Wo ist meine Frei-i-iheit? Meine Frei-i-i-heit, verflu-u-ucht!

Kurz, das Affentheater einer Diva in ihrer Garderobe, für das ich mich hätte schämen müssen, wenn es Zeugen gegeben hätte. Aber Pantoffel schlief.

Und Zirrhose war im Garten.

Prune hatte ihr einsames Leben an der Seite des besessenen, in sein Atelier zurückgezogenen Irren, in den ich mich verwandelt hatte, wiederaufgenommen. Sie ging ihren Beschäftigungen nach, malte, schraubte, bastelte in einer der Scheunen, kaufte und verkaufte auf den Flohmärkten der Gegend oder las stundenlang auf dem Sofa, Pantoffel auf ihrem Bauch ausgebreitet wie eine mottenzerfressene alte Felldecke.

Prune kannte meine Jahreszeiten. Sie wusste, dass ich bald in den Winter eintreten würde, dass ich vielleicht wochenlang die nackte, leere Seite würde aushalten müssen, die mangels wahrer Inspiration hoffnungslos jungfräulich blieb; die zwanghaft hingeworfenen Skizzen, schwach und uninteressant. Mein Abtauchen ins Große Weiß, wie sie es nannte.

Sie kannte meine Angst, die mit dem Alter immer schlimmer wird, diese Angst, die vielen Künstlern gemeinsam ist: die Angst, sich zu wiederholen. Wiederzukäuen, was das verhasste frühere Ich getan hätte, der Illustrator, der ich einmal war, jünger, schärfer, so viel innovativer.

Diese Angst, die mich manchmal stundenlang nötigte, meine früheren Bände zu durchforsten, auf der Suche nach einem bereits geschriebenen Satz oder nach einer kühnen Perspektive, die mit denen ich mich unwillentlich selbst plagiiert hätte. Ein vertrockneter, erschöpfter Autor, der schwerfällig wie ein alternder Lachs zu den Quellen seines Werkes zurückkehrt, um daraus eine Idee oder eine Seite zu schöpfen und dabei vergisst, dass der Fluss versiegt, dass die Wüste sich ausbreitet. Dass sie um sich greift.

Staatsbegräbnis.
Die Menge verharrt in stillem Gedenken.
Der Künstler (ich) weint um den Tod seiner Inspiration.
Prune und Pantoffel liegen sich schluchzend in den Armen.
Zirrhose schärft sich mit einem Anspitzer die Krallen.

Ich grübelte. Ich sah schlecht aus.

Meine Miene war bleigrau. Bleistiftmiene.

Ich hatte ein ernsthaftes Problem, leugnen war zwecklos.

Seit acht Uhr morgens zeichnete ich Hintern und Brüste, schemenhafte Frauen, Gesichter, die leer bleiben, und Augen ohne jeden Ausdruck, Kontrabasshüften und Wespentaillen. Ich skizzierte, ich kritzelte, ich umriss, ich füllte schwerfällig die Fragebögen der virtuellen Partnervermittlung aus, in der ich vielleicht Jims Freundin finden würde.

Ich glaubte nicht daran, ich wollte nicht, ich zeichnete widerwillig, ich fühlte mich zum schlimmsten Szenario genötigt, von dessen bloßem Prinzip mir schon schlecht wurde.

Seit Laurents Brief war ich niedergeschlagen und drehte mich im Kreis, ich nagte an meinem Bleistift, und Zweifel nagten an mir, ich kam nicht in Gang, schaffte es nicht, mich wieder an die Arbeit zu machen. Ich wollte, dass er da, wo er jetzt war, in diesem namenlosen Nichts, das ich mit einer Notbeleuchtung versehen habe, damit er meine Alben lesen konnte, stolz auf mich war. Ich wollte sicher sein, dass das, was von ihm übrig war, was nicht erloschen war, wusste, dass ich hinbekommen würde, woran er gescheitert war, weil er mich darum gebeten hatte. Und weil ich ihn liebte.

Aber es kam nichts. Ich konnte mich noch so sehr abmühen, ich war ausgedörrt wie eine Wüste, nichts erblühte. Ich fühlte mich unfruchtbar, unfähig. Es war aus mit mir, ich würde nie wieder eine einzige gute Idee haben. Man versetze mir den Todesstoß, schnell. Ich hatte schon zu lange gelebt.

Prune hütete sich wohlweislich davor, mich trösten zu wollen. Sie versuchte auch nicht sinnlos, mich davon zu überzeugen, das sei doch alles nicht so schlimm, schließlich handle es sich nur um Comicfiguren. Um Fiktion. Um Nichts. Schall und Rauch.

Sie weiß, wie sehr ich mit meinen Figuren verwachsen bin, wie eng wir verbunden sind, sie und ich.

Geht es mir gut? Dann singt Jim vor sich hin, Phoebe wird schelmisch, die Nutten des Farting Louse erholen sich von ihrer Syphilis, der Sturm zieht weiter, der Große Rat der uneinigen Nationen erlässt plötzlich vernünftige Gesetze, der Whisky-Preis sinkt. Selbst der Abschaum von Moron's Lair scheint plötzlich umgänglicher zu werden.

Geht es mir schlecht? Dann wird Jim noch menschenfeindlicher, Phoebe greift wieder zur Waffe und knallt irgendeine unfähige Niete ab – einen Gouverneur, einen Konsul, ein Ratsmitglied. Das gesamte Universum arbeitet ohne Unterlass an seinem eigenen Niedergang, an seinem langsamen Verfall. Die Engel mit den schönen weißen Flügeln sind nichts als lauernde Geier auf ihrem Ast. Es ballert von allen Seiten.

Geht es mir schlecht, geht es ihnen schlecht. Geht es mir gut, geht es ihnen gut.

Und umgekehrt. Das ist schon schwieriger zu verstehen.

Für Prune ist es schnell zur Normalität geworden – oder fast –, dass mein kleines unterseeisches Völkchen sich gemäß meinen inneren Strömungen auf und ab bewegt, aber dass Jim,

Phoebe oder jede andere meiner Figuren mich gängeln und mit ihren Gemütszuständen anstecken können, das findet sie immer noch erstaunlich.

Dabei ist das die Realität, auch wenn dieses Wort in dem Kontext unpassend erscheinen mag.

Meine Figuren haben immer nur getan, was sie wollten. Das gebe ich zu. Ich habe keinerlei Autorität über sie. Ich versuche zwar, sie zu lenken, sie zu disziplinieren, aber früher oder später schaffen sie es immer, sich meiner Kontrolle zu entziehen und mir die Zunge herauszustrecken.

Ich habe keine oder fast keine Macht über ihr Los. Oft habe ich das Gefühl, nur Zeuge dessen zu sein, was ihnen widerfährt. Ein nicht ganz passiver Zeuge, da ich immerhin derjenige bin, der ihnen eine Stimme gibt, einen Körper und eine Umgebung zeichnet. Aber das ist alles. Meine Arbeit hört da auf, wo ihre Unbotmäßigkeit anfängt, genau in dem Moment, wo sie mir entwischen und etwas anderes antworten als das, was ich vorgesehen hatte. Wie eine meuternde Truppe von Schauspielern, die plötzlich ihre Repliken ändern. Ich versuche, ihnen eine Richtung zu geben, manchmal gelingt es mir, manchmal gebe ich auf, wie ein Vater, dem es an Autorität fehlt. Sie jammern und protestieren ständig. Manchmal schwellen ihre Stimmen derart an, dass sie meine überdecken. Sie überrollen mich, argumentieren, schimpfen, unterwerfen mich ihren Entscheidungen. Stur wie Esel wollen sie die ganze Zeit entscheiden, was in ihrer Sprechblase stehen und wie ihr Panel eingerichtet werden soll.

Wer ist da also der Schöpfer des anderen?

»Hast du wirklich nichts Besseres zu tun, Junge?«

Meine Hand zuckte zurück.

Auf dem Blatt säuberte sich Jim mit der Spitze seines Messers die Fingernägel. Ich hatte ihn nicht ankommen sehen. Er saß auf der Schranke von Leaving Station, das Gesicht im Schatten seines Stetsons verborgen. Mit einem präzisen Spuckestrahl traf er einen Pillendreher, der seine Kugel vorbeirollte, schob mit einem trägen Zeigefinger den Hut in den Nacken und schaute zu mir auf.

»Wirklich nichts Besseres als was?«

»Wie lange willst du mich noch hier sitzen lassen?«

Was weiß denn ich. Wenn du glaubst, dass das so einfach ist, nach allem, was in meinem Leben gerade passiert ist. Und auch in deinem, übrigens. Weil, ich weiß nicht, wie ich es dir sagen soll, aber die traurige Nachricht ist …

»Spuck's aus, Junge.«

Laurent ist tot.

»Wer?«

Laurent.

»Kenn ich nicht.«

»Doch, natürlich! Laurent! ›Du‹, wenn es dir lieber ist!«

Auch wenn ich in einem Anfall geistiger Umnachtung in die direkte Rede verfallen war, fiel der Groschen bei Jim immer noch nicht – er schaute mich stirnrunzelnd an und fragte: »Wie, ›ich‹?«

Au weia.

Wir beide hatten tatsächlich noch nie Klartext darüber geredet. Jim Oregon wusste nicht, dass er von jemandem inspiriert war, der wirklich gelebt hatte. Und der wirklich gestorben war. Er wusste nicht, dass er ein fiktionaler Held war und dass jede Ähnlichkeit mit lebenden oder gestorbenen Personen nicht rein zufällig war. Während ich versuchte, ihm in ein paar Worten seine Schöpfungsgeschichte zusammenzufassen, sprang er von der Schranke und stapfte mit großen Schritten davon. Es ging ihm am Hut vorbei, was ich ihm da erzählte.

Er hörte mir nicht einmal zu.

Meine Hand lief hinter ihm her, gezwungen, in ein paar hastigen Strichen eine Landschaft hinzuwerfen, durch die Jim sich mit langen Schritten entfernte, um die Ecke des Bahnhofs bog, in Richtung …

Da blieb er plötzlich stehen und drehte sich zu mir um.

»Hör zu, Junge, ich will dir mal was sagen: Ich kenne nur einen Laurent zwischen Backwater und Moron's Lair, und das ist der Reverend John Laurent Dickinson, besser bekannt unter dem Namen ›Blessed Ass‹ Dickinson, eine Erzkanaille, die ich vor einem halben Jahr um die Ecke gebracht habe und dessen Leiche noch am Strick baumeln und vor sich hin gammeln müsste, weil die Geier ihn sicher verschmäht haben. Wer daherkommt und mir sagt, dass ich mit diesem Halunken Ähnlichkeit habe, kann sich eine Holzkiste bestellen. Klar?«

Klar.

Jim deutete auf den Lizard, der mit offener Motorhaube am letzten Bahnsteig stand.

Er feuerte einen weiteren Spuckestrahl ab, der mich nur knapp verfehlte, und sagte:

»Die gottverdammte Schrottkiste hat mich schon wieder im Stich gelassen, und ich muss in zwei Tagen in Green Falls sein.«

Als ich ihn dummerweise fragte, was mich das angehe – in einem etwas unverschämten Ton, zugegebenermaßen –, schnalzte er mit der Zunge und antwortete mir mit einer Stimme, die mit so viel Drohungen geladen war wie die Trommel seines alten Colt Paterson mit endphasengelenkter Munition: »Sieh zu, wie du das hinkriegst, Junge. Und zwar schnell.«

Er fing an, mir ernsthaft auf den Senkel zu gehen, dieser Operettensheriff. Er schmirgelte mit extrafeiner Stahlwolle an meinen Nerven, der Comic-Fritze, der alte Revolverheld.

Lass dich doch woanders zeichnen, du Pseudo-Superman,

du Vierfarbdruck-Rächer der Entrechteten, du armer Spinner! Geh doch nach Belgien, um dich drucken zu lassen, Schwachkopf!

Ich zuckte zusammen, plötzlich besorgt, dass er meine Gedanken lesen könnte. Ich beobachtete ihn aus dem Augenwinkel.

Aber nein, die Grenze schien dicht zu sein, meine Gedanken waren brav in einer anderen Region meines Kopfes abgekapselt. Die Natur macht keine Fehler.

Jim drehte sich eine Zigarette und wartete darauf, dass ich mir die Hände schmutzig machte.

Ich tat so, als würde ich meinen Bleistift spitzen, um Zeit zu gewinnen. Ich habe keine Ahnung von Motoren. Wirklich nicht die geringste. Deshalb ist mir mein Mechaniker so sehr zugetan.

Ich illustriere *Wild Oregon*, okay. Ich zeichne Fahrzeuge mit Düsenantrieb, Raketen, Raumschiffe, Trägerraketen, intergalaktische Schwebefähren und sonstigen futuristischen Quark. Okay. Na und? Bin ich deshalb etwa ein Spezialist für Thermodynamik oder Triebwerke mit Hall-Effekt? Ich habe einen Sinn für Details, ich kann etwas vorgaukeln. Das ist normal, das ist mein Lebensinhalt. Träume erschaffen, Fiktionen. Als gewissenhafter Handwerker setze ich meine Ehre daran, dass meine Arbeit den Schein der Authentizität wahrt, so sehr, dass ein paar bebrillte Fans – die anzunehmen scheinen, dass ich Raumfahrttechnik studiert habe – mir immer wieder mit sibyllinischen, hanebüchenen Fragen kommen wie etwa: »Warum statten Sie den Lizard nicht mit einem magnetoplasmadynamischen Antrieb mit variablem spezifischen Impuls aus, um von einer Umlaufbahn in eine andere zu wechseln?« Was weiß denn ich?

Seit wann müssen Künstler wissen, wovon sie reden?

Ich habe keine Ahnung, verdammt! Weitersagen!

»Also? Müssen wir hier übernachten, oder nimmst du langsam mal den Finger aus der Nase?«, fragte Jim, genauso schlecht gelaunt wie ich.

Ich dachte kurz an Sabotage, irgendein technisches Versagen, das den Lizard mitten im leeren Weltraum explodieren und in tausend Teilchen bis ans Ende der Unendlichkeit driften ließe, ein Triebwerk hier, ein Stetson dort. Oder eine fatale Panne bei der Landung, bei der das Gefährt auf einem unbekannten Gestirn zerschellen würde. Eine Kleinigkeit würde genügen ... Ein Haarriss in der Manschette des Neutronenzylinders, zum Beispiel, oder in der Ventilklappe der erweiterten Turbine, was ihr binnen weniger als einem Petameter den Garaus machen würde. Oder irgendein anderer Blödsinn ohne jede wissenschaftliche Grundlage, der mir gerade nicht einfallen wollte, den ich aber jederzeit erfinden könnte, wenn ich wollte, denn der oberste Schöpfer war ich. Und so würde ich dann gleich noch Laurents letzten Willen erfüllen.

Aber nein, das waren sinnlose Träumereien, das *konnte* ich nicht machen. Ich hatte schließlich ein schriftstellerisches Gewissen. Und ein zeichnerisches, auch wenn das seltener ist.

Jim war mein Sohn, ich war sein Vater – so viel zu meiner Anakin-Skywalker-Seite.

Ohne mich aus den Augen zu lassen, spielte Jim mit dem Hahn seiner Winchester mit abgesägtem Lauf, die er nachlässig auf mich richtete.

Gut. Da ich ohnehin gerade nichts Besseres zu tun hatte, reparierte ich den Injektor für magnetische Ladung an der Abtriebskammer des Lizards und nutzte die Gelegenheit, um den Zylinderkopfausgang der densimetrischen Pumpe eine Spur weiter aufzubohren.

Ich skizzierte, korrigierte, fügte hinzu, radierte aus. Ich

zeichnete eine nackte Mickymaus, die in eine Ecke des Cockpits pinkelte, während Jim gerade nicht hinschaute.

Er schien sich zu entspannen. Er schaute mich vertrauensvoll an, so wie Laurent es immer getan hatte.

Und ich fühlte mich plötzlich ganz ergriffen.

Leaving Station lag verlassen da, abgesehen von einem Konvoi von Kerolianern im Transit nach Dreams of Liberty 798284, die gerade ihre Herde von falben Neobisons *(Neobison bison fulvus/Ill.: Merlin Deschamps)* in ionisierten Tränken ihren Durst stillen ließen.

Ich sagte Jim, er solle in den Leerlauf schalten und testweise Gas geben, aber nicht zu sehr. Der Motor schnurrte fast so laut wie Pantoffel, wenn Zirrhose nicht da ist.

Jim ließ das Fenster herunter, hielt den Daumen hoch und meinte: »Gut gemacht, Kleiner.«

Ich fragte ihn, was er in Green Falls vorhabe.

»Man sagt, Jenny Pearl sei da gesehen worden. Keine Zeit zum Quatschen, Junge, bis bald mal wieder!«

Der Lizard erzitterte, dröhnte und riss sich vom Boden empor, in einer großen Staubwolke, aus der Prune auftauchte, leicht zerzaust, um mir zu sagen, dass sie jetzt zu Mittag essen werde und dass ich mich zu ihr gesellen könne, falls ich noch interessiert sei.

»Alles in Ordnung?«, fragte Prune.

Hmpf. Nee, das konnte man so nicht sagen. Ich hatte keine Lust zu arbeiten, ich drehte mich im Kreis, in mir sträubte sich alles, ich hatte keine Ahnung, wie sich das alles je wieder ändern sollte.

»Wie wär's mit ein paar Vögeln?«, sagte Prune in lockerem Ton, als würde sie sagen: Wie wär's mit ein paar Liegestützen? Oder: Wie wär's, wenn du mal joggen gingst?

Dabei hatte sie nicht unrecht: Das Aquarellieren beruhigt mich, es ist wie mentales Yoga. Ich bin dann derart auf winzige Details konzentriert, dass nichts um mich herum – oder sogar in mir drin – mir etwas anhaben kann. Aber ich kann mich nicht auf Befehl daransetzen, tut mir leid, ohne ein Mindestmaß an Motivation geht es nicht. Motivation wie ein Sportler, der am Sonntag frühmorgens aufsteht, um in der Kälte auf matschigen Wegen seine zwanzig Kilometer zu laufen, während die ganze Nachbarschaft noch in den Federn liegt und schnarcht. Wenn er die Schuhe anzieht, weiß er schon, dass es draußen nass ist und dass die ersten fünf Kilometer nichts als Unannehmlichkeiten und Schmerzen sein werden. Er weiß auch, dass nach einer gewissen Zeit, einer gewissen Strecke das Wohlgefühl kommen wird, dann die Euphorie, und dass er sich dann plötzlich unglaublich leicht fühlen wird, als würde er fliegen, statt zu laufen, wie ein echter kleiner Hermes[8] mit seinen geflügelten Füßen.

Das Glück der Selbstüberwindung hat einen Preis, den nur wenige Leute zu zahlen bereit sind. Ich gehöre zu den Geizkrägen, zu den Frostbeulen, die lieber im Bett liegen bleiben. Ich nehme es mir tagtäglich übel. Ich kanzle mich ab. Und verzeihe mir schließlich.

Ich arbeitete an meinen Vögeln, da mir nichts anderes übrig blieb. In nicht einmal sechs Wochen musste ich meine letzten Tafeln abgeben. Aber jetzt gerade, heute, wie sollte ich sagen, ich konnte nicht, ich fühlte mich ...

»Und wenn du mit der vierzehn weitermachen würdest?«

Prune redet in Ellipsen, sie sagt *Wild*, sie sagt »dreizehn« oder »sechs« oder »vierzehn«, wenn sie von einem Band der Serie spricht. Wir verstehen uns, sie lebt fast mein Leben.

Tatsächlich hatte ich, kurz nachdem ich mit dem dreizehnten fertig war, angefangen am vierzehnten Band von *Wild Oregon* zu arbeiten. Eine Frage der Disziplin. Manchmal brachte auch ich welche auf.

Ich hatte sogar zwei oder drei Seiten, die gar nicht so schlecht waren, die ich für fast gebrauchsfertig hielt. Damals, als ich mich darangesetzt hatte, dachte ich, ich hätte alle Zeit der Welt – Philippe brachte meine Alben nicht gern zu dicht hintereinander heraus. Er zog es vor, das Publikum etwas warten zu lassen. Doch jetzt wurde es schon wieder knapp.

Die Hausbesichtigungen, der Kauf des Liebesnests, der Umzug, die Renovierungen, dann Laurents Tod und die große Trauer, das alles hatte die Arbeit aufgehalten, ich war nicht bei der Sache. Ganz abgesehen davon, dass Laurents Wunsch alles

---

8 Nicht die Tasche, der griechische Gott.

umschmiss: Nichts von dem, was ich gemacht hatte, entsprach seinen Wünschen. Ich stand mit leeren Händen da, während ich schon mindestens beim letzten Drittel der Geschichte hätte sein müssen.

Und seiner Version fühlte ich mich einfach nicht gewachsen. Wahrscheinlich wollte ich sie gar nicht.

»Laurent hat doch nicht gesagt, dass du Jim sofort sterben lassen sollst ... Du hast Zeit«, sagte Prune wie zu sich selbst.

Ich lächelte mein Lasst-mich-doch-alleine-krepieren-Lächeln.

Ich zitierte: »*Du allein wirst über die Stunde, den Ort, die Umstände entscheiden* ... Ich weiß!«

»Genau«, bekräftigte Prune. »›Du allein wirst entscheiden.‹ Laurent kannte dich gut, er hätte nie etwas Unmögliches von dir verlangt. Du könntest doch vielleicht die vierzehn so schreiben, wie du es vorhattest, das würde dir Zeit zum Nachdenken geben, meinst du nicht?«

Ich zog interessiert eine Augenbraue hoch. Vielleicht ... Warum eigentlich nicht ...? Und wenn ich ...?

»Außerdem will ich wissen, was aus Jenny geworden ist!«, schloss Prune in einem Ton, der keinen Widerspruch duldete, und brachte mir einen kräftigen Espresso, um mich aufzumuntern.

Prune ist nicht nur meine heiß und innig geliebte Lebensgefährtin, sie ist auch meine Leserin, sie hat ihre Ansprüche.

Das hatte ich ganz vergessen.

Die Leser ... Die Leser lesen aus.

Das ist keine bloße Wortspielerei. Man wird gelesen, weil man auserlesen wird. Der Leser macht den Autor, nicht nur umgekehrt.

Meine Leser haben Rechte. Ich gehöre mir nicht mehr allein, seit ich in ihren Bücherregalen stehe. Ich bin zu *ihrem* Autor geworden. Ich kenne sie nicht, habe sie nie gesehen, oder kaum je, aber sie kennen mich. Sie wissen alles, was man im Internet über mich lesen kann.

Ich hörte sie schon, meine Fans, wenn ich sie auf dem Trockenen sitzen ließe. Ich hörte sie, diese bebrillten Überflieger, die meine Mailbox mit wissenschaftlichen Artikeln bombardieren, von denen ich nicht mal die Überschrift verstehe.

Die alten Wild-West-Spezialisten, die mich freundlich korrigieren, weil ein Winchester-Kolben oder ein Paar Sporen die falsche Form haben. Die Fans, die mir sagen, dass sie wegen meiner Entlegenen Welten dieses oder jenes Studium der Luftfahrttechnik oder der Geschichte des Westens gewählt haben. Die sentimentalen Dreißigjährigen, die mit *Wild* groß geworden sind und mich zärtlich anblicken, als wäre ich ihr Großvater, was mich jedes Mal um ein paar Jährchen altern lässt.

Meine Leser, die mein Werk besser kennen als ich selbst, die den Finger auf winzige Details legen, die Skizzen vergleichen, die fragen, kritisieren, sich begeistern. Die Masterarbeiten über das Straflager von Oblivion oder die Wahl meiner englischen Namen schreiben. Die in meinem Werk eine scharfe Kritik der heutigen Gesellschaft auszumachen glauben, oder die – wohl die Mehrzahl –, die meine Alben auf dem Klo lesen – umso besser, wenn es ihnen hilft.

Meine Leser, die meine Arbeit mit einem tieferen Blick betrachten als ich selbst, weil sie meinen Kritzeleien und Geschichtchen beim Lesen die gesamte Dimension ihrer menschlichen Existenz hinzufügen. Und all diejenigen schließlich, die auf Literaturfestivals zu meinen Signierstunden kommen und eine Stunde Schlange stehen, nur um mir mit einem strahlenden Lächeln sagen zu können: »Die Reihe ist toll! Ich habe sie alle gelesen! Wann kommt der nächste Band raus?«

Was würden sie von mir denken, wenn ich die Serie einstellte? Ich hatte ihnen gegenüber eine Verantwortung. Sie haben Jim adoptiert und folgen ihm aus reiner Treue. Ich wusste nicht, ob ich mir noch selbst gehörte, ob ich sie einfach fallen lassen konnte.

Aber andererseits ... Mit seiner Bitte, dem Leben von Jim Oregon ein Ende zu setzen, hatte Laurent mir ein fürchterliches Gift eingeträufelt: Es gelang mir nicht mehr, an seine Unsterblichkeit zu glauben.

An diese Unsterblichkeit, die für ihn so unentbehrlich ist wie für jeden Serienhelden, der nie altern darf, oder kaum, und immer wieder taufrisch zu neuen Abenteuern aufbrechen muss.

Denn der Comic-Held ist unbesiegbar, oder fast. Er wird manchmal bei einer Schlägerei verletzt, damit man ihn etwas bedauern kann. Aber wenn, dann ist seine Verletzung ästhetisch – ein kleidsames Pflaster, eine Armschlinge –, und sie wird ohne jede Spätfolge heilen, abgesehen vielleicht von einer kleinen Narbe oder einem leichten Hinken. Ein positiver Held, ein Rächer der Entrechteten kann nicht sterben und kann nicht verlieren. Wie in Kinofilmen oder beim Catchen.

Nur die Bösen sterben oder werden erwischt.

Und auch wenn der Böse über mehrere Bände davonkommt, wird er am Ende doch eingesperrt oder vernichtet. Um sofort von anderen ersetzt zu werden, denn der Böse – der verrückte Wissenschaftler, der perverse Psychopath, das vom Himmel gefallene Ungeheuer – spielt in Comicwelten eine wesentliche Rolle. Er löst Angst aus, Zorn, Abscheu, aber vor allem dient er dazu, den Helden zur Geltung zu bringen.

Er wertet ihn umso mehr auf, als er selbst grausam, wortbrüchig, heimtückisch, rückgratlos, unmoralisch ist. Und je niederträchtiger er handelt, desto heller erstrahlt der Held, desto tiefer kann man sich vor seinem Mut verneigen.

Und desto mehr kann man sich selbst lieben, denn dieser Held, das sind wir. Er ist der, der wir gern wären.

Ich habe immer darauf geachtet, Jimmy Bear ebenbürtige Gegner zu bieten, hochkarätige Schurken aus Backwater oder aus dem Hyperraum, verschroben, aber brillant, wahre Genies des Bösen, zynisch und verderblich. Das macht seine Siege umso bemerkenswerter, und ich bin glücklich. Denn Jim schafft es. Immer. Wie könnte man gegen diese Grundregel verstoßen?

In einem guten, den Gesetzen des Genres treuen Comic braucht es eine Moral, die die Leute zum Träumen bringt.

Der Gute ist unsterblich. Die Wahrheit siegt.

Die Gangster werden geschnappt, die Verräter überführt, die Diebe enttarnt, die Verbrecher bestraft.

Ganz anders als im wirklichen Leben.

Im vorigen Band, *Das Verbrechen zahlt sich oft aus*, war Jenny Pearl gegen Ende einer Geschichte, die auf Green Falls spielte, auf dem abdriftenden Archipel Asturius vom Exil gelandet. Jenny Pearl. Eine Böse in Reinform. Ein echtes Luder.

Ich wusste nicht, wo sie herkam – ich weiß selten, wo meine Figuren herkommen –, aber mir war gleich bei ihrem ersten Auftritt klar gewesen, dass ich es da mit einer starken Gegnerin zu tun bekam.

Jenny Pearl tritt aus der Hintertür
eines verrufenen Hotels in eine dunkle Gasse.
Es ist Vollmond.
An ihrem Gürtel blitzt ein offenes Barbiermesser.
Es trieft vor Blut.
Jenny wischt sich die blutigen Hände
an einem Lumpen ab und wirft ihn in die Gosse.

Der Lumpen ist die Haut ihres letzten Opfers.
Zoom auf den Rest seines Gesichts,
in dem sich da, wo einmal die Augen waren,
zwei schwarze Löcher abzeichnen.

Das Gesicht zeigt noch einen Ausdruck des Schreckens.
(Ich mache, was ich will.)

Jenny öffnet eine Leinentasche,
darin der gestohlene Schmuck
ihres Opfers, eines obskuren Hehlers,
dem sie gerade die Haut abgezogen hat.
Sie begutachtet ihre Beute und geht davon,
ihre hochhackigen Stiefel klappern.
Ihr Schatten zieht sich durch die Gasse,
bis zum Rand des letzten Panels.
Vor einem Publikum aufmerksamer Artgenossen
spielen zwei Ratten auf einer Mülltonne
mit der Haut der Finger des Toten
ein Marionettenspiel.

Das war mir einfach so gekommen, wie immer.

Ich lachte vor mich hin, während ich die entsetzliche Szene zeichnete, die finstere Gasse, die prachtvolle Rothaarige mit dem Engelsgesicht, die Ratten mit ihrer Muppet Show.

Laurent hatte die Figur sofort geliebt: diese engelsgleiche Schlampe, die mit dem Rasiermesser spielt wie andere mit dem Pinsel, eine echte, nach Perfektion strebende Künstlerin, die sich Zeit nimmt, ihre Tonleitern zu üben. Er hatte mit dem Finger auf Seite 38 getippt und gemeint: »Die würde doch mindestens zwei oder drei Episoden verdienen, oder?«

Da war ich ganz seiner Meinung.

Jenny war ein Mädchen, das man im Blick behalten sollte, aber vorsichtig und von weitem, denn ich ahnte schon, dass ihr Weg mit Leichen gepflastert sein würde.

»Manchmal spinnst du ein bisschen, mein Schatz. Weißt du das?«

Das hatte meine Prune wortwörtlich zu mir gesagt, als sie Jenny Pearl entdeckte. *Manchmal spinnst du ein bisschen, mein Schatz.* Ich habe die Aufnahme im Kopf.

Aber sie sagte es in einem erfreuten, fast genießerischen Ton.

Ich war nicht besonders überrascht: Alle Welt liebt die Scheusale, die Bösewichte, die Verräter. Sogar die kümmerlichsten unter ihnen, die Pseudo-Fieslinge, die Möchtegern-Ganoven.

Sie sind die Würze, die Geschmacksverstärker.

Ich wusste zwar nicht, wo diese Jenny herkam, aber das Potenzial der Figur hatte ich sofort erkannt. Ein mögliches Gegengewicht zu der strahlenden Phoebe Plum – für mindestens zwei oder drei Bände.

Von den verrauchten Kneipen von Eternal Fog – wo die Grubenarbeiter der großen Bergwerke der uneinigen Nationen sich zu ihren Saufgelagen und Prügeleien treffen – bis zu dem fernen Straflagerplaneten Oblivion, vom abdriftenden Archipel Asturius vom Exil bis zu unserem guten alten blauen Planeten, in der Stadt Backwater, Goldgräberstadt in den Weiten der Wüste des früheren Oregon, ja überall in den Entlegenen Welten wimmelt es an allen Ecken und Enden von gesetzlosen Schurken, von zweitklassigen Gaunern, mörderischen Megären, Betrügern aller Sorten, die die unersetzliche Rolle des dicken, dummen Bösewichts spielen, dem man so gern dabei zusieht, wie er von schlaueren Kanaillen aufs Kreuz gelegt wird.

Doktor Archibald Rotter, der das Bordell Farting Louse in Morons' Lair betreibt, ist dafür ein bemerkenswertes Beispiel. Er ist eine der Lieblingsnebenfiguren meiner Leser. Er ist raffgierig, unredlich, zutiefst bösartig, aber seine Dummheit wiegt alles auf, denn sie lässt den Leser auf seine Kosten lachen.

Auch im wirklichen Leben faszinieren mich die Schakale. Sie sind eine unerschöpfliche Quelle der Inspiration. Ich habe viel lieber einen schön zerrupften Aasgeier voller Flöhe *(Necrosyrtes monachus)* als zehn hübsche Wettbewerbskanarienvögel *(Serinus canaria)*, sei es in der Kategorie Farbe, Positur oder Gesang.

Eine Tante Musch zum Beispiel, mit ihrer Habgier und ihrem krankhaften Misstrauen, regt meine Phantasie mehr an als eine ganze Herde von wohlmeinenden Betschwestern.

Übrigens habe ich einen Job für sie gefunden.

In der Firma »Niggard & Piker«,
einem Pfandhaus in einer Straße von Morons' Lair.
Miss Pussy Musch steht hinter der Theke,
die Lippen zusammengekniffen, kropfig,
argwöhnisch, ein Gesicht wie sieben Tage Regenwetter.
Im Hinterzimmer prüft ihr Neffe Mathias,
über eine Lupe gebeugt, sorgfältig den herrlichen Schmuck
der rothaarigen jungen Frau, die man von hinten
vor der Theke stehen sieht.

Miss Pussy beugt sich in den schwachen Lichtkegel der Lampe, der ihren Amphibienteint aufleuchten lässt.
Sie hält der jungen Frau, deren Gesicht im Verborgenen bleibt, widerwillig ein paar Geldstücke hin.
Die junge Frau nimmt das Geld, hält Pussy Muschs faltige Hand fest und sagt mit sanfter, drohender Stimme[9]:
»Sie haben eine schöne Haut ... «

...

---

9 Ich zeichne sehr akustisch.

Ich konnte mich in Illusionen wiegen und mir vormachen, was ich wollte, aber die Bewerbungen waren, gelinde gesagt, nicht berauschend. Dabei verlangte ich doch nichts Unmögliches: Ich suchte eine schöne, ehrliche, intelligente Frau, in die Laurent (Verzeihung: Jim) sich glaubwürdig Hals über Kopf verlieben konnte. Und die seine Gefühle erwiderte. Das konnte doch nicht so kompliziert sein.

Seit zwei Tagen sah ich auf meinem Tisch Frauen vorbeidefilieren, blonde, schwarze, braune, rothaarige, runde und schlanke, dunkel- und blasshäutige, und es war nicht eine dabei, bei der ich mir in Bezug auf Laurent (Verzeihung: Jim) ernsthaft hätte sagen können: Das ist die Richtige für ihn.

Ich suchte weiter, doch ohne Überzeugung. Ich verschwendete meine Zeit.

Es war zu viel.

Im Blue Rooster, Phoebes Kneipe.
Die Möbel und Spieltische sind alle gegen die Wände gerückt.
Mitten im Raum stehen nur noch ein Tisch und ein Stuhl,
auf dem der Personalchef sitzt (ich).
Draußen auf der Straße wartet eine lange Schlange
von Frauen, alle jung und schön.

Eine aufreizende Brünette ging hinaus. Eine Dunkelblonde kam herein. Sie baute sich vor dem Tisch auf, sie hatte die gleichen Kuhaugen wie die kreischende Pulpitis neulich im Zug.

Der Personalchef musterte sie düster, seine Stimme klang so müde, dass sie ihre Anführungszeichen verloren hatte.

Waren Sie schon einmal verheiratet?

»Dreimal, Mister. Und ich kann Ihnen sagen, das war nicht jeden Tag lustig, echt nicht! Sagen Sie mal, wie ist die Sache denn bezahlt?«

Die Nächste.

Haben Sie Kinder?

»Ich habe acht bekommen, drei sind übrig. Wegen Fieber, was die Jüngste angeht. Und die anderen, Sie wissen ja, wie's ist ... Einer gehängt, zwei andere abgeknallt.«

Eins plus eins, zwei; plus zwei, vier; und drei ... sieben ...? Sie haben gesagt, acht Kinder. Da fehlt doch eins in Ihrer Rechnung.

»Glauben Sie vielleicht, dass ich nichts Besseres zu tun hab, als meine Bälger zu zählen, Mister? Ich kriege jedes Jahr eins, seit ich fünfzehn bin, und es ist schon wieder eins in der Röhre ...«

Nächste.

Mögen Sie Sechzigjährige?

»Ach, wissen Sie, ich bin da nicht so, solange es sich wäscht ...«

Außerdem waren sie völlig dumm. Daran war das Genre schuld. Alles dumme Gänse, blöde Ziegen, hirnlose Hühner.

»Danke schön ...!«

Phoebe stand hinter der Theke und sah mich finster an.

Dich habe ich doch nicht gemeint, Phoebe. Du bist intelligent und geistreich, und mutig, und ...

»Willst du mir noch lange in den Hintern kriechen?«

Aber das denke ich wirklich. Im übrigen bist du das getreue Abbild der Frau, die ich liebe.

»Du meinst die, die keinen Busen hat?«

Ach, Phoebe, das ist doch kleinlich. Das ist deiner nicht würdig.

»Und stundenlang Mädchen mit Brüsten wie Wassermelonen, magersüchtigen Taillen und Spatzenhirnen zu zeichnen, ist das vielleicht würdig?«

Diese Mädchen haben nichts mit dir zu tun, das weißt du doch. Du bist eine starke Frau, mit Überzeugungen und Courage. Du bist die Schönste, Phoebe, du hast einen wunderbaren Körper und prachtvolle Brüste.

»Nicht prachtvoll – riesig! Ich gebe ein Vermögen für Stangenkorsetts aus, ich habe Rückenschmerzen, sie stören mich beim Rennen. Würde es dir vielleicht gefallen, Eier wie ein Stier zu haben?«

Ich lachte dämlich. Sie zuckte mit den Achseln, warf mir vernichtende Blicke zu.

Sie hatte ja recht, das war mir klar. Ich hatte sie mit einer sogenannten »Traumfigur« ausgestattet, entsprechend den für mich und den Durchschnittsneandertaler geltenden Standards. Physiologisch gesehen ist mir unklar, wo man die Organe und Eingeweide einer normalen, erwachsenen Frau in einer Taille mit einem Umfang von nicht mal zweiunddreißig Zentimetern unterbringen könnte. Eine so schmale Taille kann es gar nicht geben, jedenfalls nicht zusammen mit dieser athletischen Statur, dem hypertrophierten Busen, den um mindestens fünfzehn Zentimeter verlängerten Beinen, ich hatte hier sämtliche anatomischen Gesetze missachtet und künftige Rückenprobleme einfach in Kauf genommen.

»Und die Absätze! Prima, um damit durch die Wüste zu

rennen! Da merkt man, wie der Künstler die Dinge zu Ende denkt!«, fuhr Phoebe immer aufgebrachter fort. »Ganz abgesehen von den Netzstrümpfen und den Strapsen, ein Supergeschenk! Danke, wirklich! Dan-ke! Besonders zum Reiten, ganz toll! Ich scheuere mich im Sattel auf, habe Schwielen am Hintern, friere mir den Arsch ab, sobald Wind aufkommt. Und ich rede nicht mal von dem bescheuerten Desintegrator, den ich ständig mit mir herumschleppe, obwohl ich ihn in höchstens drei Panels benutzt habe, also so gut wie nie, und der mir sämtliche Jacken ausbeult.«

Sie schenkte sich einen Whisky ein, ohne mir einen anzubieten.

»Und obendrein bin ich Alkoholikerin. Kannst du mir erklären, warum ich gerade um zehn Uhr morgens einen doppelten Whisky herunterkippe? Ich mag keinen Whisky, hörst du mich? Ich finde ihn ekelhaft! Ich möchte lieber ein Glas Milch.«

Ist ja gut, reg dich nicht auf.

Phoebe sitzt auf einem Barhocker,
vor sich auf dem Tresen ein Glas Milch.
Sie trägt enge Jeans,
die in flachen Lederstiefeln stecken,
eine taillierte Bluse, die ihren Busen zur Geltung bringt
und die ...

»Pffff. Du kannst wohl nicht anders, wie?«

Was denn jetzt noch?

»Musstest du die Bluse wirklich zwei Größen zu klein nehmen? Da werden mir alle Knöpfe abplatzen. Ach, du gehst mir auf die Nerven!«

Sie kehrte mir den Rücken zu und nippte an ihrem Glas Milch.

Plopp ...!

Das nächste Mädchen trat vor, ein Prachtexemplar. Der Personalchef lächelte sie dümmlich an.

Sie lächelte zurück und sagte mit einfältiger Stimme: »Wenn ich mit jemandem ins Bett gehen soll, kein Problem, aber ich sag's gleich, ich bin gepfeffert.«

Wie bitte?

»Ich hab einen Tripper.«

Sie lachte.

»Einen Höllentripper! Deshalb sag ich, wenn ich mit jemandem ins Bett soll, stört mich das nicht weiter, aber ich sag's lieber gleich, nachher pissen Sie Rasierklingen!«

Die Nächste.

Ich bin sauer auf dich, Laurent. Ich weiß, dass dir das egal ist, Kumpel – Friede deiner Asche usw. –, aber ich sage es dir trotzdem. Nicht nur, dass du tot bist und mich das traurig macht, du machst mir auch das Leben schwer mit deinem Testament.

Ich weiß nicht mehr, ob ich aufhören, weitermachen, dich umbringen oder leben lassen soll. Ich zweifle, ich zögere, ich schwanke. Ich blase Trübsal, ich mache mir Sorgen. Ich kaue an meinen Bleistiften, ich esse sie fast schon auf, was ein schlechtes Zeichen ist.

Und was die Mädchen angeht, tut mir leid, es ist keine große Liebe in Sicht. Ich habe hundertfünfzig Kandidatinnen aufmarschieren lassen, wie du selbst hast feststellen können, wenn du von da, wo du jetzt bist, einen direkten Zugang zu meinem Zeichenbrett hast.

Du hast das Ergebnis gesehen. Es ist niederschmetternd. Ich kann dir doch nicht eine von diesen abgetakelten Tussen anhängen. Zum Spielen, vielleicht, aber für den Rest? Jetzt mal ehrlich?

Du bist mein Freund, Laurent. Das hast du nicht verdient.

»Was sagst du, mein Schatz?«

»Nichts. Ich arbeite.«

»Ach so ... Herr Tjalsodann hat angerufen.«

»Im Ernst? Und wann kommt er?«
»Tja also dann ... Er weiß es nicht. Wahrscheinlich Montag.«
»Wir machen Fortschritte.«
»Ich gehe Brot holen. Auf dem Tisch liegen Briefe für dich. Küsschen.«
»Tschüsschen.«

Der Künstler (ich) steht seufzend auf,
in seine schwarze Trübsal gehüllt wie eine Fledermaus
in ihre zusammengefalteten Flügel,
und geht mit schlurfenden Pantoffeln in die Küche.
Auf dem Tisch ein Berg von Fanpost aus der ganzen Welt.
Er zieht aufs Geratewohl zwei heraus.
Der eine ist von Tarantino, der andere von den Coen-Brüdern.
Er lächelt.

Und fängt an, die Rechnungen zu sortieren.

Seit drei Tagen betrachtete ich das Plakat an der Wand gegenüber. Es war der Umschlag meines neunten Albums, *Eine blutige Saison*.

In diesem Werk war Jim auf der Suche nach einem von arganischen Piraten entführten Siedlerkonvoi. Die Piraten hatten gemeint, sie könnten in den ungesunden Torfmooren von Muddy Swamp 222, einem mickrigen kleinen Exoplaneten, der auf einer elliptischen Bahn um Oblivion kreist, Zuflucht finden.

Jim Oregon, am Steuer des Lizards,
schickt sich an, auf Muddy Swamp 222 zu schlanden[10].
In einem milchigen Licht mit rötlichen Nebelschwaden
erahnt man eine Unmenge von kriechenden Kreaturen,
die im Morast herumwimmeln
und keinen freundlichen Eindruck machen.

Ich hatte wie ein Irrer gearbeitet, um diesen giftigen Nebel hinzukriegen, die Lichtspiegelungen auf dem korrodierten Metall des Lizards, das stehende Gewässer, aus dem Dämpfe aus Angst und Methan aufsteigen, das Spiel der Farben mit dieser subtilen Verbindung aus trübem Grün und blutigem

---

10 Schlanden: intransitives Verb. In einem Schlammloch landen.

Rot ... Ganz zu schweigen von Jims Blick, in dem man zugleich höchste Spannung und olympische Ruhe lesen konnte, was eine gewisse Ahnung des Ausmaßes meines Talents vermittelt. Ich sage das nicht, um anzugeben. Wenn ich mir eines zugutehalten kann, dann ist das meine Objektivität.

Seit drei Tagen also musterte ich Jims Gesicht, als handle es sich um eine Kristallkugel. Ohne jedes Ergebnis. Schwere Betriebsstörung der rechten Gehirnhälfte.

Ich hielt meine Ungeduld in Zaum, indem ich in gemäßigtem Tempo eine letzte Serie von Sperlingsvögeln fertigstellte.

Ich machte »ein paar Vögel«, wie Prune sagen würde. Da gab es wenigstens keine Überraschungen, ich häufte auf meinem Tisch genug Federn und Flaum an, um alle unsere Bettdecken neu aufzufüllen.

Ich hatte das Sexbombencasting abgebrochen, ich brütete über Band 14, ich kritzelte und klecks te herum und hatte das Gefühl, überhaupt nicht zu tun, worum Laurent mich gebeten hatte, und auch nicht das, was ich selbst gewollt hätte. Diesmal, das spürte ich, würde ich es nicht schaffen.

Sogar Prune war langsam besorgt, auch wenn sie sich nicht traute, das Problem direkt anzusprechen. Ich sah es an ihren Menüs. Sie unternahm lauter verzweifelte Versuche, mich zu stärken, indem sie sich an Rezepten versuchte, die sie nicht – überhaupt nicht – beherrschte, die sie mir aber mit so viel Liebe und gutem Willen vorsetzte, dass es eine Ehrensache war, meinen Teller leer zu essen und dabei ekstatische *Mmmhhhs!* auszustoßen, bis sie mich mit tränenfeuchten Augen anschaute. Am Tag zuvor hatte sie mir ein Hähnchen russischer Art gemacht, das wohl illegal eingereist sein musste, wahrscheinlich im selben Lastwagen versteckt wie Genaros Whisky. Nach dem zweistündigen Mittagsschlaf, den mein Magen daraufhin verlangte, fand ich doch noch die Kraft für zwei oder drei kleine

Skizzen der kulinarischen Glanzleistungen meiner Süßen, um mich etwas zu entspannen.

Ich sagte mir sogar undeutlich, dass mit den ganzen Kritzeleien, die ich seit Beginn der Renovierung angesammelt hatte, irgendetwas anzufangen sein müsste. Eine Art Katalog ohne Worte – das kam mir angesichts der absoluten Leere in meinem Inneren entgegen –, der den Titel *Home Sweet Home* tragen könnte.

Ich hatte schon eine kleine Schar von Figuren im Sinn, neben meiner Prune und mir selbst. Pantoffel und Zirrhose, der inkontinente Marder, Onkel Albert – als Schweizer Kuckuck, der immer nur um sechs Uhr morgens ruft –, das von der Stimme des Verlegers bewohnte Telefon, und als Gaststar Herr Tjalsodann, der übrigens gerade angerufen hatte, um zu sagen, Tja also dann, am Montag könne er doch nicht, aber vielleicht am Donnerstag …

Ein Remake von Misery

Der Künstler (ich) in der Rolle von Annie Wilkes
zwingt einen Paul-Sheldon-Tjalsodann,
der mit Gummischläuchen gefesselt ist,
die Rohrleitungen auszuwechseln,
wenn er nicht mit Hähnchen russischer Art
zwangsernährt werden will.

Es ist schrecklich.

AD VITAM AETERNAM

Ein paar Morde
Ein olympisches Schwimmbad
Ein schottischer Sheriff
Eine Schussverletzung
Halleluja

»Ich habe nie irgendjemandem irgendetwas versprochen. Niemals, hörst du, Jimmy?«
»Mmmff...«
»Und weißt du, warum ich nie irgendjemandem irgendetwas versprochen habe?«
»...?«
»Weil Versprechen uns gefangen halten. Deshalb.«
»Wohl wahr.«

> Jim Oregon und »Buffalo« Boyd
> in *Wild Oregon,* Band 14
> *(Die große Treibjagd)*

Wenn ich nicht so gut arbeiten kann, wie ich es gern hätte (was leider allzu oft vorkommt), neige ich zum Blaumachen. Jeder Vorwand ist mir recht, um die Kurve zu kratzen, so weit weg wie möglich von meinem Arbeitstisch, meinen Stiften und meinen Farben.

Ich gehe mir selbst aus dem Weg, so gut es nur geht.

Da ich wirklich nichts Rechtes zustande brachte, beschloss ich am Abend, mich mit Gordon Boyd in Verbindung zu setzen, dem Spirituosenhändler und Verwahrer des Whiskys, den Laurent mir vererbt hatte. Nach Bordeaux sind es nur zwei Stunden über die Landstraße, das Wetter sollte die ganze Woche schön werden, und ich brauchte Luftveränderung.

Ich schlug Prune vor mitzukommen, doch sie wollte nicht.

Seit ein paar Tagen war sie dabei, hinten im Garten ein Schwimmbad auszuheben. Sie hatte ein acht mal vier Meter großes Rechteck abgemessen. Sie war schon bei gut drei Zentimeter Tiefe auf zwei Quadratmeter. Da wollte ich sie lieber nicht demotivieren.

Ich rief Gordon Boyd an, um zu hören, wann er Zeit hätte, und wir verabredeten uns für den übernächsten Tag um sechzehn Uhr. Er sprach ein tadelloses Französisch, charmant gewürzt mit einem schottischen Akzent à la Sean Connery. Sein Geschäft lag am Quai des Chartrons. Ich würde problemlos in einer Seitenstraße parken können, wo er einen eigenen Stellplatz hatte.

Die bloße Aussicht auf diesen geschwänzten Tag beflügelte mich. Ich stand sehr früh und mit neuem Schwung auf, fest entschlossen, weiter an Band 14 zu arbeiten, ohne recht zu wissen, wohin es mich führen würde, aber egal, das war unwichtig. Aus Erfahrung wusste ich, dass die Geschichte umso näher an das herankommt, was ich zu sagen versuche, je mehr ich der Improvisation freien Lauf lasse.

Ich machte mir einen starken Kaffee und ermutigte Pantoffel beim Herauswürgen eines Haarballens, was immer strapaziös zu hören und anzusehen ist. Ich schaffte es knapp, einem Pfotenhieb von Zirrhose auszuweichen, und ging siegesgewissen Schrittes in mein Arbeitszimmer. Ich riss die Fenster weit auf, um frische Luft herein- und den Mief hinauszulassen. Durch die Zweige der Weide sah ich Prune mit geschulterter Schaufel aus der Scheune kommen, wie einer von Schneewittchens Zwergen, der singend zum Bergwerk zieht.

Ich setzte mich an meinen Tisch und wartete reglos, mit meinem Bleistift bewaffnet, Nase in die Luft gereckt, mit einem so dämlichen Gesichtsausdruck wie ein Vorstehhund, auf die geniale Inspiration.

Neben den Nussbäumen, auf halber Höhe des sanft abfallenden Hangs, machte sich Prune an ihrem olympischen Schwimmbad zu schaffen.

Die Sonne stand schon hoch. Die Bäume trieben aus. Ich liebte diese Aussicht aus meinem Atelier. Sie war wie ein changierendes, sich unablässig wandelndes Gemälde: Ganz hinten im Garten schillerte sanft der Teich – den wir zu Beginn des Winters gereinigt und mit einer Plane ausgeschlagen hatten, um ihn abzudichten, denn Prune wollte einen Wassergarten daraus machen, den wir mit Koi-Karpfen *(Cyprinus carpio carpio)* schmücken würden oder mit gewöhnlichen Goldfischen, das hing von den Verkaufszahlen meines Albums ab und von Prunes Geschäften.

Das trockene Gras auf der Wiese des Nachbarn wogte im Wind.

Auf der anderen Seite des Tals fuhr langsam der Lieferwagen des Briefträgers vorbei. Die bläulichen Hügel hoben sich kaum von dem blassen, mit leichten Federwolken durchzogenen Himmel ab.

Dort drüben in der Ferne, am Fuß der Dark Mountains, stieg eine Staubwolke empor. Eine Herde wilder Neomustangs war gerade davongaloppiert, weil ein Black Raven nahte, ein niedrig fliegendes Patrouillenluftfahrzeug der Grenzpolizei.

Sie suchten sicher nach Flüchtlingen, die in Massen aus Afield-Field herbeiströmten, seit der Große Rat der uneinigen Nationen beschlossen hatte, tatenlos zuzusehen, wie die Anhänger des Gouverneurs und die seines Rivalen sich gegenseitig umbrachten.

Rechts flimmerte die Stadt Backwater in der dunstigen Hitze.

Im Vordergrund schaufelte Phoebe wütend das Grab des alten MacLean, der am Abend zuvor gestorben war, wie er gelebt hatte, ein Glas Whisky in der Hand, die Kugel hatte mitten ins Herz getroffen. Dienstbare Edelmänner, die bereit waren, in der prallen Sonne ein Grab auszuheben, um einer Dame die Mühe zu ersparen, waren in der Gegend nicht sehr verbreitet – außer es drückte ihnen jemand einen Colt an die Schläfe. Aber Phoebe war ohnehin eine Frau von Ehre und würde nie irgendjemanden bitten, eine Aufgabe zu übernehmen, die ihr oblag – schließlich hatte sie Blaine höchstpersönlich abgeknallt.

Der arme Teufel hatte den Fehler begangen, im falschen Moment aufzustehen, um aufs Klo zu gehen. So fand er sich in der Bahn der blauen Bohne, die einem ausgemachten Dreckskerl galt. Diesem hatte Phoebe dann mit einem zweiten Schuss die Birne weggepustet, klar, aber das war ein schwacher Trost.

Phoebe fühlt sich traurig und wütend.
Und auch schuldig.
(Schuldgefühle sind nicht leicht zu zeichnen.)
Sie pflanzt ihre Schaufel in den Erdhügel,
den sie gerade aufgeworfen hat,
holt das Pferd und führt es am Zügel,
damit es den Sarg bis zum Grab zieht.

Blaine »Grouchy« MacLean war ein braver alter Kerl gewesen, der nie Streit suchte, gern mal eine Runde spendierte und einen ordentlichen Stiefel vertrug. Der ideale Gast.

Phoebe ließ den Sarg ins Grab hinab, zog die Seile wieder hoch, wischte sich mit dem Ärmel über die Stirn. Dann spuckte sie in die Hände und begann, Erde auf den Sarg zu schaufeln. Blaine ruhte nunmehr in seiner grob gezimmerten Reisekiste aus Kiefernholz, auf die Schnelle zusammengenagelt vom örtlichen Schreiner, denn lange Totenwachen waren bei der Hitze hier nicht angezeigt.

Phoebe pflanzte ein Kreuz in die Erde und hängte den Hut des alten Blaine MacLean daran.

Ich fühlte mich etwas stumpf.

Der Bleistift blieb am Papier hängen, ein Gefühl der Schwere breitete sich in mir aus, ich bemühte mich, es zu ignorieren.

Blaine MacLean war nicht mehr. Er würde sich nie mehr an seinen gewohnten Platz setzen, gleich neben der Theke, der ihm einen zu weiten Weg ersparte, um nach dem fünfzehnten Glas wieder aufzutanken. Er würde nie mehr mit den anderen anstoßen, ein Tulpenglas in der Hand, bequem zurückgelehnt in seinem grünen Sessel.

*Phoebe steht einen Moment in stiller Andacht am Grab,
dann reitet sie auf ihrem Braunen davon.
Ich zeichne einen Sonnenuntergang dazu.*

Dann ging ich zurück ins Bett.

Laurent hatte recht, Gordon Boyd hätte einen Platz in *Wild* verdient.

Er war so groß wie Laurent, aber dreimal so breit, ohne jedoch dick zu sein. Ein Rugbystürmer mit einer freundlichen Schlägervisage und wachen kleinen Augen, die den ersten Eindruck sofort widerlegten. Die Sorte Mann, dessen Leben aus leidenschaftlichen Genüssen besteht, ein großer Verführer, Feinschmecker und Weinkenner, Kunstliebhaber und guter Sportler, wie es sich gehört. Dazu ein ehrlicher Blick.

Er reichte mir eine Hand, breiter als ein Rippenstück vom Rind, in die ich mit berechtigter Sorge meine zarte Tieraquarellistenpfote legte.

Dann führte er mich in sein Lager, in dem mich fünfundzwanzig Kisten sorgfältig sortierter Flaschen erwarteten. Ich schenkte ihm im Namen unseres gemeinsamen Freundes einen Glenfarclas The Family Casks von 1960, den er mir gleich zu öffnen vorschlug. Wir sprachen von Laurent. Es war seltsam und angenehm, mit jemandem über ihn reden zu können, den ich nicht kannte und von dem Laurent mir nie erzählt hatte (zumindest konnte ich mich nicht erinnern). Auch wenn ich wusste, dass Laurent seit Jahren nur noch bei diesem Händler kaufte, den er wegen der Qualität und Vielfalt seines Spirituosenangebots ausgewählt hatte, hatte ich keine Ahnung gehabt, dass sie Freunde geworden waren. Doch so war es.

Das Porträt, das Boyd von ihm zeichnete, fand ich sehr treffend, es beleuchtete andere Seiten von ihm, Seiten, die mir neu waren. Als würde ich einen vertrauten Laurent entdecken, den ich nicht wiedererkannte.

Zum Dank dafür, dass er sich um Laurents Brief gekümmert hatte, schenkte ich Gordon Boyd einen Originaldruck aus *Wild Oregon*, der dem ersten Exemplar entnommen war.

Ich spürte, dass er gerührt war. Er betrachtete den Druck mit der gleichen gewissenhaften, respektvollen Aufmerksamkeit wie Laurent. Er sagte: »Ah, Jim Oregon …! Ich kenne *Wild Oregon* auswendig, wissen Sie das? Ich habe alle Bände, mit Widmung.«

Mit Widmung …? Ich konnte mich nicht erinnern, dass Laurent mich je gebeten hätte, ein Buch für einen seiner Freunde zu signieren.

Doch Boyd stand schon auf und sagte: »Kommen Sie mit, ich zeige sie Ihnen.«

Ich folgte ihm in seine großbürgerliche Wohnung, riesig, komfortabel und diskret luxuriös – ein ganzes Illustratorenleben würde nicht ausreichen, um auch nur die Fußleisten zu finanzieren.

Sie lag direkt über dem Laden und dem Lager, in einem von Bordeaux' stattlichen Häusern aus dem achtzehnten Jahrhundert.

Seine Bibliothek war für sich allein schon eine Sehenswürdigkeit, eine Art New Yorker Public Library zum Privatgebrauch, in etwas kleinerem Maßstab natürlich.

Boyd ließ mich in einem der frisch gepolsterten, unglaublich bequemen Lehnsessel im viktorianischen Stil Platz nehmen, die vor dem alten Kamin standen.

In einem der Regale – und zu meinem Erstaunen nicht am schlechtesten Platz – thronten tatsächlich die zwölf Bände von *Wild Oregon*, zwischen Inkunabeln und bedeutenden Werken der Weltliteratur mit Ledereinband und Goldprägung. Ich fühlte mich fehl am Platz. Mein Werk war inmitten dieser feinen Gesellschaft nicht am richtigen Ort. Viel zu unbedeutend, zu leichtgewichtig, zu klein. Armseliger Hochstapler unter lauter wahren Talenten.

Doch Boyd begann, über die Serie zu reden, die Laurent ihn hatte entdecken lassen. Er hatte sie wirklich gelesen, daran bestand kein Zweifel. Er redete davon, wie manche Leser es tun, wenn sie sich ein Buch zu eigen gemacht haben, mit einer Menge Details, Anekdoten, treffenden und witzigen Bemerkungen zu den verschiedenen Figuren, Bezügen zu anderen Comic- und Romanautoren, und ein paar Fragen, die ich nicht unbedingt brillant beantworten konnte, denn der Autor ist selten der beste Gesprächspartner, was sein Werk betrifft.

Dann schweiften wir ab und redeten über amerikanische Literatur, über die großen Westernfilme, unsere gemeinsame Leidenschaft für Typen wie John Wayne, Henry Fonda, James Coburn, Clint Eastwood, Gary Cooper, Lee Marvin, aber auch über Space Operas, über den Zauber von *Dune – der Wüstenplanet*, über die Offenbarung, die der erste *Krieg-der-Sterne*-Film 1977 für uns dargestellt hatte. Wir waren uns einig über die unbedingte Notwendigkeit, die Genres zu mischen, das Drama durch Lachen zu brechen und der Wirklichkeit Schnippchen zu schlagen.

Boyd war ein echter Leser und dazu ein kritischer Kinokenner. Einer jener Unersättlichen, die Zeit finden, mehrere Leben zu leben, während andere nur eines haben, das sie noch dazu nur halb ausfüllen. Der Mann hatte einen Appetit wie ein Tiger. Und dieser Appetit wirkte ansteckend.

»Ach! Ich wollte Ihnen ja meine Widmungen zeigen!«

Boyd stand auf, holte meine Alben aus dem Regal und reichte sie mir eins nach dem anderen, vorsichtig wie ein junger Vater, der sein Neugeborenes zum ersten Mal auf den Arm nimmt.

In jedem von ihnen hatte Laurent etwas hinterlassen, das man als Autograph bezeichnen muss, denn seine Widmungen – in denen ich seinen Humor wiedererkannte – waren mit »Jim Oregon« signiert.

Während ich mit gemischten, etwas widersprüchlichen Gefühlen seine Kommentare las, bestand Boyd darauf, dass ich den Glenfarclas mit einem Macallan Speymalt von 1945 verglich.

Ich fragte ihn, wie man zwischen Vollkommenheit und Vortrefflichkeit wählen solle. Das brachte ihn zum Lachen.

Er sagte: »Laurent mochte Sie sehr. Ich kannte ihn sicher nicht so gut wie Sie, aber ich glaube, in schwierigen Momenten seines Lebens war Ihre Welt für ihn eine Fluchtmöglichkeit. Und ich sage das nicht, um Ihnen zu schmeicheln.«

Ich glaubte ihm, denn was er da sagte, erinnerte mich an Laurents Worte aus seinem Brief an mich. *Diese Lebenszulage, die du mir geschenkt hast …*

Er hatte mir nie gesagt, wie sehr er an seiner Figur hing, der alte Trottel.

Witze, Kritik, spöttische Bemerkungen, aber kein einziges Mal ein Ausdruck tieferer Gefühle oder vertrauliche Mitteilungen zu dem Thema. Er kannte mich gut.

Wenn er angekommen wäre und mir Honig um den Bart geschmiert und zugegeben hätte, welche Bedeutung dieses zweite Ich für ihn hatte, das in meinen Büchern jünger, stärker, lebendiger war als er selbst, dann hätte ich mich sicher genötigt gefühlt, dicker aufzutragen, um ihm eine Freude zu machen, auf die Gefahr hin zu übertreiben.

Mir nichts zu sagen war die Garantie dafür, meine Unschuld und meine Ungezwungenheit zu bewahren. Künstler sind wie Kinder, aber im Gegensatz zu Letzteren darf man sie nicht erziehen. Sie müssen sich verbrennen, so oft es nötig ist, sich die Knie aufschürfen und sich in zahllosen Sackgassen verrennen. Sie brauchen die Freiheit, sich zu irren.

»Noch ein Schlückchen?«

Man müsste verrückt sein, um abzulehnen. Ich hielt mein Glas hin.

Wo war ich stehen geblieben? Ach ja, die Künstler ... Sie müssen unverzagt ihre Fackel, ihre Kerze, ihr Schwefelhölzchen tragen (das merke ich mir für meinen nächsten Nobelpreis!). Sie müssen sich von Inspiration zu Experiment voranhangeln. Man muss sie allein in ihrer Küche vor sich hintüfteln lassen, Rezepte erfinden, von denen tausend ungenießbar sein werden, bis auf eines, das vielleicht gelingen wird, so wie es meine Prune tut, die eine große Chemikerin ist. Künstlerisches Schaffen ist in den meisten Fällen nichts als eine Abfolge von abenteuerlichen Glücksfällen. Und der Künstler nichts als ein Tölpel, dem der Zufall zu Hilfe kommt und der schamlos seine tragischsten Fehler ausnutzt, um sie als wohlüberlegte Entscheidungen auszugeben.

Wie eine ungeschickte Bäckerin, die ihren Apfelkuchen fallen lässt, als sie ihn aus der Form nimmt, und ihn dann, um das Gesicht zu wahren, Tarte Tatin tauft. Oder wie ...

»Reg dich nicht auf, Junge. Alles in Ordnung. Trink lieber noch ein Gläschen.«

Laurent sitzt auf der Lehne von Gordons Sessel
und prostet mir zu,
auf dem Kopf einen echten alten Boss of the Plains
aus Biberfell-Filz.

Ohne mich aus den Augen zu lassen,
fettet Gordon Boyd in seinem Sessel
seinen Walker Colt und pfeift vor sich hin.

Die Ebene lag ruhig da, die Sonne war untergegangen.

Es roch nach Staub …

Manchmal ist es nicht nötig, jemanden zu kennen, um sich ihm anzuvertrauen.

Es gibt Freundschaften, wo das Vertrauen so selbstverständlich und so schnell da ist, dass man sofort hemmungslos die Hose herunterlassen würde, wenn nicht ein Rest von Anstand einen zurückhielte.

Und mit dem Whisky dazu war wirklich jede Befangenheit wie weggeblasen.

Als Grundlage für die Fortsetzung hatte Boyd uns ein Abendbrot gemacht.

»Wir werden nur zu zweit sein, meine Frau ist nicht da. Ein einfacher kleiner Imbiss ist Ihnen doch recht?«

Frisches Landbrot, Trüffellamellen, grobes Salz, Entenleber und eine Flasche Bâtard-Montrachet.

Sechs Monate Autorenhonorar. Es war mir vollkommen recht.

Wie nicht anders zu erwarten für jemanden, der in Sachen Alkohol nicht regelmäßig übt (denn um auf einer Langstrecke durchzuhalten, braucht es eine Menge Training), war ich schnell in einen sanften Dämmerzustand verfallen, eine Art freundliche Euphorie, dank der kombinierten Wirkung des Glenfarclas, des Macallan und des herrlichen Chardonnays, die über meinen Rausch wachten wie drei gute Feen an meiner Wiege.

Ich kannte diesen Mann erst seit ein paar Stunden, doch ich zögerte keinen Augenblick, ihm von Laurents Brief zu erzählen und von dem erdrückenden Vertrauen, das mein alter Freund mir gegenüber bewiesen hatte, indem er mich beauftragte, für Jim das zu erreichen, woran er selbst sein Leben lang gescheitert war.

Boyd hörte mir sehr aufmerksam zu, ohne die geringste Überraschung zu zeigen. Als ich fertig war, schenke er mir noch ein Glas ein, das ich nicht ablehnte. Wir hatten ausgemacht, dass ich bei ihm übernachten würde, um mich vor einem tödlichen Unfall auf den gefährlichen kleinen Straßen der Aquitaine zu bewahren.

Er sagte: »Was ist Ihnen denn eigentlich so unangenehm bei der Sache?«

»...?«

»Ich meine ... Warum ist es für Sie so schwierig, sich Jim verliebt vorzustellen? Weshalb stört sie das?«

Und das fragte mich ein *Leser*?

Das war doch nicht schwer zu verstehen: Ein Comic-Held hat einen so klar definierten Charakter, dass er definitiv ist. Er hat allgemein bekannte Schwächen und ganz bestimmte Vorzüge. Genau dafür liebt ihn der Leser, für diese Reihe von Invarianten, dank denen er ihn wiedererkennt.

Ob in einem Comic, einem Roman oder einem Film, einen Helden *kann* man nicht verändern, das ist ausgeschlossen. Nicht einmal um des Gedenkens an einen Freund willen.

»Können Sie sich Harry Potter als Muggel vorstellen? Batman in einer Ente? Wonder Woman im Blaumann? Corto Maltese mit einer Fischallergie?«

»Nein, Sie haben recht, ich kann es mir nicht vorstellen. Aber das ist auch nicht mein Job, sondern Ihrer. Sie sind der Künstler.«

Na klar doch. Und die Verantwortung gegenüber dem Leser, die Treue, die man ihm schuldig ist, die ...

»Denken Sie oft an mich, wenn Sie arbeiten?«

»Wie bitte?«

»Machen Sie sich viele Gedanken über mich, ›den Leser‹? Fragen Sie sich bei jeder Seite, was ich von Ihrem neuen Album halten werde, ob es mir gefallen wird oder nicht, ob ich diese oder jene Figur oder Handlung, den Anfang, die Mitte, den Schluss mögen oder kritisieren werde?«

Ja und nein.

Natürlich, *Wild Oregon* war eine Serie, die von treuen Anhängern gelesen wurde, von denen ich nicht wusste, wie enttäuscht sie sein würden, wenn morgen oder in einem halben Jahr alles aufhörte. Insofern ja, das war mir während der Arbeit immer präsent, es schwebte irgendwo zwischen mir und dem Blatt.

Aber ich hatte mich immer selbst als ersten Leser meiner Arbeit betrachtet. Ihren einzigen Leser, mit meinem Verleger, Prune und Laurent, bis zum Beweis des Gegenteils, wobei der Beweis Philippes Unterschrift auf einem Vertrag ist, ohne die das Buch nicht gedruckt werden und auf den Buchhandelstischen landen wird.

Ich bin ein Autokrat. Ich verlasse mich auf meinen Instinkt. Wenn ich die ganze Zeit, die das Schreiben eines Albums in Anspruch nimmt, immer wieder zu meinen Stiften zurückkehre, obwohl ich ein großer Faulpelz bin, dann vor allem deshalb, weil die Geschichte mich interessiert und ich wissen will, wie sie ausgeht, egal ob gut oder schlecht.

Ich versuche, nicht an die anderen zu denken, die meine Geschichte lesen werden, sonst würde ich mir bei jeder neuen Sprechblase, bei jedem neuen Panel fragen, ob das, was ich mache, »gefallen« wird, ob es »gut« ist.

Ich würde mich zensieren. Ich wäre nicht mehr ich selbst.

»Genau das dachte ich mir. Also hängt die Frage der Verantwortung gegenüber dem Leser nicht an diesem Punkt. Was mich angeht, können Sie sich jedenfalls entspannen: Ich bin voll und ganz bereit, Ihnen zu folgen, wohin Sie wollen, wenn die Geschichte nur gut ist. Und ich bin sicher nicht der Einzige unter Ihren Lesern, der so denkt … Bleibt nur noch, dass diese Liebesgeschichte für Sie ein ernstes Problem darzustellen scheint. Ist es vielleicht das, was Ihre Arbeit so schwierig macht?«

»Nicht schwierig, unmöglich! Jim ist von Beginn der Serie an ein Einzelgänger. Das kann nicht anders funktionieren. Das würde nicht hinhauen. Punkt, aus.«

»Wissen Sie, ich habe allein gelebt, bis ich neunundvierzig war. Wohlgemerkt nicht einsam, sondern allein. Und dann habe ich meine jetzige Lebensgefährtin kennengelernt, und die Idee, mit jemandem zusammenzuleben, drängte sich mir innerhalb von drei Tagen auf, es war plötzlich völlig selbstverständlich. Nathalie hat mein Leben verändert, von Grund auf, in vielerlei Hinsicht, genauso wie ich ihres verändert habe. Aber wenn wir das konnten, dann deshalb, weil wir in unserem tiefsten Inneren dazu bereit waren, auch wenn wir davon nichts wussten. Meine Freundin ist recht eigensinnig. Und ich bin meinerseits nicht leicht zu handhaben, das kann ich Ihnen versichern.«

Daran zweifelte ich keine Sekunde. Und ich wusste sehr gut, wovon er redete. Auch ich hatte mein Leben recht plötzlich verändert, als Prune aufgetaucht war und alle meine Pläne, tragisch und zölibatär zu leben, über den Haufen geworfen hatte. Ganz zu schweigen von Onkel Albert und seiner Liebsten, die beide auf die Hundert zugingen.

»Was ich Ihnen sagen will, Merlin, ist, dass Menschen sich

ändern, das wissen Sie so gut wie ich. Manchmal sogar auf radikale Weise, ganz unvermittelt. Und wenn Menschen das tun, warum sollte es dann bei Comicfiguren anders sein? Sie machen mit Ihren Helden doch, was Sie wollen, oder?«

Wer hat gesagt, dass Künstler frei sind zu erschaffen, was sie *wollen*? Im besten Fall erschaffen sie, was sie *können*, und das ist schon nicht schlecht. Man passt sich an, man tut sein Bestes. Man zeichnet nie, was man im Kopf hat, sondern das, wozu die Hand fähig ist.

»Es gelingt mir nicht, die Frau zu finden, die Laur… die Jim bräuchte.«

Gordon unterdrückte ein Lächeln.

»Ich sehe sie nicht, ich *spüre* sie nicht, verstehen Sie? Ich habe da einfach eine Blockade.«

»Hat Laurent sie Ihnen in seinem Brief beschrieben? Hat er Wünsche geäußert?«

Nein, natürlich nicht, er hat mir nichts beschrieben. Er hat mich nur gebeten, ihm eine *schöne* Frau zu finden, wenn das nicht »zu viel verlangt« wäre.

»Ich nehme an, Sie kannten seinen Geschmack in Sachen Frauen?«

»Nicht so genau.«

»Aber in den zwanzig Jahren Ihrer Freundschaft haben Sie ihn doch sicher mal von der einen oder anderen sagen hören, er fände sie anziehend? Oder ›scharf‹, wie er sich wohl ausgedrückt hätte?«

Ja, natürlich. Nicht sehr oft, aber schon.

»Haben Sie ein Beispiel?«

Da brauchte ich nicht lange nachzudenken. Lolie.

»Ah, ja, Lolie! Ich habe sie nie gesehen, aber Laurent hat mir oft von ihr erzählt. Würden Sie sagen, dass Lolie schön ist, ich weiß nicht, etwa wie … Phoebe?«

Schön? Nein. Lolie ist eine kleine untersetzte Frau, ein bisschen rund und nicht besonders hübsch, um die Wahrheit zu sagen. Aber sie hat Charme und sprudelt vor Leben.

»Wie alt ist sie, zwanzig, fünfundzwanzig? Dreißig?«

Einundsechzig im nächsten Lenz. Vier Jahre älter als Genaro und ich. Und fast fünfzehn Jahre jünger als Laurent.

»Ich kann sie Ihnen zeigen«, sagte ich und zog mein Telefon hervor.

Ich hatte am Tag der Beerdigung ein paar Fotos von ihr und Genaro gemacht, beim Kaffeetrinken im Etna, dann vor dem Stadion, mit Onkel Albert im Taxi, und schließlich im Restaurant, an Genaro geschmiegt und lauthals singend. Während der Trauerfeier hatte ich darauf verzichtet. So üblich es auch ist, andere Leute mit Fotos von Hochzeiten und Taufen zu beglücken, bei Bestattungen ist das noch nicht gebräuchlich geworden. Dabei gäbe es da durchaus Interessantes zu dokumentieren …

Boyd kam herüber und hockte sich neben mich, mit einer katzenartigen Geschmeidigkeit, die für einen Mann seiner Statur erstaunlich war. Er betrachtete schweigend die Fotos.

Ich sagte: »Es ist nicht nur diese Liebesgeschichte, die mich blockiert, wissen Sie. Das ist sogar noch das kleinste Übel. Das Unerträglichste ist zu wissen, dass Laurent keinen Wert darauf legte, dass Jim ihn überlebt, oder genauer gesagt, dass er keinen Wert darauf legte, dass er *mich* überlebt. Ich soll ihn eliminieren. Darum hat er mich ganz klar gebeten.«

»Und dazu können Sie sich nicht durchringen.«

»Nein. Tut mir leid, aber nein. Das schaffe ich nicht. Es mag Ihnen vielleicht lächerlich erscheinen, und das ist es sicherlich auch, aber das geht über meine Kräfte. Ich habe Jim erschaffen. Er ist zwar so alt wie ich, aber für mich ist er wie ein Sohn. Das könnte er fast auch werden, wenn ich lang genug lebe, denn er wird anders als ich selbst für immer sechzig bleiben. Ich kann der Vorstellung nicht ins Auge sehen, dass Jim Oregon verschwindet, dass er in Vergessenheit versinkt. Das *will* ich nicht, verstehen Sie?«

»Ich verstehe Sie sehr gut. Ich mag die Figur sehr, und übrigens nicht nur diese. Ich mag Ihre ganze Welt. Jim würde mir als Leser fehlen, wenn er verschwände. Und auch Phoebe. Und die anderen.«

»Sehen Sie?«

»Trotzdem ...«

Er schien beim Reden nachzudenken. Ich hatte das Gefühl, dass eine Reihe von fernen, unbestimmten Gedanken in seinem Kopf allmählich Gestalt annahmen.

»Würden Sie sagen, dass Laurent tot ist?«

»...?«

Boyd saß mir wieder gegenüber. Er musterte mich mit einem scharfen und zugleich verschwommenen Blick, als versuchte er meine Gedanken zu lesen und gleichzeitig seine eigenen scharfzustellen. Wir näherten uns sicher den zwei Promille, wenn er mich so hanebüchene Dinge fragte und ich meinerseits versuchte, ihm zu antworten, ohne daran Anstoß zu nehmen.

»Ja«, sagte ich. »Ja, Laurent ist tot.«

Sehr tot sogar, wenn man die beiden Wörter kombinieren kann.

»Da sind wir uns also einig. Aber würden Sie sagen, dass er in Vergessenheit versunken ist?«

»Ich verstehe nicht.«

Er lachte kurz auf.

»Ich glaube, ich verstehe selber nicht genau, worauf ich hinauswill. Das bedeutet wohl, dass es an der Zeit ist, schlafen zu gehen.«

Boyd begleitete mich zu meinem Zimmer, das eine Stunde Fußmarsch entfernt am anderen Ende der Wohnung lag.

Dann wünschte er mir eine gute Nacht, ich zog mich aus und warf mich wie ein vierjähriges Kind auf das riesige Bett, das so groß wie eine Eisbahn war, wobei ich mich gerade noch zurückhalten konnte, nicht laut »Juchhuuuu!« zu schreien.

Die Matratze begann zu schwanken, die Decke sich zu drehen.
So war es also, sternhagelvoll zu sein.

Am nächsten Morgen wachte ich um acht Uhr mit dem Gefühl auf, die ganze Nacht gearbeitet zu haben, mit fürchterlichen Kopfschmerzen und tieferen Ringen unter den Augen als die texanischen Soldaten während der Belagerung von Fort Alamo.

Gordon Boyd, frisch und ausgeruht, reichte mir eine Tasse reinen Koffeins, dazu ein Frühstück, das auf seinen Körperbau zugeschnitten war. Wir nahmen uns vor, uns wiederzusehen.

Erst musste sich allerdings meine Leber wieder erholen.

Auf der Rückfahrt dachte ich an unser etwas konfuses Gespräch vom Vorabend zurück, das zweifellos zu den brillanten Ideen Anlass gegeben hatte, die mir in meinem komatösen Schlaf gekommen waren, an die ich mich nur leider überhaupt nicht erinnern konnte.

Boyd und ich hatten an wesentliche Dinge gerührt.

Vor allem Boyd, um ehrlich zu sein, von der ruhigen Position desjenigen aus, der von einer Situation nicht betroffen ist, was ihm den nötigen Abstand gibt, um ein Urteil wagen zu können, während derjenige, der bis zu den Nasenlöchern drinsteckt, nicht klar sehen kann.

Er hatte eine rettende Intuition gehabt, davon war ich überzeugt. Aber welche? Ich fühlte mich entsetzlich frustriert. Ich war mir ganz sicher, dass ich in der Nacht die Lösung für alle meine Probleme in der Hand gehalten hatte. Ich wusste, dass das Ergebnis der unlösbaren Gleichung in goldenen Lettern auf der Tafel meines Gehirns geschrieben stand, ich hatte Zeit gehabt, durch das Flurfenster einen Blick darauf zu erhaschen, bevor irgendein Vollidiot genau in dem Moment, als ich das Klassenzimmer betrat, heranstürzte, um die Tafel zu putzen. Die Tafel war wieder schwarz geworden, die Gleichung bewahrte ihr Geheimnis, und ich fand mich am Ausgangspunkt wieder.

Ein Schüler (ich) sitzt in einem Klassenzimmer
an einem Pult und schreibt eine Prüfung.
Vor ihm eine riesige Tafel voller Hieroglyphen,
die wild herumzappeln.
Der Schüler versucht, seine Lösungen mit einem butterweichen
Winchester-Power-Point-Geschoss
auf die Rückseite eines zerknitterten Suchbefehls
niederzuschreiben.
Der Prüfer verkündet,
er werde jetzt die Arbeiten einsammeln ...
Die Zeit ist um.

Je mehr ich darüber nachdachte, desto wahnsinniger machte es mich. Es schwirrte um mich herum wie eine halsstarrige Fliege, am äußersten Rand meines Blickfeldes. Fast greifbar, in Sichtweite, aber doch unerreichbar.

»Ich hab schon wieder ein Problem mit dieser gottverdammten Zündung! Ich wäre beinahe auf Green Falls liegen geblieben.«
Ich zuckte zusammen.
Jim saß neben mir auf dem Beifahrersitz. Ich lenkte den Lizard. Wow! Toll! Das war das erste Mal! Ein total abgefahre-

nes Gefühl, das war das Mindeste, was man sagen konnte. Das einzige Problem war, dass ich keine Ahnung hatte, wie man diese Kiste steuerte. Warum hatte ich nur so viele Knöpfe und Hebel gezeichnet? Immer muss ich übertreiben und raffiniert tun! Wie korrigierte man den Kurs nach oben? Wie funktionierte das Scheißding?

»Das ist ein Beruf, Junge. Mir fällt es ja auch nicht ein, dich zeichnen zu wollen. Also weshalb musst du unbedingt versuchen, diese Maschine zu steuern?«

Schon gut, keine Sorge, ich hab's im Griff. Wohin geht die Reise denn?

»Das solltest du doch am besten wissen! Gerade war ich noch im Peevish Rat und habe mit meinem Kumpel Buffalo Boyd und zwei freundlichen jungen Damen Karten gespielt, und jetzt sitze ich plötzlich in meinem Cockpit neben einem Grünschnabel, der sich für Captain Kirk hält und ganz aussieht, als würde er bei einem Besen vorne und hinten verwechseln. Hör auf, an allen Hebeln zu rütteln, verdammt, das Ding will behandelt werden wie ein Mädchen, mit Gefühl. Wenn du dich nicht beruhigst, legen wir eine Bruchlandung hin, und zwar schneller als es braucht, um ein Bier zu zischen. He! Das Stopp-Schild! Verflucht noch mal!«

Ich fing die Szene noch mal neu an, das war besser für meine Lebenserwartung und meinen posthumen Ruhm.

Diesmal saß ich in meinem Auto, Jim auf dem Beifahrersitz. Er kaute Tabak und schaute leicht verstimmt drein.

»Du wolltest mich sehen, Kleiner?«

Ja ... Nein ... Na ja, doch ... Äh ...

»Du siehst anscheinend klar wie ein Bisonfladen.«

Ja, ja, schon gut, ist nicht meine Schuld. Ich habe Probleme, okay?

»Wer hat das nicht, Junge? Was habe ich damit zu tun?«

Es geht um dich. Du hast ein Liebesproblem.

»Ein Liebesproblem? Was ist das denn für ein Blödsinn? Hat dir die lange Betty etwa erzählt, dass ...? Dieses Miststück! Das kann doch jedem mal passieren, keinen hochzu...«

Nein-nein-nein, es ist Laurent, der mich gebeten hat, dir ...

»Jetzt komm mir nicht wieder mit diesem Dreckskerl Reverend Dickinson, Kleiner, ich hab dich gewarnt.«

Ja, aber ... Er ... Ich ... Wir ... Pfff.

»Was?«

Ich habe keine Wahl, Jimmy: In deinem Leben fehlt es an Liebe, und ich muss welche reinbringen.

Jim zog den Colt und legte auf mich an.

»Wenn du mir näher kommst, hast du eine Kugel zwischen den Augen.«

Wie bitte? Nein, nicht so, wie du glaubst, ich habe mich unklar ausgedrückt. Ich muss eine Frau für dich finden.

»Eine Frau für mich? Tickst du nicht mehr richtig, Kleiner? Seit wann habe ich es nötig, dass man mir beim Pinkeln den Schwanz hält? Meinst du, ich bin nicht groß genug, um den Stier zur Kuh zu führen?«

Jim spuckte einen braunen Strahl aus, der auf meiner Windschutzscheibe landete.

»Wofür hältst du mich, Junge? Kümmer dich lieber darum, die verdammte Zündung zu reparieren.«

»Hör bloß nicht auf ihn, Jimmy. Er kann deine Probleme garantiert nicht regeln«, sagte da plötzlich Phoebe von der Rückbank. »Mich hat er den armen Grouchy MacLean abknallen lassen, nur um sich abzureagieren.«

»Im Ernst? Der alte MacLean ist tot?«

»Wie gesagt, ja. Und ich musste ihn ganz alleine am Stadtrand begraben. In der prallen Sonne, mit einer zu kleinen Schaufel und in einer zu engen Bluse ...«

»Zum Teufel noch mal. Wenn ich mir überlege, dass wir von so einem Greenhorn abhängig sind!«

»Ähem, ich möchte mich ja nicht in Dinge einmischen, die mich nichts angehen …«, sagte da eine dritte Stimme, die mir bekannt vorkam.

»Wer ist denn der da, verflucht?«

»Ach, Sie hatte ich gar nicht gesehen!«, sagte Phoebe. »Sind Sie mit Jim verwandt?«

Laurent saß hinten neben Phoebe und schaute mich im Rückspiegel besorgt an.

»Ich habe das Gefühl, du gehst ungeschickt vor, Merlin …«

Ich ging ungeschickt vor? Dich wollte ich mal sehen! Der Typ war ein echter Hitzkopf. Und diese Hysterikerin lief mir völlig aus dem Ruder.

»Wovon redest du, Junge?«

»*Welche* Hysterikerin?«

Ach, Scheiße! Lasst mich doch alle in Ruhe!

»Sie sind Jims Bruder, oder? Sein Cousin vielleicht? Er sieht dir ähnlich, stimmt's, Jimmy? Schau ihn doch mal an! Er ist dir wie aus dem Gesicht geschnitten, ich schwör's dir! Findest du nicht?«

»Mffff.«

Doch, doch, sie hatte recht. Es war geradezu verblüffend, sie hätten Zwillinge sein können.

Ein altes Original und seine beglaubigte Kopie. Abgesehen vom Schlafanzug, den das Original trug.

Sechs Uhr vierzig. Telefon. Albert hatte wohl heute mal ausgeschlafen.

Ich sprang aus dem Bett, leicht wie eine Feder.

Onkel Alberts Stimme klang sehr munter.

»Ah, du bist zurück! Hast du einen guten Fang gemacht?«

»Ein Rotbarsch und ein Thunfisch.«

»Großartig! Warum ich anrufe: Ich habe gerade ein nagelneues Gerät erworben, das ich gerne mit dir einweihen möchte.«

»Du machst mich neugierig.«

»Stell dir vor, Edmée versucht mich zur modernen Technologie zu bekehren. Sie hat mich überzeugt, ein Telefon zu kaufen, das man der Gebrauchsanweisung zufolge auch als Fotoapparat benutzen kann!«

»Unglaublich!«, antwortete ich.

»Aber wahr! Ich war skeptisch, aber es stimmt tatsächlich. Ein Freund hat ein paar Porträts von Edmée und mir geschossen, die ich dir gerne zukommen lassen würde, sofern dein eigener Apparat sie empfangen kann.«

»Ich denke, er kann«, sagte ich und betrachtete mein iPhone.

»Dann werde ich jetzt Edmées Anweisungen folgen. Bitte entschuldige mich einen Augenblick.«

Er legte wie gewohnt seine Hand neben den Hörer und ließ mich so an ihrer Unterhaltung teilhaben.

»Wischen Sie mit Ihrem Finger dahin, Albert. Nein, weiter rechts.«

»So?«

»Ja. Und jetzt tippen Sie. Tippen.« (Leises Lachen.) »Nein, Albert: Ihren Code.«

»Ach, wie peinlich. Sie müssen mich sehr dumm finden.«

»Ich finde Sie entzückend, Albert. Jetzt drücken Sie hier. Ja. Da. Sehr gut. Wählen Sie das Foto aus, das Sie versenden wollen. Oh nein, nicht dieses!« (Leises Lachen.)

»Lieber dieses? Da sehen Sie strahlend aus.«

»Und Sie auch. Drücken Sie. Bravo, Albert, Sie haben soeben Ihr erstes Foto verschickt.«

»Merlin, Merlin, hörst du mich?«

»Ja, Albert, ich höre dich sehr gut.«

»Stell dir vor, ich habe soeben mein erstes Foto per Satellit verschickt. Du solltest es innerhalb der nächsten Stunden bekommen.«

»Ich habe es bekommen, Albert.«

»Ach, was für eine phantastische Welt!«

Auf dem Foto war Edmée zu sehen, in Leinenhose und leichter Bluse am Arm von Onkel Albert, der sehr aufrecht und mit stolzem Blick posierte. Edmée lächelte anmutig. Eine sehr hübsche alte Dame, der man ihr ehrwürdiges Alter wirklich nicht ansah.

Ich fragte Onkel Albert, wie es ihm in seinem neuen Leben gehe.

»Edmée und ich sind in dem Alter angekommen, in dem die Tage dreifach zählen, wie manche Buchstaben beim Scrabble. Und so genießen wir auch unser unverhofftes Glück dreifach.«

Ich fragte mich gerade, ob ich an ihrer Stelle nicht all der verlorenen Zeit nachtrauern würde, als Albert hinzufügte: »Statt sinnlos den verlorenen Jahren nachzuhängen, haben wir beschlossen, uns als Privilegierte zu betrachten, was wir ja auch sind. Es gibt recht wenig Menschen, die in unserem Alter noch glücklich sind. Und noch viel weniger, die verliebt sind. Und frisch verliebt dazu! Wir sind seltene Exemplare! Habe ich nicht recht, meine Liebe?«

(Leises Lachen.)

»Ich würde dich beneiden, wenn ich nicht selbst vom Leben verwöhnt wäre!«, sagte ich.

»Die einzige Schattenseite meines Glücks – nur ein leichter Schatten, muss ich zugeben: Ich glaube, Tante nimmt es mir sehr übel.«

»Das ist nicht verwunderlich. Du verlässt sie nach sechsundfünfzig Jahren eines gemeinsam verpfuschten Lebens für eine andere Frau. Da hat sie allen Grund, ein wenig missmutig zu sein. Und das sage ich nicht, um sie in Schutz zu nehmen – du weißt, dass ich sie nicht ausstehen kann.«

»Ja, es ist nicht leicht für sie. Und noch weniger für ihren Neffen Mathias, denn sie hat beschlossen, zu ihm zu ziehen. Aber ich könnte ihr auch manches übel nehmen, weißt du? Wir haben beide Schuld. Sie hat mich nicht glücklich gemacht. Und ich bin trotzdem geblieben, wie ein Feigling.«

Er hatte recht. Zu einer unglücklichen Beziehung gehören immer zwei.

Um sie ein Leben lang aufrechtzuerhalten, ist ein langer Atem vonnöten.

Jeder Tag braucht seine eigene Plage.

Prune war dabei, mit der Gabel einen angebrannten Kuchen aus der Form zu kratzen, weil sie vergessen hatte, die Form zu fetten und zu mehlen. Ich gab ihr eine kurze Zusammenfassung meiner gestrigen Unterhaltung mit Boyd.

Sie setzte mir ein paar Kuchenkrümel vor und meinte: »Der Typ hat recht.«

Wie, »er hat recht«? Recht worin denn? Gordon Boyd hatte nur ein paar Fragen in den Raum gestellt. Wie konnte man mit einer Frage recht haben? Es waren doch wohl die Antworten, die einem recht oder unrecht gaben, nicht die Fragen. Oder nicht?

Aber Prune nickte mit einer überzeugten, zufriedenen Schnute und fügte hinzu: »Doch, wirklich, eine scharfsinnige Analyse! Du hast gut daran getan, ihn zu besuchen, du musst erleichtert sein.«

Daraufhin zog sie ihre Jacke an, drückte mir einen Kuss auf die Lippen und sagte: »Ich mach mich wieder an die Arbeit.«

Und überließ mich meiner Ratlosigkeit.

Durchs Fenster sah ich sie ihre Schaufel nehmen und tänzelnd hinten im Garten verschwinden, um weiter an unserem olympischen Schwimmbad zu graben. Ein Schwimmbad, in dem ich frühestens in etwa vier Jahren baden gehen würde, da das abgesteckte Rechteck bisher nicht weiter als eine Handbreit umgegraben war (ich habe nachgemessen). Aber da ich meinerseits nicht die Absicht hatte, auch nur einen einzigen Spatenstich zu tun, enthielt ich mich feige jeden Kommentars.

Dennoch war ich drauf und dran, ihr hinterherzulaufen, um ein paar Erklärungen über die Erleichterung zu verlangen, die ich ihr zufolge nach meinem Gespräch mit Boyd verspüren sollte, als vor dem Gartentor plötzlich ein Lieferwagen hielt.

War der Briefträger früh dran? Was für eine neue Hiobsbotschaft würde er mir bringen?

Ich stopfte mir eine Handvoll angekohlter Kuchenkrümel in den Mund und ging schleppenden Schrittes hinaus, um die Post entgegenzunehmen.

Doch da wartete kein Briefträger.

Sondern ein Wunder.

Vor dem Gartentor stand, seine Werkzeugkiste in der Hand, Herr Tjalsodann persönlich.

Über seinem Kopf glitzert ein Regenbogen,
dazu ertönen himmlische Klänge.
Der Hausbesitzer (ich) kniet in der Einfahrt nieder
und faltet die Hände vor der Brust.

Oder besser noch:

Der Hausbesitzer (ich) wirft sich in den Schlamm,
Gesicht nach unten, Arme ausgebreitet,
demütig wie ein Büßer.
Der Klempner steigt über ihn hinweg,
ohne ihn zu beachten, und sagt:

»Tja also dann, ich hatte kurz Zeit und dachte, ich komm mal vorbei. Ihre Frau hat gemeint, es gibt Probleme mit dem Warmwasser?«

Ich nickte und führte ihn katzbuckelnd zu unserem Boiler.

Er bastelte an zwei-drei Drähten herum, zog eine Grimasse, pfiff zwischen den Zähnen, schnalzte mit der Zunge, sagte »Hoppla!«, dann »Aha, aha«, bevor er sein Werkzeug wieder einpackte und sprach: »Tja also dann, die Sache ist komplizierter, als ich dachte! Ich habe nicht die richtigen Ersatzteile. Die muss ich bestellen.«

»Meinen Sie, das wird lange dauern?«, fragte ich, als ich ihn zurück zum Gartentor begleitete.

»Tja also dann, wenn ich sie heute noch bestelle … Könnte ich vielleicht, sagen wir, nächste Woche Montag wiederkommen, wenn's Ihnen recht ist?«

Kein Problem.

»Aber ich kann Ihnen nichts versprechen.«

Das hatte ich schon verstanden.

Tjalsodanns Wagen zuckelt über den steinigen Weg davon.
Rechts und links des Canyons stehen furchterregende
Sioux-Krieger und beobachten ihn,
bevor sie das Signal zum Überraschungsangriff geben.

Ich hatte meinen Stolz. Ich würde Prune nicht glauben lassen, dass ich unfähig war, alleine zu verstehen, was ihr an Boyds Analyse so brillant erschien.

Ich hatte selber ein Hirn. Ein Künstlerhirn, gewiss, aber doch ein Hirn.

Was hatte er also gestern Abend gesagt, aus seinem tiefen Sessel heraus?

Sie kannten seinen Geschmack in Sachen Frauen?

Ich verstand mehr oder weniger, was Boyd klar geworden sein musste, als ich ihm die Fotos von Lolie gezeigt hatte. Ich war ja nicht völlig blöd.

Der Castingfehler, den ich drauf und dran gewesen war zu begehen, lag auf der Hand. Seit ich Laurents Brief gelesen hatte, versteifte ich mich darauf, den alten Jim Oregon wie der letzte Zuhälter mit atombusigen Tussen und zwanzigjährigen Püppchen versorgen zu wollen.

Aber im Leben, im wirklichen Leben, hatte Laurent sich in eine fünfzigjährige Taxifahrerin verliebt, als er ihr begegnet war.

Keine verführerische Schönheit, keine Femme fatale, nein: eine *normale* Frau.

Mit einem Schlag wurde mir bewusst, was ich Prune angetan hatte, als ich sie mit den Zügen – und vor allem den Kurven –

der berühmten Phoebe in die Serie aufgenommen hatte. Ich war am Boden zerstört.

Was war ich doch für ein erbärmlicher, phantasieloser Macho! Ich hatte mich damit begnügt, Phoebe die Persönlichkeit meiner Prune zu geben – alles, was ich an ihr bewunderte, ihren Mut, ihren Stolz, die freie, kritische, liebevolle, unabhängige Frau. Aber von ihrer äußeren Erscheinung war kaum etwas geblieben. Verschwunden ihre Brust, so flach wie die eines noch nicht geschlechtsreifen Mädchens, die braune Haut, die dunklen Augen, die kräftige Nase, die gewölbte Stirn, die schmalen Lippen, die Lücke zwischen den Schneidezähnen, die schmale Figur einer Vierzehnjährigen. Weggefegt, ausgelöscht, ersetzt durch einen Wonderbra-Busen, Antilopenschenkel, Stöckelschuhe, Netzstrümpfe, üppige Lippen, himmelblaue Augen.

Eine hübsche Nutte für mein Schaufenster, während meine Frau im Hinterzimmer saß.

Ich hatte geglaubt, ihr eine Ehre zu erweisen, aber ich hatte alles verleugnet, was sie ausmachte, ich elender Trottel.

Und ich war drauf und dran, Laurent genauso übel mitzuspielen, indem ich Jim ein aufgedonnertes Saloongirl anzuhängen versuchte. Unter dem Vorwand, es gebe im Comicgenre Standards, Traditionen, Gewohnheiten. Als hätte er nichts Besseres verdient, mein Freund seit zwanzig Jahren, mein Beinahe-Vater. Als könnte ich ihm einfach so eine Bettgeschichte unterjubeln anstelle einer Liebesgeschichte.

Scheiß auf die Standards!

Wenn Laurent (Verzeihung, Jim) eine Frau lieben sollte, dann musste es eine mindestens Fünfzigjährige sein, mit den Unvollkommenheiten einer echten Frau, Falten, einem Leben, einer Vergangenheit, Kilos, und diese Liebe würde umso schöner sein.

»Ich bin nicht unglücklich, dich das denken zu hören ...«

Laurent steht am Atelierfenster
und schaut leise lächelnd in den Garten hinaus.
Er trägt seinen Schlafanzug, hat beide Hände in den Taschen.

Du hättest mir ja helfen können, wenn du es auch dachtest, dann wäre ich schneller draufgekommen.

»Tut mir leid, aber ich habe es nicht geschafft, dich zu erreichen, seit ... *du weißt schon.*«

Und heute Morgen, auf dem Rückweg von Bordeaux? Warst du da vielleicht nicht im Auto?

»Du wirst vielleicht gemerkt haben, dass wir in deiner Karre nicht allein waren. Da konnte ich nicht offen reden.«

Weißt du, Laurent, ich wollte dir sagen ... wegen deines Testaments ...

»Ich weiß. Es tut mir leid. Mir war nicht klar, wie schwierig das werden würde. Ich habe mir ganz schön Sorgen um dich gemacht, seit ... *du weißt schon.* Ach, verflucht, ich bringe es nicht heraus! Ich habe es immer noch nicht ganz verdaut, dass ich so plötzlich abgetreten bin! Wie auch immer, jetzt geht es schon besser: Ich weiß, dass du verstanden hast, was für eine Freundin ich brauche, und ich weiß, dass du es hinkriegen wirst, da vertraue ich dir voll und ganz.«

Wirklich? Meinst du, ich bin auf dem richtigen Weg?

»Da bin ich mir sicher, Merlin. Ach! Eine letzte Sache noch ... Wenn du vielleicht ...«

Nun sag schon.

»Ich ertrage diesen Schlafanzug nicht mehr.«

Laurent schaut selig lächelnd in den Garten hinaus.
Er trägt Jeans und Stiefel mit eckiger Spitze,
Karohemd, Weste und Wollmantel,
auf dem Kopf den unumgänglichen Boss of the Plains.
Er tippt mit dem Zeigefinger an seine Hutkrempe,
lächelt mir zu und geht,
bis ans äußersten Ende des Panels,
über dessen Grenze hinweg und davon,
dorthin, wo meine Feder ihm nicht folgen kann.

Ich fühlte mich erleichtert. Prune hatte recht gehabt.
    Es tut immer gut, wenn man aufhört, bescheuert zu sein.

Ich ging zu Prune auf ihre Baustelle.

Sie hatte kreuz und quer über den zukünftige Swimmingpool ein ganzes Netz von Schnüren gespannt, die Flächen von einem Quadratmeter markierten, wie bei archäologischen Ausgrabungen.

Meine Prune ist schlau, sie hat damit sicher ein Mittel gefunden, auf zugleich weniger anstrengende und produktivere Weise zu arbeiten, ohne sich zu verzetteln.

Sie empfing mich mit einem Lächeln. Ich nahm sie wortlos in die Arme. Sie ließ es zu, sie ist leicht zu haben. Ich bat sie, mir zu verzeihen.

Sie sah mich wie von weither an, die Augen zusammengekniffen.

Ich hakte nach: »Verzeihst du mir?«

»Äh ... Kommt drauf an. Was hast du denn schon wieder angestellt?«

Ich legte ihr das Ergebnis meiner Überlegungen dar: Was ich beim Erschaffen von Phoebe für einen Beweis meiner Wertschätzung und meiner Liebe für sie gehalten hatte, hatte sich als schlimmstmöglicher Verrat erwiesen.

»Jetzt dramatisierst du aber ein bisschen, oder?«

Nein, nein und noch mal nein, ich dramatisierte in keiner Weise. Nicht im Geringsten. Ganz im Gegenteil.

Der Blitz möge mich treffen, die Erde möge sich unter meinen Füßen auftun, ich möge zu Staub und Asche zerfallen, wenn ich übertrieb: Ich stand wirklich unter Schock, seit mir klar geworden war, wie sehr ich mich verirrt hatte.

»Ist ja gut, mein Schatz, reg dich nicht auf. Und was hast du jetzt vor? Sie einer Brustverkleinerung unterziehen, ihr die Schienbeine absägen?«

»Ich werde die Serie beenden. Dann hat sich die Sache von selbst erledigt.«

»Okay«, meinte Prune in etwas ernsterem Ton. »Ich verstehe dich, aber ich finde das schade. Ich mag Phoebe. Sie hat was von Calamity Jane, sie lässt sich nichts gefallen. Ich habe sie mit der Zeit liebgewonnen, auch wenn sie mir nicht besonders ähnlich ist.«

»Doch, in Wirklichkeit ist sie dir ähnlich. Sehr sogar. Sie hat deinen Charakter, deine Stärke, deine Integrität, deine Entschlossenheit.«

»Meine innere Schönheit, wie?«

Ich legte ihr meine große Balkonszene hin.

Der Künstler (ich), in Illustratorenkluft
(weite Hose und Schlabberpulli),
macht seiner Angebeteten, die sich in geblümten Gummistiefeln
auf ihre Schaufel stützt, eine Liebeserklärung.
Als Geräuschkulisse das wohlklingende Duett
einer Nachtigall und einer Amsel
(Luscinia megarhynchos / Turdus merula / Il.: Merlin
   Deschamps).

Ich beendete meine Ode an meine Liebste, indem ich sie auf sehr demagogische Weise für die Herkulesarbeit beglückwünschte, die sie hier verrichtete.

»Wenn du willst, könnte ich dir beim Graben helfen, damit es schneller geht«, sagte ich, von der wilden Romantik des Augenblicks mitgerissen.

»Mir wobei helfen?«

Ich zeigte auf die Baustelle.

Sie lachte und sagte: »Das ist nett, aber ich bin eigentlich fertig.«

»Fertig? Aber das sind gerade mal zwanzig Zentimeter. Höchstens.«

Sie schaute mich ratlos an.

Ich beharrte: »*Zwanzig* Zentimeter, mein Schatz! Meinst du wirklich, das wird ausreichen, um hineinzuspringen?«

»Um hineinzuspringen, nein, sicher nicht. Allerdings wüsste ich auch nicht, wer mitten in meinen Gemüsegarten springen sollte.«

Der Künstler (ich) schämt sich in Grund und Boden
und pflanzt sich selbst in einen Blumentopf.
Auf seinem Kopf ein Etikett: »Kartoffel«.
Prune liegt mit Sonnenbrille und oben ohne
auf einem Liegestuhl, die Füße in einem Wassereimer,
und betrachtet den Gemüsegarten, in dem der Salat wuchert.
Pantoffel und Zirrhose kommen pfötchenhaltend daher,
der eine mit einem Entenschwimmreifen,
die andere mit einer Unterwasserharpune.

Lolie würde nicht im nächsten *Wild Oregon* in der Rolle von Jims Geliebten auftreten. Aus mehreren Gründen. Ihre Geschichte mit Laurent war zu Ende, wirklich zu Ende. Sie ist mit Genaro glücklich, sie sind ein reizendes Paar, und es wäre wirklich gemein, sie zu kidnappen und ihr still und heimlich eine Romanze mit Jim Oregon anzuhängen.

Im übrigen hatte ich es mir lange genug viel zu leicht gemacht, ich musste mich mal ein bisschen anstrengen. Ich wusste noch nicht, wie diese Frau sein würde, die für Jim bestimmt war, aber ich wusste jetzt, wie sie nicht war – das war schon mal ein großer Schritt nach vorn.

Blieben die anderen Fragen. Vor allem Boyds Stichfrage: *Würden Sie sagen, dass er in Vergessenheit versunken ist?*

Darum kreisen meine Gedanken – um die Mühe, die ich hatte, mich von Jim zu trennen, um Laurents Willen, um alles, was ich seit so vielen Jahren in diese verschiedenen Figuren hineingesteckt hatte. Was das alles darstellte. Und was ich mit ihnen verlieren würde.

Wenn Jim starb, wer würde sich dann an ihn erinnern, außer den Fans der Serie, die sich bald andere Lektüre suchen würden? Der Gedanke verfolgte mich wie ein Schatten, ich nahm ihn wahr, ohne ihn fassen zu können.

Ich war mir sicher, dass ich mich auf dem richtigen Weg befand, um mein Problem zu lösen, aber auf eine inwendige, unterirdische Weise, es war noch nicht wieder aufgetaucht. Die Wahrheit schwamm unter der Oberfläche wie eine Bachforelle, ich musste die passende Fliege finden, die sie aus dem Wasser locken würde.

Gordon Boyd war Sheriff. Das konnte nicht anders sein.

Breit wie ein Bison, vorsichtig wie ein Prärieindianer, mit dem scheinbar friedlichen, gleichmütigen Blick eines Schwarzbären mit vollem Bauch. Ein alter Kumpel von Jim.

Sie hatten sich gerade wiedergetroffen, am Anfang von Band 14, den ich anders angehen würde als geplant.

Gordon Boyd hatte in *Wild Oregon* seinen Platz gefunden. Er war so leicht hineingeglitten wie ein Brief in einen Umschlag, das hatte Laurent ganz richtig gesehen. Ich hatte nur seinen Vornamen geändert, um ihn mir leichter zu eigen zu machen, und auch um den echten Gordon nicht in Verlegenheit zu bringen.

Er hieß nunmehr George »Buffalo« Boyd.

Auf die Idee hatte mich Jim persönlich gebracht, auf der Rückfahrt von Bordeaux, als er von diesem Buffalo Boyd redete, mit dem er gerade Karten gespielt hatte.

George »Buffalo« Boyd – der es nicht ertrug, dass man ihn BB nannte, die paar Leichtsinnigen, die es gewagt hatten, weilten nicht mehr unter den Lebenden –, BB also ließ seit dreißig Jahren in der kleinen Stadt Pierce Recht und Ordnung walten, auf der Insel Green Falls, der größten des abdriftenden Archipels Asturius vom Exil.

Nach einer Reihe von abscheulichen Morden, die ohne jeden Zweifel auf das Konto von Jenny Pearl gingen, hatte Sheriff Boyd auf die rothaarige junge Dame ein Kopfgeld ausgesetzt, und zwar in so überzeugender Höhe, dass die übelsten Halunken der uneinigen Nationen alsbald in die Stadt Pierce strömten. Jim Oregon, ebenfalls auf der Suche nach dem mörderischen Rotschopf, landete wie gerufen auf Green Falls.

Die Menschenjagd (genauer gesagt: die Frauenjagd) konnte beginnen.

Ich erahnte schon ein schönes Abenteuer mit den beiden einsamen Wölfen, George Buffalo Boyd und Jim Bear Oregon. Ich sah sie schweigend durch die Steppe von Green Falls reiten, über den verschneiten Pass von Fatal Gate und dann die Waldstraße hinab, von der Stadt Pierce bis zum Pelzhandelsplatz in Last Breath, wo die Raumfähren zu den anderen Inseln des Archipels, nach Afield-Field, zum Exoplaneten Ysidor und vielen anderen Zielen starten. Die Raumfähren, die Jenny Pearl sicher brauchen würde, um aus Green Falls zu fliehen und als das böse Mädchen, das sie nun mal war, weiter Tod und Verderben zu säen.

Ich stellte mir Jim Oregon und Buffalo Boyd vor, wie sie auf ihrem Weg von zwei oder drei Schurken verfolgt würden, die wild entschlossen waren, sich das Kopfgeld unter den Nagel zu reißen. Es juckte mich sehr, die Gelegenheit zu nutzen, um ein paar von Jims besten Feinden wieder auftreten zu lassen, ein paar Erzbanditen und Kanaillen, die ihr Pferd für seinen Kopf geben würden.

Gewalt, unwirtliche Natur, George Buffalo als schöne Nebenfigur voller Saft und Kraft. Das würde etwas hermachen.

Ich zeichnete mit Freude und zunehmender Melancholie, da ich mich irgendwann dazu würde durchringen müssen, diese ganze schöne Welt hinter mir zu lassen. Und mit dem Gedanken konnte ich mich nach wie vor nicht anfreunden.

Ich hatte den Titel für Band 14: *Die große Treibjagd*.

Aber das gehetzte Wild war ich.

Halleluja!

Sie heißt Halleluja Mac Cárghtaigh (gesprochen »MacCarthy«). Sie sieht aus wie meine Musiklehrerin in der Schule, Madame Larchenal. Eine Alte, die damals gerade mal so alt war wie ich heute, von der ich aber geschworen hätte, dass sie mindestens hundert war. Mit einem Blick wie eine asiatische Großmutter, schwere Lider und Wangen mit Falten wie Sonnenstrahlen. Trotz ihrer verklemmten Art brachte sie uns zum Lachen wie niemand sonst. Meine Liebe zur Musik verdanke ich ihr.

Halleluja Mac Cárghtaigh ist eine Mestizin mit einer indianischen Mutter und einem Waldläufer als Vater, geboren vor sechsundfünfzig Jahren in einer Trapperhütte auf dem Archipel Asturius vom Exil. Mit vier Jahren wurde sie zur Waisen, nachdem ihr Vater, ein walisischer Einwanderer, ihre Mutter erstochen hatte und selbst vom Sheriff der Gegend aufgeknüpft wurde.

Sie kam ins Waisenhaus von Green Falls und wurde zwei Jahre später von einem Ehepaar irischer Herkunft adoptiert, den schon recht betagten Mac Cárghtaighs, die sie als kleines Wunder betrachteten und deshalb Halleluja tauften.

Fast fünfundzwanzig Jahre lang war sie mit einem gewissen

Edmond Oakley verheiratet, einem Pferdezüchter, der an den Folgen des Bisses einer Wassermokassinotter *(Agkistrodon piscivorus / Ill.: Merlin Deschamps)* starb.

Mrs. Mac Cárghtaigh spielt begnadet Klavier und spricht mehrere Sprachen, darunter die drei indianischen Dialekte des Archipels. Ihre Abstammung verleiht ihr etwas Unbezähmbares – ich habe keine Angst vor Klischees, die funktionieren immer gut. Hinter der Fassade einer wohlerzogenen, gepflegten irischen Lady brennt in ihr ein loderndes, wildes Feuer.

So läuft es immer ab, wenn eine wichtige Figur auf meine Seite gepurzelt kommt.

Kaum habe ich sie zu skizzieren begonnen, da sehe ich schon ihren ganzen Personenstand vor meinen Augen vorbeiziehen, ihre Herkunft, ihre Schwächen, ein paar Details und persönliche Erinnerungen. Sie fließt mir rasch aus der Feder, ich beeile mich, um nichts zu versäumen, die weißmelierten roten Haare, die sie von ihrem Vater geerbt haben muss, streng zurückgekämmt, von einem braven Haarband gehalten, die noch zierliche Taille unter der blau-weiß karierten Schürze, die stolze Haltung. In ihrem dunklen Gesicht leuchten mandelförmige grüne Augen.

Halleluja Mac Cárghtaigh versteht es, ihren Colt zu gebrauchen, was ihr schon manches Mal zustattenkam, um ihre Ranch gegen die plündernden Banden zu verteidigen, die zwischen der Stadt Pierce und dem Pelzhandelsplatz Last Breath unterwegs sind.

Die Gelegenheit würde ich mir nicht entgehen lassen, ich liebe Frauen, die sich nichts gefallen lassen.

*Mrs. Mac Cárghtaigh in der Tür ihres Hauses,
zwischen den Händen eine Neo-Winchester
mit wärmegesteuerten Geschossen,
die Ärmel bis über die Ellbogen hochgerollt.
Man spürt, dass ihre Hand nicht zittert
und dass die Lady sicher schießt.
In ihrem Visier: Jims Herz.
Ein Zucken ihres Zeigefingers, und es ist aus mit ihm.
Jim schaut die Frau an, er weiß, in nicht mal zwei Sekunden
wird er tot sein. Er richtet sich unmerklich auf,
er will aufrecht sterben.
Buffalo Boyd, die Hände hoch über dem Kopf, verhandelt.
Wind kommt auf und verweht seine Worte.*

»Himmelherrgott, Mrs. Mac Cárghtaigh, ich bin es, Sheriff Boyd! Schießen Sie nicht!«

»Ich habe Sie erkannt, George. Unnötig zu schreien wie eine Pulpitis in der Eisenbahn. Wer ist der andere Pilger da? Ihn erkenne ich nicht.«

»Das ist mein alter Freund Jimmy. Jim Oregon.«

»Sieht so aus, als wäre Ihr Freund nicht ganz auf der Höhe.«

Ich betrachtete Jim aufmerksam. Er war tatsächlich sehr blass. Ich murmelte: Stimmt, du siehst echt elend aus! Ich glaube, ich hab's ein bisschen übertrieben.

»Schon gut, Junge, ich hab schon Schlimmeres erlebt. An einer lumpigen Kugel im Bauch werd ich nicht krepieren!«

Sheriff Boyd hielt die Hand an sein Ohr. Der Wind heulte wie ein wild gewordener Kojote.

»Was sagten Sie, Mrs. Mac Cárghtaigh?«

»Ich sagte, Ihr Freund scheint sich nicht gut zu fühlen.«

»Das ist wohl wahr, Mrs. Mac Cárghtaigh. Wir sind oben am Pass in einen Hinterhalt geraten. Jim wurde verletzt.«

»Wo sind Ihre Angreifer?«

»Die werden niemanden mehr angreifen, Ma'am«, antwortete Jim mit angespannter Stimme, den Blick starr auf den Lauf des Gewehrs gerichtet, der immer noch auf ihn zeigte.

Dann fügte er hinzu: »Gutes Material, das Sie da haben.«

»Richtig, Mister. Und sehr zuverlässig. Das kann Ihnen der halbe Friedhof bestätigen.«

»Herrgott, Halleluja, wo haben Sie denn dieses Gerät aufgetrieben?«

»Das habe ich mir in meinen Mußestunden selbst gebastelt, Sheriff. Wie immer.«

»Sie sind unverbesserlich! Ich werde es konfiszieren müssen!«

»Mit Verlaub, Ma'am, ich blute wie ein Schwein und werde mich bald nicht mehr auf meinem Pferd halten können. Ich sag's Ihnen nur, damit Sie nicht überrascht sind, ich möchte nicht, dass Sie erschrecken und ich eine verirrte Kugel abkriege.«

Halleluja ließ den Lauf ihrer Winchester langsam sinken, betrachtete Jim Oregon etwas freundlicher und sagte schließlich beinahe herzlich: »Ich habe noch etwas Irish Stew mit Bärenfleisch übrig, wenn Sie Lust haben ...«

»Oder sonst könnte ich auch etwas Hähnchen aufwärmen?«, fügte meine Prune hinzu, gerade als ...

... George Boyd und Mrs. Mac Cárghtaigh
Jim Oregon stützen,
um ihm die Treppe hochzuhelfen.

Seite 28. Jim Oregon hatte es übel erwischt. George Boyd legte ihn auf den Tisch, zog die Öllampe so tief wie möglich über den Körper seines Freundes herunter. Halleluja Mac Cárghtaigh, die es seit dem Tod ihres Mannes gewohnt war, ihre Pferde selbst zu verarzten, kümmerte sich um seine Verletzung.

Das alles erklärte ich Prune, während ich das Hähnchen aufaß. Ich hatte einen Bärenhunger.

Ich zeigte ihr meine Skizzen. Prune betrachtete sie aufmerksam, eine nach der anderen. Jetzt schaute sie mich an, fasziniert von dem Erregungszustand, in dem ich mich befand.

Sie ist immer überrascht von den seltsamen Veränderungen, die in mir vorgehen, sobald ich wieder Ideen habe. Ich rede vor mich hin, ich schlinge mein Essen herunter, mir ist kalt, mir ist heiß, ich kann nicht still sitzen. Ich führe in meinem Atelier Indianertänze auf, lache grundlos, höre ohrenbetäubende Musik. Ich trommele auf meinem Tisch herum.

»Wird er sterben?«, fragte Prune.

»Ich glaube nicht.«

»Aber warum hast du das getan?«

Ihre Stimme klang vorwurfsvoll. Aber ich hatte nichts *getan*. Es war einfach passiert.

»Du kannst ihn nicht einfach sterben lassen. Nicht jetzt schon.«

Ich schaute Prune schweigend an. Sie sagte mit einem flehenden Blick: »Er muss sich doch erst verlieben, oder?«
Ich lächelte.
»Ist schon in Arbeit.«
»Oh nein, ich hab's kapiert! Pfff. Er wird sich in diese irische Indianerin verlieben, stimmt's?«
»Willst du es wirklich wissen?«
Prune schüttelte den Kopf.
Sie wüsste es natürlich für ihr Leben gern, aber ich durfte es ihr bloß nicht sagen, das würde sie um das Vergnügen bringen, es selbst zu entdecken.

Ich kenne sie, die Angst des Lesers, wenn der Schlusspunkt naht. Die Trauer, die Abwehr, wenn nur noch ein paar Seiten übrig sind. Wenn man weiß, dass man bald alles wissen wird. Keine Spannung mehr, keine Überraschungen, kein Grund mehr, noch auf irgendetwas zu hoffen. Das Stück ist bis zum letzten Wort des letzten Verses gespielt. Die tiefe Enttäuschung, wenn uns der Schluss nicht gefällt. Und das besondere Gefühl, das sanfte, melancholische Glück, ein Buch zuzuschlagen, wenn man es geliebt hat.

Die Stunden und Tage, die man mit Figuren verbracht hat, die einem lieb geworden sind, die einen durch den Tag begleitet haben wie kleine Schatten an unseren Fersen. Kleine Flügel in unserem Rücken. Geister, die wir eifersüchtig für uns behielten oder mit anderen teilten, eine Mittagspause, eine Bus- oder Zugfahrt lang.

Unsere Rendezvous mit ihnen an regnerischen Wochenenden, unsere Abende unter der Bettdecke, im vertraulichen Licht der Nachttischlampen.

Diese Figuren, von denen man schwören könnte, sie seien speziell *für uns* erschaffen worden von diesen lieben Unbekannten, all den lebenden oder auch toten Autoren, deren Stimmen jedoch noch widerhallen. Flaschenpostbefüller, Strickerinnen von Traumgespinsten.

Wie soll man sich von ihnen verabschieden, von all den Figuren auf der Suche nach Lesern, von denen uns manche lebendiger und echter vorgekommen sind als unsere Nachbarn, unsere Eltern oder Brüder, und die uns mit in ihre Welt genommen haben? Eine Welt, die unserem Alltag manchmal so nah war, dass wir nicht überrascht gewesen wären, sie eines Morgens beim Brotholen in der Bäckerei zu treffen.

All die Hauptfiguren, die unverzichtbaren Nebenrollen, die braven Statisten, die uns so nahestanden wie alte Freunde – wie soll man ohne sie auskommen, wenn die Geschichte zu Ende geht, wenn sie verlischt? Da hilft nur Untreue, indem man anderswo nach neuen Geschichten, neuem Schauder, neuer Selbstvergessenheit sucht.

All die Weggefährten, die uns zu Reisenden ohne Fahrkarte, ohne Gepäck gemacht haben, frei, uns mit ihnen aufzumachen, frei, im Zug zu bleiben oder abzuspringen, unsere Identität zu wechseln. Frei, für eine Weile Goldsucher zu werden, Wucherer, Straßenräuber, Hure, Spirituosenhändler, Comiczeichner mit poetischer Ader, Verleger eines Autors mit Schreibblockade, Tieraquarellmaler, wankelmütiger Klempner, Maklerin, Taxifahrerin mit großem Herzen, hundertjähriger alter Onkel oder sarkastischer Kumpel, sanfte Geliebte mit fruchtigem Namen, Führer eines interstellaren Konvois, Femme fatale, leichtes Mädchen, habgieriger Neffe, bösartige Megäre, empfindsamer Kater, wild gewordene Katze. All diese Figuren, ohne die wir Leser nicht wären, was wir sind. Ohne die wir weniger Träume in uns hätten, weniger Orte kennen würden, weniger Stimmen, die uns das Leben ins Ohr flüstern. Wie Kinder, denen niemand je Geschichten erzählt hat und die ihren staunenden Blick verloren haben.

»Ist ja alles gut, mein Schatz, reg dich nicht auf, ich bin ja mit allem einverstanden, was du willst, aber weißt du denn wenigstens, in welche Richtung du gehst?«, fragte Prune besorgt.

Nein, meine Liebste.

Ich wusste es genauso wenig, wie du wissen konntest, wie der morgige Tag aussehen würde.

Ich wusste nur eins: dass ein Comicband 46 Seiten hat.

Ich war auf Seite 28, ich hatte also noch etwas Luft.

Über der Ranch von Mrs. Mac Cárghtaigh
bricht die Nacht herein.
George Boyd und sie sitzen am Ofen
und trinken schweigend Kaffee.
Jim schläft auf dem Sofa, ein Verband um den Bauch.
Halleluja konnte ihm die Kugel entfernen.
Sie schaut oft zu ihm hinüber.

Sechs Uhr. Die sogenannte »Stunde des Onkel Albert«.

Ich war von ganz allein aufgestanden, aus eigenem Antrieb. Weder Telefonklingeln noch Fußtritte von Prune hatten mich aus dem Bett gejagt. Einfach nur ein stiller, drängender Ruf, vermutlich aus Green Falls.

Ich machte mir schnell einen Kaffee und lief ins Atelier.

Jim hatte die Nacht überlebt, das war ein gutes Zeichen. Hoffte ich. Er war noch recht schwach.

Boyd hackte Holz, Halleluja versorgte die Pferde.

Das Wetter war schön. Am wolkenlosen, rußig roten Himmel hinterließen die großen Bergwerkskreuzer von Eternal Fog ihre hellen Spuren wie feine Diamantkratzer auf Glas.

Ich betrachtete den Garten, die Weide und die Linde, die Nussbäume. Das Gemüsegartenschwimmbad, das meine spöttische Prune *(Prunus joculosa)*, seit neulich immer wieder erbarmungslos zum Lachen brachte.

Pantoffel kam schüchtern angeschlichen.

Ich nahm ihn auf den Arm, er stupste mich mit der Nase, schnurrte mir ins Ohr, klagte, jammerte über alles, was in der Nacht an Schrecklichem passiert war. Ein merkwürdiges Geräusch im Dunkeln, eine riesige Maus, und die fürchterliche Zirrhose, die durchs Haus spukte.

Ein Rotkehlchen *(Erithacus rubecula)* übte in der Hecke seine Tonleitern. Ich fühlte mich ruhig, besänftigt.

Würden Sie sagen, dass er in Vergessenheit versunken ist? Endlich verstand ich den Sinn dieses verdammten Satzes. Dieser Frage vielmehr, die Gordon Boyd an sich selbst gerichtet hatte und die mich seitdem verfolgte wie ein Ohrwurm.

»Und? Die Antwort also?«

Laurent versucht, so schnell wie möglich den Colt zu ziehen wie ein geübter alter Cowboy.
Vom alten Sofa ganz hinten im Atelier aus
beobachtet ihn Jim Oregon,
auf einen Ellbogen gestützt und abgeklärt priemend.
Phoebe näht die Knöpfe ihrer Bluse wieder an.
Halleluja und Boyd unterhalten sich vor der Scheune.
Zirrhose spielt mit Pantoffel Karten,
um zwei Leckerlis pro Punkt.
Sie mogelt.

»Also, was antwortest du?«

Ich antworte mit nein, Laurent. Du bist nicht in Vergessenheit versunken. Solange ich lebe, wird es dazu nicht kommen.

Die Toten sterben nicht, solange man an sie denkt, sie sind nur nicht da, das ist alles. Man muss bloß ihr Porträt an der Wand anschauen, an die Stunden zurückdenken, in denen man zusammen herumgesponnen hat, sie weiter lieben, dann kommen sie sofort zurück, und es ist alles wieder da, die Präsenz, das geteilte Glück, die Wärme des Augenblicks. Ich habe dir eine Lebenszulage geschenkt, wie du geschrieben hast. Aber weißt du, Laurent, was du mir im Gegenzug gegeben hast?

»Was denn?«

Du hast es mir erlaubt zu leben. Zu *leben*, Laurent. Und ich rede nicht nur von meinen phantastischen Honoraren. Indem du mich zur Figur des Jim inspiriert hast, hast du aus mir einen Autor gemacht, auf dem besten Wege, als der bedeutendste des Jahrhunderts anerkannt zu werden, wenn es nicht schon so weit ist. Jedenfalls bin ich mir sicher, dass mir dieser Ruhm unmittelbar bevorsteht.

»Da bin ich mir auch sicher, Junge. Mit einem Helden wie mir kann es gar nicht anders ausgehen.«

Ich verdanke deiner schönen Lonesome-Cowboy-Visage, deinem klapprigen Lizard und deinem miesen Charakter – doch, doch! – jede Menge Leser. Das ist nicht zu verachten. Ein Autor ohne Held und ohne Leser existiert für niemanden, nicht mal für sich selbst. Du hast mir das Geschenk eines ganzen Universums gemacht. Als Illustrator schulde ich dir alle meine Fans, meine Arbeit und dieses Haus ohne Schwimmbad, in dem Prune und ich glücklich leben werden.

»Hey! Schau mal her!«

Laurent zieht seinen Revolver,
versucht ungeschickt, ihn um den Zeigefinger
kreisen zu lassen, um ihn dann
neben das Holster zurückzustecken.
Jim Oregon lacht, verzieht das Gesicht
und hält sich den Bauch.
Phoebe verdreht die Augen.
Pantoffel dreht sich um und klatscht Beifall.
Zirrhose nutzt die Gelegenheit,
um ihm seine Leckerlis zu stehlen.

»Ach Mist, fast hätte ich es geschafft!«, brummt Laurent und hebt seine Waffe auf. »Was sagtest du gerade?«

Ich sagte, dass ich dir Prune verdanke, da du die wunderbare Idee hattest, sie mir vorzustellen. Mit bald sechzig Jahren verdanke ich es euch beiden, dass ich das Leben jetzt weit mehr liebe als mit dreißig. Und ich verdanke dir auch das Privileg, dein Freund gewesen zu sein – nein, noch zu sein –, und du fehlst mir.

»Hör auf mit dem Blödsinn, du bringst mich noch zum Heulen.«

Das möchte ich gerne mal sehen.

Seit zwei Tagen konnte Jim wieder aufstehen. Das Gehen fiel ihm noch schwer, aber sein Zustand besserte sich rapide. *(Ein Comicband hat nicht genug Seiten, um dem Helden eine lange Genesungszeit zuzugestehen. Es muss vorangehen, und zwar schnell.)*

Boyd schickte sich an, zum Handelsplatz Last Breath weiterzuziehen, notfalls allein.

Jenny Pearl musste seit mindestens zwei Tagen auf irgendeinem Raumschiff unterwegs sein, wohin weiß der Teufel. Es war nicht ihre Art, zu warten oder einen Treffpunkt auszumachen. Und der Winter nahte. Bald würde der Blizzard die Waldstraße unpassierbar machen.

Mit Genuss zeichnete ich die Ranch von oben, inmitten des endlosen Waldes. Ich stieg höher auf, immer höher. Der abdriftende Archipel Asturius vom Exil sah aus wie eine Handvoll Steine, von einem Riesen ins dunkle Wasser eines Flusses geworfen. Drumherum die Nacht des Weltraums, die funkelnden Sterne, all die langsamen Bewegungen der Konvois, die zwischen federleichten Planeten, wie lauter Seifenblasen und bunte Luftballons, lautlos den interstellaren Routen folgten.

Jäher Sturzflug. Überfliegen des Archipels. Die Insel Green Falls kam näher, wurde immer größer. Das Städtchen Pierce, das Gebirge, der Pass, dann der Wald, die Ranch auf der Lichtung. Dann das Innere der Ranch. Boyd schlafend auf einem alten Schaukelstuhl.

Draußen wurde der Wind stärker und rüttelte an den Baumkronen.

Jim schaute zu, wie Halleluja im Zimmer hin und her ging. Seit fünf Tagen spürte sie diesen Blick, der ihr folgte, der manchmal eine Weile auf ihren Hüften, in ihrem Nacken verharrte. Auf ihrem Gesicht, ihren Händen, wenn sie morgens seinen Verband wechselte. Sie war verwirrt, zeigte es jedoch nicht.

Er war genauso verwirrt wie sie.

Er fragte sich, was ihn an dieser Frau reifen Alters anziehen konnte. Auch wenn sie noch schön war, durchaus feminin trotz der praktischen Kleidung, die sie trug, weil Seidenrüschen oder Satinbänder sie bei der Arbeit im Stall und bei der Dressur der Pferde auf dem Sandplatz behindert hätten.

Frauen war er in seinem Leben vielen begegnet. Hatte sie in sein Bett geholt oder sie zwischen Tür und Angel gevögelt. Er war nie brutal gewesen, zu keiner einzigen, anders als manch anderer. Ein Mann, ein echter Mann, würde niemals eine Frau misshandeln. Er war nicht sentimental. Er hütete sich vor dieser seltsamen Gattung, die sowohl hübsche Nutten wie auch Subjekte vom Schlag einer Jenny Pearls, dieser mörderischen Perle, hervorbringen konnte. Die einzige Ausnahme bisher, abgesehen von seiner Mutter, war Phoebe. Eine außergewöhnliche Frau, schön wie eine Königin, gefährlicher als ein Bär.

Halleluja war anders. Sie schwatzte nicht ins Blaue hinein wie die Mädchen in den Saloons, sie wirkte besonnen, entschieden, vorsichtig. Er bewunderte ihren Mumm.

Den brauchte es, um in einer so unwirtlichen Gegend allein eine Ranch zu betreiben.

Er mochte ihre mandelförmigen grünen Augen, die in dem dunklen Gesicht so sonderbar wirkten. Ihre feste, ruhige Stimme. Die Art, wie sie auf ihn angelegt hatte, ohne zu zittern, ohne aufzuschneiden.

Sie gefiel ihm wirklich. Das war ein neues, eigenartiges Gefühl, das ihm zu denken gab.

Sie fragte sich, was sie an diesem hageren, schweigsamen Typen rührte.

Der ohne Höflichkeitsfloskeln auskam, kein Mrs. Mac Cárghtaigh hier, Mrs. Mac Cárghtaigh da.

Männer hatte sie drei gekannt: ihren biologischen Vater, ein Rohling, der ihre Mutter umgebracht hatte, dann ihren Adoptivvater, Aodhagàn Mac Cárghtaigh, und schließlich ihren Ehemann, ein braver Kerl, dessen Namen sie nie angenommen hatte, nicht weil sie ihn nicht geliebt hätte, auch wenn ihre Verbindung nichts Leidenschaftliches hatte, sondern zum Andenken an ihre Adoptiveltern, denen sie Ehre erweisen wollte, denn sie hatten sie vor einem Leben im Elend bewahrt und eine gebildete Frau aus ihr gemacht.

Dann hatte es noch einen gewissen Angus Flaherty gegeben, einen Viehzüchter aus der Gegend, der vier oder fünf Jahre zuvor beinahe einen Platz in ihrem Leben eingenommen hätte, aber es tat ihr nicht leid um ihn.

Sie wusste nicht, was sie von diesem Jim Oregon halten sollte. Sie spürte in ihrem Innersten, dass er sicher ein anständiger Mensch war. Sie spürte auch die raue Schale um ihn herum, das derbe, einsame Leben ohne jede Süße, ohne Zugeständnisse an die Bequemlichkeit, an das Glück. Sie vermied es, seinem Blick zu begegnen.

Wenn es doch einmal vorkam, geriet ihr Herz ins Rasen und galoppierte drauflos wie ein wilder Mustang.

Dabei hätte sie sich mit Dressur doch auskennen müssen.

Laurent übt mitten im Atelier Lassowerfen.
Zirrhose provoziert ihn, olé!
Pantoffel ist starr vor Schreck.

Es war beschlossene Sache: Ich würde Band 14, *Die große Treibjagd*, beenden. Und dann würde ich Jim erledigen ...

Laurent hält inne und schaut mich völlig verdutzt an.

»Wie bitte? Doch nicht etwa durch diese popelige Verletzung? Eine Kugel von einem Idioten, der in der Nachwelt keinerlei Spuren hinterlassen wird? Du hast doch gesagt, dass es Jim besser geht!«

Du hast wohl Schiss, wie? Hahaha ...

»Pfff, von wegen! Der Tod lässt mich völlig kalt.«

Aber du hast recht, so konnte es nicht enden, nicht mit einem schlechten Schuss von irgendeinem Hanswurst. Einem armen Kerl, der Jesse Norton hieß, bevor Jim ihn um die Ecke brachte. Einem räudigen Hund, Abschaum aus der Gosse. Nein, es würde mindestens einen weiteren Band brauchen. Oder zwei. Vielleicht drei. Jim musste sich wieder erholen, das war sonnenklar. Und sei es nur, um seine schöne Liebesgeschichte auszuleben.

»Mit dieser Halleluja?«

Warum nicht? Gefällt sie dir nicht?

»Das habe ich nicht gesagt. Ist auch egal, sie wird mir gefallen, wenn du es so entscheidest. Du bist der Autor.«

Antworte mir: Gefällt sie dir oder nicht?

»Also, ihre Mandelaugen gefallen mir gut. Meine zweite Liebe, Nathalie, war vietnamesischer Abstammung. Ulkig, das fällt mir jetzt erst wieder ein, habe ich dir das nie erzählt? Halleluja ist nicht übel. Aber du müsstest eigentlich mit Jim darüber reden, meinst du nicht?«

Nein. Ich will ihn lieber überraschen.

»Ich bin schon gespannt, was er dazu sagen wird.«

Ich nicht. Ich werde mir so viel Zeit nehmen, wie es braucht. Und weißt du was, ich habe deinen Plan durchschaut, Laurent. Du bist entlarvt.

»Das würde mich wundern ...«

Du wolltest nicht, dass ich mich genötigt fühle, dein Andenken zu ehren. Dass ich mich gezwungen fühlte, mich in eine Vestalin des Tempels zu verwandeln. Lebenslänglich zu *Wild Oregon* verurteilt. Als armer Autor, der an eine verfluchte Serie gekettet ist.

»Na ja, gut ... Stimmt schon ein bisschen.«

Ich weiß schon, dass es »ein bisschen stimmt«. Das brauchst du mir nicht zu sagen. Außerdem hattest du Angst, dass deine Figur in fremde Hände gerät, falls ich zu früh abschrammen sollte.

»Du bist immerhin bald sechzig ... Auch nicht mehr der Jüngste ... Versetz dich mal in meine Lage.«

Da werde ich noch früh genug hinkommen. Und spiel nicht den Schlaumeier. Du würdest schön blöd dreinschauen, wenn ich morgen neben dir im Farting Louse auftauchen würde, oder? In einem Farting Louse, das von jemand anderem gezeichnet wäre. Kannst du dir das vorstellen? Völlig neu gestylt, wie das Etna. Sauber. Steril.

»Mal den Teufel nicht an die Wand!«

»Das Farting Louse sauber? Der Junge ist ja verrückt wie ein Kojote!«

Jim sitzt im Hintergrund und lacht sich einen Ast.
Laurent deutet mit dem Daumen über die Schulter
auf ihn, ohne sich umzudrehen.
Er zwinkert mir zu.
Er fragt:

»Und wie siehst du die Zukunft?«

Du hast mich in deinem Brief um zwei Dinge gebeten: um eine Liebesgeschichte für Jim und um seinen Tod. Ich werde deinen Bitten nachkommen, aber in meinem Tempo. Ich lege Wert darauf, Jim eine echte Liebesgeschichte zu schenken, die den Leser zu Tränen rühren wird. Jim und Halleluja, das kann ich nicht mal schnell aus dem Ärmel schütteln. Darauf hat er ein Leben lang gewartet. Und dann soll ich Jim ein Ende setzen? Einverstanden. Ich verspreche dir, ihm einen schönen Tod hinzulegen, etwas Gepflegtes, das in die Annalen eingehen wird.

»Und ein paar intelligente letzte Worte! Lass ihn nicht mit einem ›Verflucht noch mal!‹ die Kurve kratzen, okay?«

Ich werde aus Jim aber auch keinen Philosophen machen.

»Was murmelt er da, verflucht noch mal? Ich höre nichts!«

Gut, ich will mich bemühen.

Aber ich habe deinen Brief genau gelesen. *Du allein wirst über die Stunde, den Ort, die Umstände entscheiden, in aller Freiheit und Unabhängigkeit.*

»Schon gut, schon gut. Das habe ich doch nur so dahingeschrieben.«

Gesagt ist gesagt, Laurent. Lass mich dir erklären, woran ich gedacht habe ...

»Ich habe irgendwie das Gefühl, dass du mich anschmieren wirst.«

Ach, i wo! Stell dir vor: Jim stirbt einen schönen, dramatischen, edlen Tod. Heldenhaft.

»Das habe ich mir auch so gedacht. Es war schwer genug, meinen eigenen zu verdauen, der mich wie einen Trottel auf der Türschwelle erwischt hat, im Schlafanzug von vorgestern. Deshalb würde ich dir übrigens sehr davon abraten, im Schlafanzug zu bleiben, wenn du mal aufgestanden bist. In bestimmten Situationen ist die Lächerlichkeit tödlicher als der Tod selbst. Wie auch immer. Für Jim würde ich mir etwas mehr Stil wünschen, und etwas weniger Schweiß unter den Armen.«

Hör zu. Konzentrier dich: Jim bricht zusammen, es ist zu Ende. Und genau da beginnt die Fortsetzung.

»Welche *Fortsetzung*? Was ist das denn jetzt für eine Masche?«

Jim wird zum Legendenhelden. Jim Oregon als Kind, Jim Oregon als Jugendlicher. *Young Oregon*. Die Anfänge seiner Abenteuer. Der erste Verbrecher, den er hinter Schloss und Riegel bringt. Der erste Gefangenenkonvoi.

Laurent trainiert fleißig weiter.
Er versucht, einen Sessel mit dem Lasso einzufangen.
Pantoffel traut sich nicht, durchs Atelier zu laufen,
um sich in sein Körbchen zu legen.

»Hast du gesehen, ich hab die Technik langsam drauf!«
 He, hörst du mir überhaupt zu?
»Ja doch, ich höre dir zu!«
 Man wird alles erfahren, was man über Jim Oregons Leben nicht wusste. Alle Abenteuer, die er nicht selbst erzählt hat.
»Du willst ihn bis zum letzten Panel ausquetschen, ja? Jim in den Bergen? Auf dem Bauernhof? Am Meer?«
 Ich mache, was ich will. Ich habe das Recht, dich zu lieben, Laurent. Ich habe das Recht, dich nicht verlassen zu wollen, mich nicht von Phoebe trennen zu wollen. Ich bin mit euch beiden glücklich. Das ist mir klar geworden, seit du weg bist. Jim zu zeichnen, das bedeutet, dich am Leben zu halten, so zu tun, als wärst du noch da. Das schützt mich davor, auch zu sterben, verstehst du? Ich werde aus diesem alten Jim einen Riesen machen, Laurent. Einen Unsterblichen.
»Weiter nichts!«
 Genau. Und du solltest stolz darauf sein.
»Das bin ich auch, posthum.«

Ich musste jemanden finden, der es übernehmen kann, deine Geschichte zu erzählen. Der auch nach Jims Tod wirklich über ihn reden kann. Aber Jim hat keine Kinder. Seine Frau wird ihn noch nicht lange genug kennen. Und Phoebe kann ich mir nicht als Geschichtenerzählerin vorstellen.

»Na klar, sobald es mal was gibt, das ein bisschen interessant ist ...«

Das ist nicht als Kritik gemeint, Phoebe, du hast andere Vorzüge.

»Ja, ich weiß: zwei riesige, unter meiner Bluse.«

Ich habe also überlegt, wem ich diese Rolle anvertrauen könnte. Ich habe sogar an mich selbst gedacht, Laurent. Wäre das nicht albern? Ein Autor, der die Geschichte seines Helden erzählt!

»Ja, das ist wirklich Blödsinn.«

Danke. Nein, ich musste jemanden mit Format finden. Jemand Glaubwürdiges, der Jim seit jeher kennt.

»Und da hast du an Buffalo Boyd gedacht, stimmt's?«

Genau.

Laurent lacht.

»Schlauberger! Ich hätte es wissen müssen, dass du sowieso machst, was du willst.«

Ich bin eben Künstler, Laurent. Künstler sind so. Sie ziehen sich immer mit einer Pirouette aus der Affäre.

Und hör auf mit diesem Lasso, das gibt noch ein Unglück.

»Nein, schau doch, ich hab den Dreh raus!«

Miiiaaoouuu!

»Oh, Scheiße!«

Laurent steht kleinlaut mit dem Lasso in der Hand da.
Pantoffel liegt mit gefesselten Pfoten auf dem Rücken
und schaut mich verzweifelt an.
Zirrhose zieht eifrig den Knoten fester,
damit er nicht entkommen kann.
Phoebe und Boyd sitzen auf dem alten Sofa
hinten im Atelier und spielen Poker.
Jim dreht sich eine Zigarette.
Prune kommt aus dem Garten zurück,
ihre Schaufel geschultert.
Der Künstler macht sich konzentriert daran,
die nächste Seite zu zeichnen.